古典詩歌研究彙刊

第十三輯

龔鵬程 主編

第11冊

王十朋及其詩（下）

鄭 定 國 著

國家圖書館出版品預行編目資料

王十朋及其詩（下）／鄭定國 著 — 初版 — 新北市：花木蘭
文化出版社，2013〔民 102〕

目 2+206 面；17×24 公分

（古典詩歌研究彙刊 第十三輯；第 11 冊）

ISBN 978-986-322-079-4（精裝）

1.（宋）王十朋 2. 宋詩 3. 詩評

820.91 102000928

ISBN-978-986-322-079-4

9 789863 220794

古典詩歌研究彙刊
第十三輯 第十一冊 ISBN：978-986-322-079-4

王十朋及其詩（下）

作 者 鄭定國
主 編 龔鵬程
總 編 輯 杜潔祥
出 版 花木蘭文化出版社
發 行 所 花木蘭文化出版社
發 行 人 高小娟
聯絡地址 235 新北市中和區中安街七二號十三樓
電話：02-2923-1455／傳眞：02-2923-1452
網 址 http://www.huamulan.tw 信箱 sut81518@gmail.com
印 刷 普羅文化出版廣告事業
初 版 2013 年 3 月
定 價 第十三輯 20 冊（精裝）新台幣 28,000 元

王十朋及其詩（下）

鄭定國 著

目

次

第三章　王十朋年譜

　　王氏十朋謝世後七百年，始有徐氏炯文所編之「梅溪王忠文公譜」。徐氏顯揚先生之德厥功甚偉矣，顧年譜簡略，偶有白璧之瑕，稍有光大不足之憾焉。定國定海後學，去先生八百餘年也，今修撰先生之年譜，取參校方便，而敘事詳明為要，綜括先生之生平、交遊、事功、作品統一編年敘述，其體例略依先賢，分時事、生活、作品及備考四項，務期綱舉目張而條分縷析，讀年譜如見其人，惟王氏年譜可卓參者僅一種，今既為之擴張，亦頗有開新之處，第求之精確，實有不敢，倘有闕失，尚祈方家訂正。謹編列如次：

宋徽宗政和二年，壬辰（西元 1112 年）一歲

【時事】

　　二月，蔡京復太師致仕，賜第京師。四月，詔縣令以十二事勸君於境內，躬行阡陌，程督勤惰。十二月，行給地牧馬法以武信軍節度使童貫為太尉。是歲蜀夷內附，日南至、高麗入貢。

　　（資料出自《宋史》、《宋史新編》、《宋史》記事本末、《南宋書》；後同此）

【生活】

　　十朋生於是年十月二十八日。公生有異兆，有云乃舅公賈處嚴（宋之高僧）之後身，因眉濃黑而垂，目深而神藏，又喜詩文之故。

　　十朋生於壬辰年，庸無異議。據梅溪集（前十七）大井記曰：「……宣和壬寅，大父得疾服藥，思鯽魚，……遂垂釣於井，獲巨鱗，予時年十有一……」由此逆推知生於此年也。又據汪應辰撰「有宋龍圖閣學士王公墓誌銘」曰：「……乾道……七年三月除太子詹事……乃詔以龍圖閣學士致仕，命下而公薨矣，實七月丙子也，享年六十。」此亦推知壬辰年生也。猶有直接之證據可查，乃梅溪集（前十九）「記人說前生事」直述生年，原文云：

> ……至政和壬辰之正月（嚴闍梨塔銘云：正月二十日），吾師卒。……是月汝母有娠，至十月而汝生。吾師眉濃黑而垂，目深而神藏，兒時能誦千言，喜作詩，人以汝眉目及趣好類之……故云。

至於出生之月日，徐炯文所編年譜載「十月十八日」，第梅溪集前四卷詩題曰：「十月二十八日母氏劬勞之日也」足見徐氏錯誤顯然。

【備考】

（一）舅公賈處嚴（祖母賈氏之兄）卒於是年。舅公出家後名號為「嚴伯威」又稱「嚴闍梨」，乃永嘉禪林大師。鄉人多云王十朋乃其後身，是以能中狀元。

（二）好友孫嵪是年三歲，嵪係十朋早年（十八歲相識）之至友，乃啟發十朋早期詩風之人。

（三）老友劉光是年三十二、三歲（約生於神宗元豐四、五年），值壯年豪氣可掬，書劍江湖。宋高宗建炎四年。光約五十二、三歲始遇十朋於湖山湖邊，文字論交，意氣相得，終成忘年至友。劉氏善作五言，詩才艷射，比暗室之明珠，然科場不得志，沈淪而騷憂，客死橫陽（今浙江平陽縣北）於十朋之詩風有長遠之影響，十朋嘗為之編「南浦老人詩集」。

宋徽宗政和三年，癸巳〔西元 1113 年〕二歲

【時事】

正月，追封王安石，及子雱配饗文宣王廟。二月，崇恩太后暴崩。因遼、女眞相持，詔河北治邊防。三月，賜上舍生十九人及第。十月，詔冬祀大禮及朝景靈宮，並以道士百人執威儀前導。十一月饗太廟，大赦天下。十二月，詔天下訪求道教仙經。是歲，江東旱，溫、封、滋三州火。

【生活】

十朋母萬氏，樂清人，十四歲壙王氏。〔註1〕生於宋神宗元豐六年〔癸亥，西元 1083 年〕卒於宋高宗紹興十九年〔乙巳，西元 1149 年〕，萬氏三十歲生十朋，是年三十一歲矣。十朋父王輔，字安民卒於紹興十二年，〔註2〕生於宋神宗元豐六年〔西元 1083 年〕以前〔十

〔註1〕宋王之望漢濱集卷十五頁 13「故萬氏夫人墓誌銘」云：「未笄歸里人居士王君」，由此推知年未十五即嫁與十朋之父王輔。

〔註2〕徐炯文作王忠文公年譜云：「紹興十一年辛酉，公三十歲，父贈朝散郎（諱輔父）謝世，公居喪盡禮。」此條之誤有三。贈朝散郎，乃十朋爲官後所追贈，此條說明不確，此一誤。十朋父諱輔，非諱輔父，此二誤。十朋父卒於紹興十一年辛酉，不知據何而云，遍查梅溪集，未有明言，且王父未有墓誌、神道碑之可查，故此係徐氏推想，然未確也。此三誤。然而，十朋父究竟卒於何年？查梅溪前集卷三，辛亥年（紹興元年）十朋父尚能登家之東山。同卷「先君子去世五十日……」一詩，乃最近於十朋父去逝之詩。此詩夾於「讀孫子尚舊所寄書」與「次韻萬喬年李唐英二絕」、「送章生端武」、「乙丑冬罷會呈諸友」、「丁卯秋赴鹿鳴宴次太守趙殿撰韻」、「戊辰閏八月歸臨安……」之間，卷三有確切紀年者有三，即乙丑（紹興十五年）、丁卯（紹興十七年）、戊辰（紹興十八年），三者依年而遞升，顯然見編者有意依年代而編次者。十朋於癸亥秋闈館（紹興十三年；事見梅溪題名賦），故次韻萬松、李杞、送章生等皆紹興十三年也。「讀孫子尚舊所案書」詩云：「一別六年同瞬息」，又前集卷二「懷劉方叔兼簡全之用前韻」詩跋云：「子尚之往浙西，……一別八年……時辛酉季春也，壬戌二月八日，因錄舊稿遂跋于后。由此推知孫蝙浙西之行在紹興四年，至紹興十一年辛酉已八年，卷二「懷劉方叔詩」乃跋於紹興十二年（壬

朋母十四歸王氏，則王氏按常理當大於十朋母，又自十朋之大姑可推知十朋父生於西元 1070-1080 年之間）。是年十朋長姊六歲（生於西元 1108 年，卒於西元 1164 年）。〔註3〕十朋受惠於父母、長姊頗多，家庭以業農轉爲業儒，其經濟仰賴長姊支撐處尤爲事實，十朋曾有意爲長姊撰墓志銘，適因自饒州轉任夔州而不能如願。

【備考】

（一）潘翼，與十朋爲文字忘年交。其子潘岐哥，長十朋一歲，又知潘先生淹徊海濱二十餘年，則潘氏蓋生於宋哲宗元祐年間（約西元 1092 年前後），而卒於宋高宗紹興初年（約西元 1133 年前後），享年四十餘，是以十朋謂之「才豐命嗇」。〔註4〕潘氏主盟樂清，聚徒于鹿巖，十朋常受親炙，非惟如此，更因書生窮愁不平之遭遇竟同，十朋感慨殊殷，觀集中文，知十朋敬服潘氏之才情，無以復加，想見十朋十七歲後〔註5〕文風當受深刻影響。潘氏伍子胥廟詩云：「大江今古潮聲怒，長爲將軍氣

戌），卷三「讀孫子尚書所寄書」，亦作於紹興十二年，上下二卷詩年代亦相承，則十朋父乃卒於紹興十二、三年之間。又癸亥秋闢館，設若此時十朋喪期已滿，如此則壬戌秋（紹興十二年）之前十朋之父已去逝，前紹興十一年「懷劉方叔……」詩前後未言及十朋父之卒，則十朋父當卒於紹興十二年。而徐氏言卒於紹興十一年者非是矣。又後集卷三「聞詩生日」詩云：「汝父初生子，吾親喜抱孫」，詩中語氣十朋雙親健在。聞詩生於紹興十一年十月十六日，則紹興十一年十月父仍在，則徐炯文王忠文公年譜所云「十朋父謝世，公居喪盡禮」是大謬者矣哉。

〔註3〕梅溪後集卷十一「亡姊之葬在九月而不得其日……」此時乃十朋離饒州至夔州過秭歸之中途所作。後集卷十二「初到夔州」詩序云：「甲申七月至饒州……之酉　十一月朔至夔……」則此九月乃乙酉年九月（乾道元年，西元 1165 年），十骨姊卒年五十七，卒之時十朋在側，則離饒州前之事也，當卒於甲申（隆興二年，西元 1164 年），故推知十朋姊生於西元 1106（戊子，大觀二年，是年十朋母二十四歲），頁 332。

〔註4〕梅溪前集十六「祭潘先生文」及前集卷一「潘岐哥」，頁 194 及 74。

〔註5〕梅溪後集卷七「九日寄表叔賈司理並引」云：「吾昔從潘先生學，九日登鹿岩，嘗賦詩呈諸長者，時年十七……」，頁 303。

不平。」〔註6〕詩中氣勢驚人，端的錢塘潮外猶有不平潮也。

（二）曾汪。其任職樂清縣尉時主盟鄉校，十朋嘗執經請益，與諸生之列。紹興五年，縣學落成〔註7〕十朋作一百韻詩歌頌其事，詩中已寓託鯤鵬九萬里騰飛之志。此曾氏啓之乎？曾氏尉樂清，年已如何？據其「筆硯寒生二十年」語，知爲官時蓋三十歲前後矣，而十朋二十四歲，年齡相去尚未遠。

（三）王之望。通檢梅溪集，與王之望書三篇而已，〔註8〕未有寄詩，或唱和者，此事甚可怪。昔王之望在太學爲博士，值十朋來學，考校冠太學，十朋自始受異等提拔。紹興十九年十朋母夫人卒，十朋特遣鄭遜志趨王府索撰墓誌銘，其銘於十朋家世多所記載，而賴以保存。紹興二十七年十朋及第，不久轉越爲官而王之望在蜀，十朋曾去函致候，並謝薦拔。十朋宦途騰達，王氏出力極大。集中云：「……省榜已揭，太學得百餘人，可謂盛事，皆出先生疇昔作成教導之賜也。……」又云：「……嘗薦僚屬四人于朝，以某（王十朋）爲首」，且閻安中、梁介、汪應辰等皆受羽翼，則王氏權重有力可知，待十朋之恩尤可知。《宋史》卷三百七十二云：「之望有文藝幹略，當秦檜時，落落不合，或謂其有守。紹興末年（案四庫全書漢濱集以爲隆興初，是也），力附和議，與思退（案湯思退）相表裏，專以割地啗敵爲得計，地割而敵勢益張，之望迄以此廢焉。」此者之望德行見識之重大瑕疵，亦所以梅溪集中僅三篇書簡而無唱和詩篇之緣故歟？

（四）王剛中。紹興十五年進士第二人。紹興末，以龍圖閣待制知成都府，制置四川。〔註9〕時十朋在越，王剛中嘗「代言西掖，

〔註6〕梅溪前集卷四「過萬橋哭潘先生」，頁94。
〔註7〕見徐炯文王忠文公年譜。在王忠文公集五十卷內。
〔註8〕梅溪後集卷二十四「與王運使之望」，頁436。
〔註9〕《宋史》卷三百八十六王剛中。

舉以自代」，〔註10〕是十朋視爲長官、知己。剛中生於徽宗崇寧三年（西元 1104 年），卒於孝宗乾道元年（西元 1165 年），剛中長十朋八歲。

（五）王師心。政和八年〔註11〕進士及第（案即重和元年進士及第）。紹興二十八年浙東水災，上令師心以顯謨閣直學士知紹興府事兼浙東安撫史至越，此際師心爲十朋之直屬上司，始結識十朋而器重之，甚且嘗舉薦十朋任四條旨揮，十朋仕途之支柱，師心亦爲其一。師心生於哲宗紹聖四年（西元 1097 年）卒於孝宗乾道五年（西元 1169 年），長十朋十五歲。

徽宗重和元年，戊戌（西元 1118 年）七歲

【時事】

正月，赦天下。二月，遣武義大夫馬政由海道使女眞，約夾攻遼。三月，賜禮部奏名進士及第，出身七百八十三人。七月。遣廉訪使六人振濟東南諸路水災。八月詔班御注道德經。九月，詔罷拘白地、禁榷貨，增方田稅，添酒價、取醋息，河北加折耗米、東南水災強糴等事。又詔太學、辟雍各置內經、道德經、莊子、列子博士二員。又用蔡京言集古今道教事爲紀志，賜名道史。是歲，江、淮、荆、浙、梓州（潼川府）水。于闐、高麗入貢。

【生活】

十朋自幼慧穎悟性強。七歲，尙未裹頭，從謝與能（十朋學生）之祖父游，因係童蒙時期，故未解求救。紹興十三年十朋於梅溪大井之南闢館爲私塾，謝與能卻來從游，且交情直至隆興二年尙文章樽酒

〔註10〕 同註9；又梅溪後集卷二十二「謝王舍人剛中」，頁420。
〔註11〕 汪應辰《文定集》卷二十三「顯謨閣學士王公墓誌銘」云：「……登政和八年進士第……」，然《宋史》無政和八年，近此時之策進士年代有二，其一政和五年三月，其二重和元年三月，是以汪氏所云政和八年即爲重和元年。

往來。〔註12〕

徽宗宣和三年，辛丑（西元 1121 年）十歲

【時事】

正月，方臘陷婺州、衢州。二月，又陷處州。淮南盜宋江等犯淮陽軍，犯京東、河北、入楚、海州界。四月，忠州防禦使辛興宗擒方臘于青溪。七月，童貫等俘方臘以獻；八月以童貫為太師，方臘伏誅。十月，童貫復領陝西、兩河宣撫。十一月，以張邦昌為中書侍郎，王安中為尚書左丞，翰林學士承旨李邦彥為尚書右丞。是歲，諸路蝗。

【生活】

是歲魔寇方臘率眾犯境，十朋家數千百椽，燎於火，化為灰燼，獨大觀間所建立新門及大井之亭倖存。十朋家之東南有井深二丈，方不踰丈，水清味甘，夏寒多溫，歷旱不枯，故謂之大井。大觀間，十朋家作新門，遂拆舊門作井之亭，蓋護蔽井之頂及四周，且四周再作林圍護，植雙桂于南北兩旁，名其亭曰投轄，有留客之雅意。〔註13〕

【備考】

（一）是歲虞允文十二歲。生於大觀四年（西元 1110 年），卒於淳熙元年（西元 1174 年）。紹興三十一年十一月允文大敗金主亮於采石。允文與十朋舊識，曾薦十朋、胡銓、周必大、晁公武等賢士，乾道五年張栻得罪允文，使張栻出知袁州，十朋病中曾與允文書，求留張栻於左司兼侍講之舊職。

（二）陳康伯，字長卿。生於哲宗紹聖四年（西元 1097 年），卒於乾道元年（西元 1165 年）。是年陳康伯二十五歲。陳康伯行事不依阿植黨，但頗能引善類，十朋亦受護持。

〔註12〕梅溪後集卷七送謝任之三首，頁307。
〔註13〕梅溪前集卷十七大井記，頁164。

徽宗宣和四年，壬寅（西元 1122 年）十一歲

【時事】

正月，金人破遼中京，遼主北奔。三月，金人來約夾攻，命童貫為河北、河東路宣撫使，屯兵于邊以應之，且招諭幽燕。五月，遼人繫敗軍統制楊可世。六月，秉師道退保雄州，遼人追擊至城下。帝聞兵敗懼甚，遂詔班師。九月，朝散郎宋昭上書諫北伐，王黼大惡之，詔除名、勒停，廣南編管。金人遣使來議師期。十二月金人入燕，蕭氏出奔。

【生活】

宣和壬寅，十朋祖父得病服藥，方思食鯽，時正盛暑，不可遽致，十朋父親憂見顏色，遂垂釣于井，竟能獲鱗，十朋時十有一歲，侍立井旁親見之。〔註14〕此事或屬靈異之迹，十朋有文記其事，姑且存其說。

徽宗宣和七年，乙巳（西元 1125 年）十四歲

【時事】

正月，詔赦兩河、京西流民為盜者，仍給復一年。三月，知海州錢伯言奏招降山東寇賈進等十萬人，詔補官有差。七月，河東義勝軍叛，熙河、河東路地震。冬十二月，童貫自太原遁歸京師。金兵至燕山，郭藥師叛，北邊諸郡皆陷。金兵圍太原府，犯中山府。己未，下詔罪己。令中外直言極諫，郡邑率師勤王，募草澤異才有能出奇計及使疆外者。庚申，詔內禪，皇太子即皇帝位。

【生活】

十朋讀書鄉塾，操筆即有憂世拯民之志。〔註15〕十朋少穎悟，強記覽而此時詩作已漸露濟世之鋒芒。

〔註14〕梅溪前集卷十七大井記。
〔註15〕徐炯文王忠文公年譜。

【作品】

有「宣和乙巳冬大雪次表叔賈元實韻」；「瀲瀲岸下水」。

此時作品，尚屬籠統之家國恨，無帝京擾攘之痕跡。

高宗建炎二年，戊申（西元 1128 年）十七歲

【時事】

靖康元年四月，欽宗立子諶為皇太子。九月，梟童貫首于都市。冬十月，貶李綱為保靜軍節度副使，安置建昌軍。辛酉，秉師道薨。靖康二年（至五月改元建炎）春正月金人索金銀急。何㮚、李若水勸帝親至軍中，從之，以太子監國而行。二月，帝在青城，自如金軍。丁卯，金人要上皇如青城。又盡取諸王孫、皇后、皇太子入青城。三月，金人立建邦昌為楚帝。脅上皇北行。四月，金人以帝及皇后、皇太子北歸。建炎元年，五月康王登壇受命，即位於南京，改元建炎，是為高宗。九月王彥與金人戰，敗績，其裨將岳飛引部曲自成一軍。建炎二年，春正月，帝在揚州。錄兩河流亡吏士，沿河給流民官田、牛、種。復明法新科。二月，金人再犯東京，宗澤遣統制閭中立等拒之，中立戰死。金人陷唐州，犯滑州。三月，金人陷中山府。四月，宗澤遣將趙世興復滑州。五月，金兵渡河，遣韓世忠、宗澤等逆戰。七月，建州卒葉濃作亂，復還建州，命張俊討之。宗澤薨。八月，御集英殿策試禮部進士，九月賜禮部進士李易以下四百五十一人及第出身。十一月，張俊擒斬葉濃。是冬，杜充決黃河，自泗入淮以阻金兵。

【生活】

讀書鄉塾。〔註16〕

【作品】

有「傷時感懷」二首：「觀國朝故事」四首。此時作品趨向於議

〔註16〕徐炯文王忠文公年譜。

論時政，往往有感而發。

定國案：「傷時感懷」詩句有「干戈今日猶未定」、「帝鄉五載亂離中」（靖康元年金人犯京師）、「二聖遠征沙漠北」（建炎元年二帝在金人軍中），故知作品宜列於建炎三年左右，然徐炯文列屬今年，今暫從之。又「觀國朝故事」詩句有「銜命虜庭人，偷生真婢妾」，已見國破離亂之跡，故置之此。十朋第一卷作品年次先後並未強分，編者置「剬畝十首」、「觀國朝故事四首」於前列，或有深意焉。

高宗建炎三年，己酉（西元 1129 年）十八歲

【時事】

正月，帝在揚州。金人一再陷青州，焚城而去。二月，始聽士民從便避兵。三月，帝在揚州，閹宦用事恣橫，諸將多疾之。癸未，苗傅等迫帝遜位于皇子魏國公，請隆祐太后垂簾同聽政。是夕，帝移御顯寧寺。甲申，尊帝居睿聖宮，大赦。三月，乙巳，呂頤浩、張浚發平江，丁未，次吳江，奏乞建炎皇帝還即尊位。朱勝非召苗傅、劉正彥至都堂議復辟，傅等遂朝睿聖宮。四月，太后下詔還政，皇帝復大位。六月，皇太后至建康府，辛酉，以久陰，下詔以四失罪己。七月，苗傅，劉正彥伏誅。辛卯，升杭州為臨安府。九月，諜報金人治舟師，將由海道窺江浙，遣韓世忠控守圖山、福山。辛亥，次平江府。十月，帝至杭州，復如浙東；庚寅，渡浙江。十一月，金人至太和縣，太后自萬安陸行如虔州。己巳，帝發越州，次錢清鎮。庚午，復還越州。辛未，兀朮入建康府。癸酉，帝如明州。十二月，壬午，定議航海避兵。乙丑，帝乘樓船次定海縣。庚子，移幸溫、台。

【生活】

讀書邑（樂清）之金溪招僊館，十年鄉校生活始於此年。〔註17〕

〔註17〕徐炯文王忠文公年譜。

高宗建炎四年，庚戌（西元 1130 年）十九歲

【時事】

正月，御舟碇海中。帝次台州章安鎮。金人陷明州，帝伯溫州港口。二月，金人陷潭州，又自明州引兵還臨安。丁亥，金人陷汴京。庚寅，帝次溫州。三月，命發運司說諭兩浙富民助米，以備巡幸。辛酉，御舟發溫州。四月，帝駐越州。甲申，下詔親征，巡幸浙西。六月，岳飛破戚方于廣德軍。戚方詣張俊降，庚寅，召韓世忠卒兵赴行在。七月，張浚罷曲端都統制。張浚獻黃金萬兩助軍用。韓世忠，張俊並罷。庚申，以岳飛爲通、泰州鎮撫使。九月，徽宗皇后鄭氏崩于五國城。劉豫潛位于北京。金人陷楚州。十月，秦檜自楚州歸于漣水軍丁禩水砦。十一月秦檜爲禮部尙書。金人陷泰州。十二月，安南請入貢，卻之。是歲宣撫處置司始令四川民歲輸激賞絹三十三萬匹有奇。

【生活】

讀書金溪；與僧覺無象往來唱酬。

【作品】

有「賀幸溫州次僧宗覺韻」詩。

高宗紹興元年，辛亥（西元 1131 年）二十歲

【時事】

正月，帝在越州，帥百官遙拜二帝，不受朝賀。下詔改元。岳飛引兵之洪州，金人犯揚州。二月，宜章縣民李多至二作亂。辛巳，以秦檜參知政事。四月，隆祐皇太后崩。八月，以秦檜爲尙書右僕射、同中書門下平章事兼知樞密院事。九月，後以呂頤浩爲尙書左僕射、同中書門下平章事兼知樞密院事。辛西一，詔：四方有建築能還兩宮者，實封以聞，有效者賞以王爵。十月，兀朮攻和尙原，吳玠及弟璘力戰，大敗之，兀朮僅以身免。

【生活】

九月九日十朋侍其父，同孫子淵、子昭、子尚兄弟登高于家之東山，時菊花未開，坐客皆以爲恨，其後十月十五，十朋獨步東籬畔，昔日青枝已爛熳矣。〔註18〕十朋今年所結交至友有劉光、孫皞、毛宏等……。經良父益友之薰陶，十朋見識及詩作彌成熟矣。此時已知晝夜學韓文；且有欲仕之心。

【作品】

有「辛亥九日侍家君……」；「答毛唐卿虞卿借昌黎集」；「送凌知監赴玉環次覺無象韻」；「次韻謙仲見寄」；「畎畝十首」等。

「畎畝十首」詩有「儒冠誤身世，偃蹇二十年」句，可推知此十首作品之年代爲十七歲至二十歲所作。

高宗紹興二年，壬子（西元 1132 年）二十一歲

【時事】

正月，帝在紹興府。詔復置賢良方正直言極諫科。丙午，帝至臨安府。三月，命桑仲收復陷沒諸郡，仍命諸鎮撫使互相應援。四月，賜禮部進士張九成以下二百五十九人及第、出身。十一月，湖南盜賊悉平。十二月，癸卯，川陝宣撫司類試陝西發解進士，得周譔等十三人，以便宜賜進士出身。是多，金人犯和尚原，將士乏食自潰，吳璘拔砦棄去。

【生活】

是歲秋，南浦老人劉光喪于橫陽，訃至十朋哭之悲，乃發囊得遺稿數十首詩，都暮年窮愁之作，編爲南浦老人集。又鄞縣吳秉信教授東嘉，乃李太守端明所延聘之幕客。十朋在縣學方獲執弟子禮，吳氏飄然辭歸四明侍奉慈親，十朋憾甚！十朋至縣學受業似從今年起。

〔註18〕梅溪前集卷一「辛亥九日侍家君……」，頁 73。

【作品】

有「南浦老人詩集序」、「送吳教授秉信歸省序」等。

【備考】

吳秉信，宣和三年進士及第，十朋「送吳教授秉信歸省序」云：「青衫不調始一星終矣，頃以朝廷之命，主師席於東嘉……不期年而士子皆有所衿式」，推知吳氏歸省之期為紹興元、二年間，今暫置此。且「南浦老人詩集序」作於紹興二年，此「送吳教授歸省序」置之前列，則吳秉信歸省前之期必在紹興二年之前矣。

高宗紹興三年，癸丑（西元 1133 年）二十二歲

【時事】

正月，帝在臨安。二月，金人分兵攻饒風關，破關，四川大震。金兵深入至金牛鎮，疑有伏，由褒斜谷引兵還興元，吳玠、劉子羽進擊其後，殺獲甚眾。六月，置國子監及博士弟子員。岳飛平虔群盜。七月，復置博學宏詞科，初許仕子就試。十月，罷諸路類省試。十一月，復元祐十科舉士法。是歲，海寇黎盛犯潮州，焚民居毀城去。

【生活】

十朋家貧親老，未赴鄉試。好友毛宏嘗笑其作詩而不事舉業。〔註19〕十朋與表弟季仲默同年，二人弱冠時，並與孫嶠交，嘗各出詩，編為一集。〔註20〕季之詩有滋味，才氣高，十朋推許備極，云：「我久事章句，滋味一盃水。平生況多愚，於己不自揣。林間等蟬噪，井底作蛙視。今焉見君詩，今亦暫附此。吾誠二蟲比。豈敢妒且熱，低頭拜不止。思欲和其音，兀坐輒忘起。沉吟竟不成，徒覺倦兩髀。徒（此字涉上有誤，疑作從）今焚筆硯，不復坐書几。」

〔註19〕梅溪前集卷一頁 74「寄毛虞卿」。
〔註20〕梅溪前集卷二十七「跋季仲默詩」，頁 464。

時，十朋交往之鄉校友八人，有八叟之號，八人即季仲黙（勁叟）、劉鎮、毛宏、孫嶠、姜大呂（渭叟）、王十朋、劉銓（溫叟）、陳商靈（可叟）。

【作品】

有「寄毛虞卿」、「次韻劉方叔見寄」、「寄方叔」、「湖邊懷劉謙仲」及「次韻季仲黙見寄」等詩。

劉光卒於紹興二年，則「湖邊懷劉謙仲」之作宜在三年，而「次韻季仲黙見寄」介於元年至三年間，今暫置此。至於「潘岐哥」一詩，疑亦作於此年，然詩序提及岐哥生於辛卯秋則長十朋一歲，詩序又言次歲孟春潘翼來書求贈岐哥之詩，此中「次歲」兩字語焉不詳。且詩中明白講小兒之貌，則「次歲」與「辛卯」必有一事誤矣。

【備考】

季仲黙生於政和二年十一月十五日，卒於紹興二十二年，享年四十。

潘翼生年約五十餘（祭潘先生文云：「二十餘年淹徊海濱」，過萬橋器潘先生：「投老西游志不成」，時潘氏已死。此時乃十朋於紹興十八年省試側翅歸後之作，作品約紹興十八至二十年間，而紹興十一、二年十朋尚有「次韻潘先生寒食有感詩」，則潘翼亡於紹興十一至二十年間。十朋作「潘岐哥」詩時，潘氏年已長，故推測潘翼中年得子，享年約五十餘。

高宗紹興四年，甲寅（西元 1134 年）二十三歲

【時事】

正月，帝在臨安。八月，以兵飛爲湖北荊襄潭州制置使討湖賊。九月，以趙鼎爲尚書右僕射同中書門下平章事兼知樞密院事。十月，與趙鼎定策親征。十一月，始下詔聲劉豫逆罪，諭親討之旨，以屬六師。

【生活】

是年仲冬望日，十朋睹舅公釋處嚴之詩「醇重典實不尚浮靡」而其文「文詞雄偉，膾炙人口」，故爲之推揚而作文集序不使淹沒。季冬，十朋讀高宗親征詔書，哀痛切骨，胸中輾轉難已，作詩抨諸將之專橫無功，憂國雪恥之念意氣奮發。是歲好友孫皞有浙西之役，而舉遷家太湖之濱，從此孫郎不見。

【作品】

有「潛澗嚴闍梨文集序」、「讀親征詔書二首」、「送子尚如浙西」等。

高宗紹興五年，乙卯（西元 1135 年）二十四歲

【時事】

正月，帝在平江府。詔群臣各條上攻戰備禦措置綏懷之策。六月，岳飛急攻湖賊水砦，湖湘悉平，得戶二萬七千，悉遣歸業。九月，賜禮部進士汪洋以下二百二十人及第、出身。十月，詔川、陝類試合格第一人依殿試第三人例推恩，餘並賜同進士出身。

【生活】

樂清縣學新建落成，祀事既畢，賢大夫與邑之多士講鄉飲酒禮，一時魯泮偉觀也。十朋爲作五言律詩百韻，歷敘縣學源起、董斯役之功德、新學之新氣象及力學者之有志竟成等諸端。〔註21〕

【作品】

有「縣學落成百韻」詩。

【備考】

樂清縣學紹興元年燬於火，此爲新建，卜地於邑之隆儒坊，今歲落成。（林季仲竹軒雜者卷六，溫州樂清縣學記）

〔註21〕參見徐炯文王忠文年公譜。

高宗紹興七年，丁巳（西元 1137 元）二十六歲

【時事】

正月，帝在平江，下詔移蹕建康。二月，以岳飛爲太尉、湖北京西宣撫使。己未，帝發平江。三月，次丹陽，韓世忠入見，命世忠扈從，岳飛次之。辛未，帝至建唐。岳飛乞併統淮西兵，以復京畿、陝右，許之，命飛盡護王德等諸將軍。既而秦檜等以合兵爲疑，事遂寢。四月，以張浚累陳岳飛積慮尋在併兵，奏牘求去，意在要君，遂命兵部侍郎張宗元，實監其軍。六月，改上惠恭皇后諡恭皇后。岳飛引過自刻，詔放罪慰諭之。丙辰，岳飛復職。

【生活】

韓世忠退保浙西丹陽，州縣議結鄉兵。因而閭巷少年貫弓走馬，而面帶得色，十朋有感捷報不多，征戰連連，少年不知國悉，甚憂之。是年，表叔賈如規赴省試，且鄉人自宣和三年罷三舍法後，已歷紹興元年直言極諫科，二年禮部進士科，三年博學宏詞科，五年禮部進士科，均無占名者，故十朋作詩送之，以預祝高中。

【作品】

有「聞韓師世忠退保丹陽，遠近憂，……感而有作」；「送表叔賈元範赴省試（附序）」等。

高宗紹興十年，庚申（西元 1140 年）二十九歲

【時事】

二月丁卯罷史館，以日曆歸秘書省，置監修國史官。五月，金人叛盟，兀朮等分四道來攻。金人陷拱州、南京、西京、永興軍、鳳翔。六月，以韓世忠太保、張俊少師、岳飛少保並兼河南、北諸路招討使。壬子，兀朮及宋叛將孔彥舟等帥眾十餘萬攻順昌府，劉錡率將士殊死戰，大敗之。九月，秦檜專主和議，諸大帥皆還鎮。

【生活】

今秋，十朋敗舉，欲廢春秋經而用賦。觀「述懷」一詩，十朋廢於舉業已者有多次。

高宗紹興十一年，辛酉（西元 1141 年）三十歲

【時事】

六月，加秦檜特進。七月，秦檜上徽宗實錄。八月，罷岳飛。十月，下岳飛、張憲大理獄，命御史中丞何鑄、大理卿周三畏鞫之。十一月，兀朮遣審議使來，始定議和盟誓。十二月，賜岳飛死于大理寺，斬其子雲及張憲于市，家屬徙廣南，官屬于鵬等論罪有差。

【生活】

宣和三年方臘犯溫州，十朋家廬遭焚，迄今已二十年。十朋閒居賦詩「幽居三詠」，其一即黃楊，乃兒時封植，劫後之餘，蓊鬱可愛。今年縣尉曾汪易任青田，曾氏乃十朋縣學之恩師。十朋述懷場屋失利心幾折，心緒愁亂，且友好孫嶠、姜大呂、劉鎮等俱不在眼，愈益失意，惟是年十月十六日生長子聞詩。是年再送叔父賈如規，友劉鎮劉銓赴省試，劉銓明年中進士，餘皆不中。

【作品】

有「幽居三詠」；「縣學別同舍」；「次韻曾尉易任青田留別」；「述懷」；「送元範赴省」；「送劉政孫」；「送劉全之」等。

【備考】

姜大呂，號渭叟。負逸才，豪氣者也。而不修細行，惡有所不掩。〔註22〕姜氏乃十朋深交八叟之一，年疑與十朋相當，有聲名而無功名。紹興十一年以後似魚雁不繼，未見消息，人生真如斷線箏。十朋初期詩風，有經其指導者。

〔註22〕見梅溪前集卷十九「雜說」，頁 199。

高宗紹興十二年，壬戌（西元 1142 年）三十一歲

【時事】

四月，賜禮部進士陳誠之以下二百五十四人及第、出身。七月，福州簽判胡銓除名，新州編管。八月，帝易總服，奉迎徽宗及顯肅、懿節二后梓宮至。是月鄭剛中分畫陝西地界，割商、秦之半畀金國，存上津、豐陽、天水三縣及隴西成紀餘地，棄和尚、方山二原，以大散關為界。

【生活】

今年二月八日因錄舊稿，念及孫皓、劉鎮、姜大呂、劉銓等諸友。是歲十朋父親（諱輔字安民）即世，十朋居喪盡禮，後因十朋故，追恩贈朝散郎。後五十日，十朋入四友室（十朋有四友堂記，歷記父親生平高潔志趣，作於其父在世時）睹父親平生所遺經史事業，深念年來未能一第報親，不禁哀號痛哭，絕而復蘇。

【作品】

有「懷劉方叔兼簡全之用前韻」；「讀孫子尚舊所寄書」；「悼僧德芬」；「次韻潘先生寒食有感三首」；「先君子去世五十日，孤某入四友室……書四十字以寄罔極之思」等。

高宗紹興十三年，癸亥（西元 1143 年）三十二歲

【時事】

正月，增建國子監太學。復兼試進士經義、詩賦。二月，立太學及科舉試法。八月，遣鄭朴等使金賀正旦，王師心等賀金主生辰。十二月，建秘書省。增太學弟子員二百。

【生活】

今年仲春，至友孫皜傳書，謂將從伯氏於天台，必命駕來尋。不意，「望車音兮杳杳，鬱吾懷兮不舒。」孫氏不果來，而後竟終身分

袂。癸亥秋，十朋謀生計，遂關家塾於大井之南，眾徒薦從者十人。至紹興二十年，作育學生人數已逾一百二十二人。

【備考】

徐炯文王忠文公年譜以為紹興十四年「公……學成行尊，授徒梅溪，遠近從遊者率知名士」此誤矣。十朋自癸亥秋已授徒，梅溪題名賦可証，茲不贅述。徐氏此條注云：「公孝友天性，進退取予必以義下逮，燕笑無一不軌於正，所學自孔孟下，惟韓文公、歐陽公、司馬溫公是師，通六經，尤長於春秋。」此段文字能察微知著頗可取，且附此焉。

高宗紹興十五年，乙丑（西元 1145 年）三十四歲

【時事】

正月，御大慶殿，初行大朝會禮。己未，分經義、詩賦為兩科取士。二月，增太學弟子員百人。四月，賜禮部進士劉章以下三百人及第、出身。辛丑，復增太學弟子員二百。十一月，罷明法新科（原去年七月立明法科兼經法）。

【生活】

今年，先父之友陳景公過浙，十朋挽詞有：「三年落盡思親淚，今日登門又滿襟。」乙丑冬，十朋書齋之館罷會，諸生各自歸家，而十朋乘閒遊黃巖，宿妙智院、慶善寺，又遊天台山，過新昌、觀石佛、觀曹娥廟，又遊靈峰，山雁山、於關嶺遇雪，復過鑑湖，獨酌月夜，一路緣遊賦詩，有千里蝸角爭浮名鄉心孤寂之感。旋赴太學補弟子員。

【作品】

有「陳景公挽詞二首」；「次韻萬喬年、李唐英二絕」；「送章生端武」；「送羅生少陸」；「送茹生履」；「乙丑冬罷會呈諸友」；「江上遇風二絕」；「宿黃巖妙智院」；「過黃巖」；「宿慶善寺」；「過天台」；「過新昌」；「觀石佛」；「戴溪亭」；「曹娥廟」；「宿驛奧」；「題靈峰三絕」；「出

鴈山」;「關嶺遇雪」;「過鑑湖二絕」;「月夜獨酌」;「太學寄夢齡、昌齡弟」等詩。又有「祭孫子尙文昭」(昭字疑衍,及涉陳景韶之韶字而衍,疑原編此二文先後相承);祭「陳景韶文」。前卷五「乙丑多西游觀南明石像作詩一絕……」証明前卷三「觀石佛」前後諸詩確係紹興十五年作品。

【備考】

(一)孫嶠嘗與十朋聯席於縣學金谿讀書,當年白雪陽春頻相和。一別十年,孫郎家益貧,徘徊太湖,少壯而困死。孫嶠,開封人,家於會稽,生於西元一一一四年,卒於一一四五年(紹興乙丑年孟夏四月)。其頗影響十朋終身之詩風。

(二)陳景公。乃十朋父執。與十朋乃通家之好。平生大量而重諾,風義尤高,鄉人敬服。逝於紹興十五年。家業幸有桂兒承。家之園有怡顏亭,今卜葬其上。

(三)叔父賈如規今年中鄉貢進士(說見紹興十七年)。

高宗紹興十六年,丙寅(西元 1146 年)三十五歲

【時事】

正月,增太學外舍生額至千人。二月,割金州豐陽縣、洋州乾祐縣畀金人。建秦檜家廟。三月,建武學,置弟子員百人。造秦檜家廟祭器。七月,張浚上疏論時事,落節鉞,連州居住。十月,帝觀新作禮器于射殿,撞景鐘,奏新樂。

【生活】

十月赴補太學。是歲,十朋生幼子孟丙。

高宗紹興十七年,丁卯(西元 1147 年)三十六歲

【時事】

四月,詔:趙鼎遇赦永不檢舉;昔貶所潮州錄事參軍石恮待趙鼎

厚，除名，潯州編管。十一月，復賜進士聞喜宴。

【生活】

　　秋，十朋赴太守鹿鳴宴。今年春柳時離家，秋菊時返家。不久，又整裝赴省，過雁山去鄉八百里外。紹興十六年、十七年十朋皆在太學讀書。

【作品】

　　有「丁卯秋赴鹿鳴宴次太守趙殿撰韻」；「赴省治裝有感」；「再過鴈山三絕」；「別太學同舍」等。

【備考】

（一）八年之間，十朋如臨安赴補太學弟子員凡五次。估計此五次乃自乙丑冬始首次（紹興十五年），紹興十六年第二次，紹興十七年第三次，紹興十九年第四，紹興二十二年第五次。

　　　十朋在賢關共十二年（至紹興二十六年止，二十七年中進士）

（二）表叔賈如規前此已高中鄉貢進士（疑紹興十五年及第）。今年樂清令即趙敦臨字庇民，四明人。（林季仲竹軒雜著卷六溫州樂清縣學記）

高宗紹興十八年，戊辰（西元 1148 年）三十七歲

【時事】

　　四月，庚子，秦熺乞避父子共政，以爲觀文殿學士、提舉萬壽觀，兼侍讀、提舉秘書省。壬寅，命秦熺恩禮視宰臣班次，亞右僕射。甲辰，賜禮部進士王佐以下三百三十人及第、出身。是夏，浙東、西、淮南、江東旱。

【生活】

　　紹興十八年，十朋春官落第，至會稽復返太學追補，孟夏與萬大年等分手。七月萬先之歸，八月萬申之歸，閏八月十朋始歸。途中觀

舊題（紹興十一年）幽居二詠詩句有「時時助我毫端興，宜與江山共
策勳」真感慨萬端。十月十九日雷，二十一日雪。十一月七日至東山
省墳，感弔先府君，尚記舊時題壁詩有「山光水色兩依依」之句。十
一月十一日過萬橋，是夕會飲先之家，同銜杯者四人，大年、先之、
申之、十朋。酒醉，誦昌黎贈張秘書詩，仲冬二十二夜，讀韓詩永貞
行，感慨柳子厚之少躁飛騰，身陷醜黨，士之妄進者宜戒之。仲冬二
十三夜，十朋坐六行堂，對短檠誦昌黎詩，思友人劉長方。孟冬，雷
聲大振，三日飛大雪，天頃刻變凜冽。通家萬先之送巨礦百房，十朋
和韓詩以謝。黃岩施生來從夢齡游，施生善撫琴，於季冬之朔，初夜，
坐南窗撫之，十朋和韓詩以贈。夢齡弟，感微恙，十朋和韓詩，以抒
其鬱抑。友人周光宗，去年曾與十朋共西征，今冬又赴補太學，十朋
和韓詩送之。季冬十六日，和韓詩寄曹夢良，以解思念。

今年，好友劉鎮之岳父翁府君及表叔陳景韶先後俱逝。十朋叔父
寶印師，居止庵。今年十朋題詩西軒壁，令甲乙二子研墨捧硯，幼子
僅三歲孟丙嬉戲於側，十朋笑問：「汝十年後能詩乎？」孟丙稚聲曰
「能。」，餘二子顧父而笑。

【作品】

有「戊辰閏八月歸臨安觀舊題脩竹楊丁香慨然有感，後書三絕于
後」；「次韻寶印叔題止庵三絕」；「翁府君挽詞」；「十月十九日雷二十
一日雪」；「次韻表叔余成示兒」；「表叔陳景韶挽詞二首」；「詠述師葡
萄」；「十一月七日東山省墳……因成一絕」；「寄萬大年」；「萬季梁和
詩留別再用前韻」；「將過萬橋用前韻寄大年先之」；「種蘭有感」；「再
用前韻」等。

自紹興十八年起十朋和韓詩，作品有「和秋懷十一首」；「和符讀
書城南示孟甲孟乙」；「和醉贈張秘書寄萬大年先之申之」；「和縣齋有懷
四十韻」；「和桃源」；「和永貞行」；「和短燈檠歌寄劉長方」；「和苦寒」；
「和南食」；「和聽穎師琴」；「和憶昨行示夢齡」；「和燕河南府秀才送周

光宗」；「和答張轍寄曹夢良」；「己巳元日讀送楊郎中賀正詩，因和其韻」；「人日過電山，隨行有昌黎集，因讀城南登高詩，遂次韻，留別孫先覺」；「和李花」；「和答柳柳州食蝦蟆」；「和韓退之晚菊贈喻叔奇」；（以下後卷三）「夜讀書于民事堂，意有所感，和韓公縣齋讀書韻」

【備考】

（一）翁府君，翁萬春之父，有婿劉鎮。詩禮傳家，教子有方，子與婿俱登科，故場屋收功不在身。

（二）陳景韶，十朋表叔。有甥毛宏。其卒於紹興十八年，享年五十。陳氏昔在少年父兄早亡，孑然一身，奮力有成，家既富饒，襟義彌篤。遺有二子，俊秀有餘，詩書三世，當有後福。十朋嘗受知最深，故為作挽詞二首，祭文一篇。

（三）劉長方。約自建炎三年以來與十朋游。二人平日偃蹇之跡大略相似，鄉校共牢落，大學同淒涼，紹興十七年秋，二人同與上庠薦，次年春，劉氏登士乙科，可為七十老父壽。紹興二十七年十朋客幕於會稽，劉氏官豫章司戶。紹興三十一年，劉氏尚自豫章寄書稱䂊焦蠣房之美味。而後不見二人酬唱詩文，疑十朋詩原有佚篇。劉氏嘗作燈銘，有「空洞其腹，其方其形。窒焉斯道，晦焉斯明」之句，有深味焉。（前九、和短燈檠歌寄劉長方，後二、次韻劉長方司戶見贈；後六、劉長方自豫章寄書稱䂊焦蠣房之美，恨未知味，書一絕以寄之。）

高宗紹興十九年，己巳（西元 1149 年）三十八歲

【時事】

六月，茶陵縣丞王庭珪作詩送胡銓，坐謗訕停官，辰州編管。九月，上詔繪秦檜像，仍作贊賜之。十二月，金岐王亮弒其主亶自立。

【生活】

三月三十日，十朋與學生送春於梅溪，誦賈島詩，賦別離之苦。

今年梅溪同舍生徒三十人，九人乃舊生；酌別之夕，獨五人。其中周仲翔、李大鼎、許輝先，謝鵬且歸家，僅謝與能尚留。七月九日夜，同大弟夢齡宿湖邊莊（疑二人與萬先之同赴補太學）。次夜，十朋宿湖之南，夢齡仍宿湖邊莊。繼而，沿路宿靈山院，登姚奧嶺、丹芳嶺，過雁山，過仙人渡，又過百度嶺、關嶺、望天台赤城山，感慨秦皇富貴猶貪生，世人無仙骨焉能登仙山。夢齡未過雁山，遂歸。十朋至剡溪作詩云：「歎歲為行客，清秋別故園。……」以寄夢齡、昌齡。十朋於今春升上舍生，秋試第一，諸儒獸服無異辭〔註23〕十朋母夫人卒於今年九月甲子，〔註24〕夢齡未過雁山而返，應為此事。十朋亟欲榮親，試上舍後歸。十朋鼓箧去家而母親謝世，病不嘗藥餌，斂不視衣衾，星奔而歸，堂已闔棺，入門號叫已不聞矣。

【作品】

有「三月晦日與同舍送春於梅溪……遂以齒序分韻」；「己巳梅溪同舍三十人……而四人者且去矣，遂各以其姓賦詩送之」；「為麥析實」；「次韻萬先之讀莊子」；「送黃巖三友四首」；「別余諧」；「別余壁」；「別周潛」；「後七夕二夜同夢齡宿湖邊莊二首」；「次夜予宿湖南，夢齡猶在別業再和前韻寄之二首」；「宿靈山院」；「登姚奧嶺望家山有感」；「與萬先之登丹芳嶺……記以一絕」；「題石梁」；「過雁山」；「次先之過雁山韻」；「張施二生自黃巖挐舟別于台城，贈以二絕」；「過仙人渡」；「過百度嶺」；「關嶺旅邸觀林同季野去秋題壁」等。

【備考】

（紹興十一年）幽居三詠詩句有「時時助我毫端興，宜與江山共策勳」真感慨萬端。十月十九日雷，二十一日雪。十一月七日至

〔註23〕王之望漢濱集卷十五「故萬氏夫人墓誌銘」。
〔註24〕王之望漢濱集云：「紹興十九年秋遂試上舍為第一……俄而母夫人病，以九月某甲子卒」則知卒於紹興十九年九月。徐尚文王忠文公年譜云：「紹興二十年庚午……母贈碩人，萬氏謝世，公居喪盡禮」非是。

東山省墳，感弔先府君，尚記舊時題壁詩有「山光水色兩依依」之句。

高宗紹興二十年，庚午（西元 1150 年）三十九歲

【時事】

正月，秦檜入朝，殿前司軍士施全道刺之，不中。六月，加秦熺少保。禁民結集經社。十月，秦檜有疾。庚午，命執政赴檜第議事。十二月，檜始朝，命肩輿入宮門，二孫掖升殿，不拜。

【生活】

季夏二十五日之夕，僕夫於大井汲水而歸，告井有光，十朋往視之，隱隱熒熒，如燈如螢，如光芒之星，或疑爲魚鱉之鱗甲，或疑螺蚌之產珠，皆不能細究。井水清而甘，冬溫夏寒，雖大旱而泉脈不枯。季夏二十八日，十朋自述，貧而好作文，以桌爲紙，以肺腑爲書，日日作無盡之書，極言自己之努力。六月，十朋憩於書齋，作四友錄，示筆硯紙墨，於數年之間陪十朋於上庠之功匪淺。七月上澣日（十日），十朋於會趣堂讀東坡大全集，暢論韓柳歐蘇文之優劣。七月十四夜，因鞋穿，十趾不能自藏，有蛙乘罅而入，蟄於鞋煩，蓋貧甚矣。七月十六夜，山月初吐，有長虹見於西，厥光色白，逾時而滅，十朋以爲影月而現於夜，是異象也。七月二十日，因作文寫字兩俱不佳，故略述鄉人說已乃舅公賈伯威之後身事。七月二十二日，十朋讀韓愈之進學解，感慨己二十年間，跋前疐後，無韓愈之職而有其窮，特無怪筆作一奇文焉耳。七月二十六日，十朋率生徒李大鼎等十二人觀水於巨溪，巨溪在梅溪之南，與梅溪一源而東歸者，故俗曰前溪。諸人涉流而南。是溪，有驚濤拍岸之勢，壯哉。十一月十朋合葬父母于先塋之側，白巖之原，將葬特遣門生鄭遜志，至太學博士王之望宅，乞作母夫人萬氏墓誌銘。王氏既器重十朋，又爲孝心感動頷首應允。今年爲歉歲，十朋仍過錢塘赴進士試。

【作品】

有「井光辨」;「大井記」;「代笠亭記」;「觀水記」;「四友錄」;「讀婁師德傳」;「題桌」;「論文說」;「讀蘇文」;「雜說一則」;「靈烏說」;「夜虹見」;「待士說」;「雜說五則」;「讀進學解」;「三不能戒」;「書歐陽公贈王介甫詩」;「大舜善與人同說」;「論語三說」;「書富家翁逸事後」;「記蛙」;「記人說前生事」;又有「望天台赤城山感而有作」;「柘樔道傍有斑竹百餘挺,瀟灑可愛,與先之賞翫移時……」;「代婦人答」;「題劉阮祠用過仙人渡韻」;「至剡溪寄夢齡昌齡」;「剡溪舟中有感」;「前中秋一日舟過山陰晚稻方熟忽動鄉思呈先之」;「十月二十八日母劬勞之日也哀痛中書二十八字」等。

【備考】

好友姜大呂(渭叟)似於此年去逝(見前集卷十九雜說四則)。

高宗紹興二十一年,辛未(西元 1151 年)四十歲

【時事】

二月,遣巫伋等爲金國祈請使,請歸淵聖皇帝及皇族,增加帝號等事。四月,賜禮部進士趙逵以下四百四人及第、出身。

【生活】

今年,十朋又落第。其過萬橋,憶及潘翼先生投老西游志不成,益覺傷悲,爲潘先生一哭,亦自哭者也。四月晦日,有野人攜岩松至梅溪,十朋製成盆景,置之小成室,然諸生愛之,十朋遂移置於八齋會聚之會趣堂。十朋弟子錢萬中爲祖母築追遠亭,祈十朋作記。十朋幼子孟丙六歲能品藻生徒之優劣。今年多孟丙欲覓栗,十朋作淵明詩責之。

【作品】

有「過萬橋哭潘先生」;「次韻昌齡游白石二詩」;「再和昌齡游白

石二首」；「贈萬序」；「夏伯虎贈雙鯉」；「嚴松記」；「追遠亭記」等。

【備考】

潘翼，紹興初年得子潘岐哥，時潘氏應已中年，故得子喜甚。次年命十朋贈詩潘岐哥，紹興十一年十朋有「次韻潘先生寒食有感詩」，紹興二十一年十朋作「過萬橋哭潘先生詩」。據上文推測潘氏生於哲宗末年，卒於紹興二十餘年，享年約五十餘歲。

高宗紹興二十二年，壬申（西元 1152 年）四十一歲

【時事】

五月，襄陽大水，容州野蠶成繭。七月，虔州軍卒齊述殺殿前司統制吳進，江西同統領馬晟據州叛。十一月李耕入虔州，盡誅叛兵，虔州平。

【生活】

十朋家連歲蠶荒，今年尤甚。致使妻孥有號寒之患，欲以酒自寬，酒惡，竟不能醉，而羨慕通家萬大年家蠶熟酒醇，有足樂者。五月二十四日，幼子孟丙聰慧而病逝，十朋老淚縱橫，有無窮之悲。八月中秋生徒解散後，有不期而會者鄭遜志，夏伯虎，因小聚玩月。重九，聚生徒以會趣堂，把酒者陳元佐、周仲翔等十九人，和詩者數人耳。今年重九昌齡弟不在家，游雁潭。今年冬，十朋如臨安赴補太學。十月四日再觀南明石像。

【作品】

有「貧家連歲蠶荒，今年尤甚……表弟萬大年家，蠶熟酒醇有足樂者，……遂和以寄之。」；「大年和詩再用韻」；「李梗和詩復用前韻」；「用前韻寄周光宗」；「送李梗」；「壬申中秋，交朋解散，……二子各以詩贈，依韻酬之二首」；「書小成室」；「哭孟丙六首」；「家童拾栗因念亡兒作數語以寫鍾情之悲」；「林知常惠白酒六尊仍示酒法作十韻謝之」；「九日飲酒會趣堂者十九人，老者與焉，既醒，念不可以無詩，

因用贈林知常韻示諸友」；「陳元佐和詩贈以前韻」；「周仲翔和詩贈以前韻」；「陳獻可、宋孝先、萬孝傑、夏伯虎和詩復用前韻」；「九日把酒十九人……還用前韻發一笑」；「宋孝先示讀自寬集後用前韻」；「再用前韻述懷并簡諸友」；「鄭遜志胡叔成……和詩復用前韻」；「九日會飲，予爲唱首，……未作重九詩也，今再和一篇，每句用事而不見姓名，末聯外餘皆略存對偶，必有能和之者」；「九日寄昌齡弟」；「萬叔永誕日在孟秋，乃以重九開燕，俟佳節也，予不獲與稱觴之列，作詩以賀」；「九月十二夜，獨步梅溪翫月，人跡俏然，……偶得四句，蓋心境中靜時語也。歸小成室對短燈檠，索紙書之」；「前日寓邑，偶值乍寒，陳劉二生濟我以衣，童生濟我以衾，既別，爲二詩以贈」；「萬先之生兩男作洗兒歌賀之」；「黃府君挽詞」；「予自乙丑多如臨安赴補逮今凡五往矣，是行也，痛慈親之不見，傷幼兒之蚤死，登途泫然，因成是詩」；「初擬過雁山既而取道烏石寄夢齡昌齡」；「過白溪」；「過盤山宿旅邸」；「登皇華亭」；「宿浮橋」；「與鄭時敏登樓把酒書二絕」；「途中見早梅」；「乙丑多西游觀南明石像作詩一絕，至壬申十月四日復往觀焉和前韻并書丁佛閣」；「西征」；又「祭孟丙文」等。

【備考】

（一）紹興十五年多至二十二年多，十朋自云八歲五行役。徐炯文所作年譜以爲乙丑、丙寅、戊辰、己巳、壬申五度如臨安赴補，然則丁卯年，十朋嘗赴鹿鳴宴，庚午多十朋仍過錢塘赴試。似乎八年間十朋僅紹興二十一年未在太學耳。

（二）王孟甲（王聞詩，字興之），生於宋高宗紹興十一年十月十六日，卒於慶元三年十二月，卒年五十七，葬於東山，夫人孫氏後公十年卒。有子夔宣教郎知某縣，另子虬及一女皆早卒，孫某某官。夫人孫氏乃姑之文。

王孟乙（王聞禮，字立之），生於二月二日，卒於開禧二年六月十九日，十二月辛酉葬於白巖。宜人芇氏先卒，再室張氏。

子曰仲龍，迪功郎，江淮宣撫司，准備差遣。另子曰驛。某官。
另子曰驌。二婿曰朱蘊厚，曰薛師謙。〔註25〕

王孟丙，十朋幼子。生於紹興十六年，三歲甜酸學語兒，能來
西軒壁下看父親題詩，四歲從十朋學生謝與能啓蒙，六歲從周
誠叔學，能誦蒙求孝經，且論及五言詩，父親書院生徒近百人，
類能道及姓第名字，或能優劣品藻之，於所親之前，父親每說
書則與二兄待立於側。惜七歲而死，卒於紹興二十二年五月二
十四日。〔註26〕

（三）孟丙生之時長兄孟甲已六歲。紹興十八年，孟丙三歲能觀題壁
　　　詩，而二兄則能研墨捧硯矣，〔註27〕據此則孟甲八歲，孟乙理
　　　應五、六歲以上，是可推知孟乙生於紹興十四年以前，距開禧
　　　二年，有六十二年，則孟乙，享壽當在六十二至六十四歲間。

高宗紹興二十三年，癸酉（西元 1153 年）四十二歲

【時事】

　　二月，帝幸玉津園，遂幸延祥觀。臠虔州軍賊黃明等八人于都市。
改虔州爲贛州。三月，金主亮徙都燕京。七月，禁諸軍瀕太湖壇作壩
田。十月，詔郡守年七十者聽自陳，命主宮觀。十二月，詔州縣稅額
少者，罷其監官。禁民車服踰制。

【生活】

　　三月十日十朋離家赴補，八月始歸。三月二十五日至剡溪旅舍，
觀好友曹逢時題壁詩遂起鄉思。在剡溪與周德遠、周世修等游，並登
周府淵源堂、細論堂。又游明心院、圓超院。七月二十三日回自剡中，
宿石佛摩雲閣。八月二日，至白若（岩）遇水，以小舟從石門渡。十
月十六日孟甲生日，十朋訓以「勉修愚魯質，詩禮稱家傳」。又孟甲、

〔註25〕葉適水心集卷十六、十七王公墓誌銘。
〔註26〕梅溪前集卷五「哭孟丙」六首，頁95。
〔註27〕梅溪前集卷五「哭孟丙」詩之十朋註文。

孟乙好蓄古錢，十朋訓以「更宜移此力，典墳讀三五，縱未到聖賢，定可過乃父。」

十一月十七日十朋內兄賈循合葬父母於邑之左原，循之父母即十朋岳父母如納夫婦。

【作品】

有「癸酉三月十五日至剡溪旅舍觀曹夢良題壁……因次其韻」；「剡之市人以崇奉東嶽為名設盜跖以戲，先聖所不忍觀，因書一絕」；「周德遠植瑞香於窗前戲成一絕」；「游明心院」；「游圓超院登挾溪亭次盧公天驥韻」；「寄夢齡昌齡弟」；「高和叔生日」；「天子始絺」；「淵源堂十二詩」；「書院雜詠三十四首」；「剡溪雜詠八首」；「書院掛額展筵雅會也，戲集諸堂軒齋名作詩」；「別周德遠諸友」；「宿石佛」；「白若（若疑巖之誤）遇水以小舟從石門渡勢危甚因書數語示圖南文卿時八月二日也」；「孟甲生日」；「孟甲孟乙好蓄古錢因示以詩」；「周光宗贈蠣房報以溪蕈」；「劉府君（銓之父）挽詞二首」；「賈府君（岳父）挽詞」；「陳夫人（岳母）挽詞」；「維涼偶成」；「悼演述二老僧」；「黃楊二首」；又「賈府君（岳父）行狀」；「周府君（周瑜）行狀」；「潛澗嚴闍梨塔銘」。

高宗紹興二十四年，甲戌（西元 1154 年）四十三歲

【時事】

正月，初詔郡國同以八月十五日試舉人。三月，賜禮部進士張孝祥以下三百五十六人及第、出身。秦檜以私憾捃摭知建康府王循友，詔大理鞫之。六月，王循友貸死，藤州安置。七月，勒停人王趯坐交通李光，下大理獄。張俊薨，帝幸張俊第臨奠。十一月，進秦熺少傅，封嘉國公。通判方疇通書胡銓及他罪，除名，永州編管。十二月，故龍圖閣學士程瑀有論語講解，秦檜疑其譏己。洪興祖嘗為序，魏安行鏤版，至是命毀之。興祖昭州、安行欽州編管，瑀子孫亦論罪。

【生活】

　　今年，十朋又見黜於春官，益厭虛名。於孟夏與林下十二竹梅蘭桂等游。十月二十九日弟夢齡舉男，猶子之生日僅遜十朋生之日一日耳。仲冬，十朋將書閣之東隙地理成小小園，杖履日涉其間，得花徑之樂。歲暮雨雪連作，頗阻往賈元識府上會集之遊興。

【作品】

　　有「林下十一子詩并序」；「昌齡闢園植花索詩於老者，戲作數語，兼簡夢齡」；「西園新闢，昌齡索詩，予以其未開尊也，戲作數語，既飲，復用前韻。」；「予與二弟連日賦詩飲酒，詩成命二子書之，亦居家之一樂也，復用前韻」；「昌齡和詩以不得志於賢關，有欲退隱之語，復用前韻，勉其涵養俟時，未可真作休休計也」；「昌齡頻開尊再用前韻」；「夢齡得男老者喜甚，湯餅會中出詩以賀」；「予有書閣……吟詠謾賦十一小詩……時甲戌仲冬也」；「梅花次賈元識韻」；「歲暮雨雪連作稍阻會集賈元識有詩次韻」。

【備考】

　　十朋紹興十年，敗舉。紹興十一年送叔父賈如規赴省試，則十朋不得躬試。紹興十五年冬十朋赴臨安補太學，紹興十八年第一次春闈落榜，紹興二十一年第二次落榜，紹興二十四年第三次落榜，卒於紹興二十七年高中狀元。（參閱本書 188 頁第四行十朋補太學弟子員條）

高宗紹興二十五年，乙亥（西元 1155 年）四十四歲

【時事】

　　二月，通判常州沈長卿，仁和縣尉芮燁作詩譏訕，除名；長卿化州、燁武岡軍編管。五月，前知泉州宗室令衿譏訕秦檜，遂坐交結罪人，汀州居住。六月，禮部侍郎湯思退簽書樞密院事兼權參知政事。以言者追譖岳飛，改岳州為純州，岳陽軍為華容軍。九月，秦檜上紹興寬恤詔令。十月，復置鴻臚寺。命大理鞫張祁附麗胡寅獄。乙未，

幸秦檜第問疾。丙申，進封檜建康群王，熺爲少師，並致仕。命湯思退權參知政事。是夕，檜薨。十一月追封檜申王，諡忠獻，賜神道碑。以敷文閣直學士魏良臣參知政事。甲子幸秦檜第臨奠。乙丑，復洪皓官，釋張祁獄。封叔趙士㒟爲崇慶軍節度使。嗣濮王，令裛爲利州觀察使、安定郡王。十二月，詔曰：「臺諫風憲之地，比用非其人，黨於大臣，濟其喜怒，殊非耳目之寄。朕今親除公正之士，以革前弊。繼此者宜盡心乃職，毋合黨締交，敗亂成法，當謹茲戒，毋自貽咎。」命胡寅、張九成等二十八人並令自便，仍復其官。以敷文閣待制沈該參知政事。復張浚、折彥質、趙汾、葉三省、王趯、劉岑官。移胡銓衡州。

【生活】

春、表兄璐、挺二道人贈山茶歲寒種，又贈抹利及東山蘭。又壽昌教院文郁師贈以海棠一株；三月，淨慧師囑作舫齋記。三月占已日十朋以詩索山丹花於札上人。又向表兄弟季仲權、仲達覓取碧桃、酴醾。暮春，寶印叔有送春詩。兄弟鄰里率會有餘歡，十朋目擊其事，乃左原紀異也。

【作品】

有「表兄璐挺二道人以山茶一根見贈……因成小詩」;「又覓沒利花」;「二道人以抹利及東山蘭爲贈再成一章」;「覓海棠」;「郁師贈海棠酬以前韻」;「札上人許贈山丹花，……以詩索之」;「表弟津上人有瑞香抹利戲覓之」;「覓季仲權碧桃」;「覓季仲達酴醾」;「和寶印叔送春二絕」;「族兄文通贈山茶」;「兄弟鄰里日講率會，因書一絕，且戒其早納租稅也」;「萬府君（叔永）挽詞三首」;「張廷直挽詞」;「左原紀異」;「又舫齋記」;「東平萬府君行狀」等。

【備考】

（一）昌壽教院淨慧師，少游錫異，方潛心佛隴，志識學問出人一頭，

業成爲緇林推服，始傳教於永嘉開元寺，再傳於福聖寺，既而以疾求還故山，住壽昌教院，後年齒愈尊道德愈隆，未嘗一日不以退居養老爲懷，世緣挽之而莫能自脫也。故退老，居於舫齋。紹興五年十朋與淨慧師有舊交，故爲作退老之舫齋記，喻意即「以無形之舫，行無量之析。⋯⋯假有形之舫，藏無量之析也。」

(二)　張端弼，字廷直。樂清人。資質俊邁，好學問，慷慨喜議論，敦尚氣節，偉然男子也。舍法行，嘗肄業泮宮，以行藝職學事，領袖諸生，曄曄有聲。會更科，學子解散，因仕養不能兩全，另經書生事，遂富甲鄉邑。張氏好賓客，樂賑窮民，又喜教子姪。感疾卒於紹興二十四年十二月五日，享年六十六。子張擄、張挺，皆業孺。女三人，長歸進士宋翰，餘未嫁。張氏學有經術，尤邃於易，好商榷文史，工詩鐘，語逸意新，有大家風。十朋爲晚輩，初識於柳川，後受顧遇不薄。紹興二十五年十二月十一日葬于里之桂峰祖瑩之側，特爲作行狀。

高宗紹興二十六年，丙子（西元 1156 年）四十五歲

【時事】

三月，以方俟卨參知政事。丙寅，詔曰：「講和之策，斷自朕志，秦檜但能贊朕而已，豈以其存亡而汽定議耶？近者無知之輩，鼓倡浮言，以惑眾聽，至有僞撰詔命，召用舊臣，抗章公車，妄議邊事，朕甚駭之。自今有此，當重置典憲。」五月，以沈該爲尚書左僕射，万俟卨爲右僕射，並同中書門下平章事。湯思退知樞密院事。六月，罷諸路鬻戶絕田。以端明殿學士程克俊參知政事。八月，革正前舉登第秦塤、曹冠等九人出身。程克俊罷，以吏部侍郎張剛參知政事。九月，翰林學士陳誠之同知樞密院事。詔成都、潼川兩路漕臣同制置、總領、茶馬司審度甲川財賦利害，其實惠得以及民。十月，詔許秦檜在位之日，無辜被罪者自陳釐正。以張浚上書論用兵，依舊永州居住。十一

月，命吏部侍郎陳康伯，戶部侍郎王俁稽考國用歲中出納之數。

【生活】

二月二十五日，十朋會友，託跡於明慶寺懺院，意有所感，作詩仍有事業未容閑，頗欲仕進之志。四月初八浴佛日天時無雨，暮夏水枯秧老老農急。孟夏十一日，時雨初霽。十朋作詩云「書生事業無雨晴。」以勉諸友。七月十四日，郡守張九成訪孝義，得橫山連氏妻，侍姑甚謹，姑死刻木像事之，十朋披牒至其家，獲觀木像，感慨不已。冬，十朋適臨安赴補，五度雁山，十年太學。臘日（十二月初八）與太守、太學同舍約往西湖探春賞梅。今年初十朋居懺寺院佛閣讀書半年，重九將近，鐘魚厭聽，歸去故園。

【作品】

有「孫先覺母夫人正月四日生，時年八十（丙子）」；「法燈俊上人惠杜鵑花」；「法燈聞上人和杜鵑詩酬以前韻」；「明慶懺院上方，地爽而幽……意有感觸，遂借其韻（二月二十五日）」；「懺院種蘭次寶印叔韻二首」；「次濟上人韻」；「元鳥至」；「陳希仲贈山茶」；「醱醾次賈元節韻」；「覓海松贈僧肴月」；「浴佛無雨」；「喜雨用前韻」；「雨止復用前韻」；「孟夏十月一日時雨初霽，……復用前韻」；「再用前韻勉諸友」；「穎；師贈檉栽」；「月上人以拳石……以爲梅溪之野人贈，兼惠詩章，因與酬唱凡四首」；「懺院種紅蕉用寶印叔韻」；「題佛閣三絕」；「題郭莊路」；「率飲亭二十絕」；「橫山連氏妻……時紹興，丙子七月十四日也」；「登姚奧嶺望家山有感」；「題驛奧張店思周光宗」；「度雁山」；「度謝公嶺」；「臘日與守約同舍賞梅西湖」；「同舍再約賞梅用前韻」；「前日探梅，李元翁以疾不往……復用前韻約同賞」。

【備考】

（一）李元翁，太學同舍生。多臘日同舍二十五人往西湖賞梅，李氏以疾不往，作詩自惱，有「玉華野人多病惱，獨守寒爐煨芋魁」

　　句。以是十朋，約同賞。十朋謂此子「人如西湖有涵養，句與
　　和靖爭奇瑰」，是雅正士也。

（二）「題郭莊路」詩卷九：「十年太學志未遂」；「度雁山」詩云「雁
　　山五經眼」；「度謝公嶺」詩云：「十夫九行役，履經此山中。」；
　　「次韻陳大監掞見贈」（後二）詩云：「齏鹽太學浪十載」。此
　　中，存有二問題。其一，太學十年，究指何年？其二，十年中
　　何年未赴補？據「和秋懷十一首」（前集卷九）之序，十朋乃
　　紹興十七年冬赴省試臨安，明年暮春下第，東歸至會稽復還太
　　學追補，至閏八月告歸。此十朋第一次與省試。入太學之年前
　　云紹興十五年冬為初次赴補，至二十六年冬，凡十二年，其中
　　紹興二十四、五年並未赴補。

高宗紹興二十七年，丁丑（西元 1157 年）四十六歲

【時事】

　　二月，復兼習經義、詩賦法。以御史中丞湯鵬舉參知政事。三月，
賜禮部進士王十朋以下四百二十六人及第、出身。詔焚交趾所貢翠羽
于通衢，仍禁宮人服用銷金翠羽。万俟卨卒。六月，湯思退為尚書右
僕射，同中書門下平章事。八月，湯鵬舉知樞密院事。復置提領諸路
鑄錢司行在。九月，張綱罷。吏部尚書陳康伯參知政事。十一月，湯
鵬舉罷。

【生活】

　　春，送王司業元龜守永嘉，禱「入境願問民疾苦，下車宜誅吏奸
贓」。大筆之後，春遊西湖。二月二十一日，天子於集英殿賜十朋冠
群士及第。十朋對策萬言，初授左承侍郎，僉書建康軍節度判官聽公
事。又詔王十朋係朕親擢第一人，欲試以民事何得遠闕，可特添差紹
興府僉判。〔註28〕十朋於臨安周旋會合逾月，十朋歸心匆匆，於歸途

〔註28〕徐炯文王忠文公年譜紹興二十七年條。

得寶印叔二詩，因以次韻，詩意云常念親恩，惟嫌遲來功名耳。旋至家，冬即赴官會稽。途宿雁蕩羅漢寺，經大龍湫、靈岩寺，過天台國清寺、大慈寺，入鑑湖至會稽。十二月在會稽，憶及高宗帝叮嚀到任宜知民事，故十朋榜所寓廨舍曰民事堂。臘月望日出郊探春，游告成觀謁大禹祠，至龍瑞宮觀禹穴，近暮始返。頃，嘗登采葳山、秦望山，思禹之績而哀秦之過也。

【作品】

有「送王司業元龜守永嘉」；「春日遊西湖（丁丑）」；「丁丑二月二十一日集英殿賜第」；「遊天竺贈同年」；「贈閣同年安中」；「閣和詩敘別再用前韻」；「贈梁同年介」；「次韻陳大監掞見贈」；「次韻劉長方司戶見贈」；「陳大監用賞梅韻以贈依韻酬之」；「大監復贈詩尾有留飯語再用韻以謝」；「謝榮帥蒵贈御書孝經用陳大監韻」；「陳監餞別用前詩字韻以謝」；「陳郎中公說贈韓子蒼集」；「章季子贈端硯」；「次韻陳大監赴天申節宴」；「謝李侍郎琳贈御書」；「途中得寶印叔二詩次韻」；「次韻寶印叔題壁二絕」；「萬府君挽詞（泳中）」；「致政宋承事挽詞」；「張德惠挽詞」；「宿羅漢二絕」；「游大龍湫和前韻」；「游靈岩輝老索詩至靈峰寄數語」；「題瑞岩」；「題天台國清寺」；「題大慈寺」；「題石橋二絕」；「萬年贈鄉僧賁老二首」；「過鑑湖」；「民事堂」；「臘月望日出郊探春，游告成觀，謁大禹祠，酌菲飲泉，遂至龍瑞宮觀禹穴，薄暮而還」；「采葳」；「秦望」等。

【備考】

王大寶，字元龜。其先由溫陵徙潮州。政和間貢辟雍，建炎初，廷試第二，授南雄州教授，以祿不逮養，移病歸。閱數年，差監登鼓院、主管台州崇道觀，復累年。趙鼎謫潮，從講論語。王氏指切時務言激昂，因權臣用事，明哲自將，即如申棖亦當減平生剛。歷知連州、袁州，直敷文閣，後就國子司業，出知溫州。溫州乃故鄉也。十朋在太學，受知殷切，顧摳衣太晚未獲執經請益。及十朋及第來歸，猶蒙

禮遇異常。其後，大寶居諫省而十朋在臺綱（紹興二十九、三十年十朋任秘書郎、著作郎），互為呼應，人稱二龜兩王。乾道元年大寶致仕，復召為禮部尚書，旋受劾致仕。乾道四年十朋把麾泉州，近大寶所居之潮州，稍可通氣。乾道六年卒，年七十七。高宗末，孝宗初，張浚、王大寶、王十朋、胡銓、閣安中……諸剛正君子廢，早見主上庸懦不進取，政策搖擺不穩，係南宋立國不長之隱憂。

高宗紹興二十八年，戊寅（西元 1158 年）四十七歲

【時事】

正月，申禁三衙黥刺平民為兵。以陳誠之知樞密院，工部侍郎王綸同知樞密院事。三月，責秦檜黨宋樸、沈虛中。六月，增浙西、江東、淮東沙田蘆場租課，置提領官田所掌之。七月，命取公私銅器悉付鑄錢司。復鬻沒官田。命戶部侍郎趙令讓提領諸路鑄錢。九月，中書舍人王剛中為四川安撫制置使。封叔建州觀察使趙士輵為昭化軍節度使、嗣濮王。蠲平江、紹興、湖州被水民逋賦。十二月，復李光官，放自便。

【生活】

今年元日同去年，俱不在家。十朋在越州，元日，冒雪赴天慶觀朝拜，既而趨府拜表。還舍後，飲屠蘇酒，作詩有「孤負吾廬溪上梅」之句。春，與莫濟教授、朱縣丞、朱司理同游西園，時春色未濃，心賞未酬。上丁日釋奠，十朋備數獻官，顧念去載游上庠於杏壇側觀禮，今年則居俎豆職，殊有感慨。又作會稽三賢（吳孜、唐琦、蔡定）祠詩，並序獎忠孝勸風俗之意。今年二弟赴補，偶遺昌齡，夢齡則留赴。紹興水患，詔書發廩周飢荒，使君減價糶黃梁，然有吏米中雜糠橫索民錢，十朋作糶米行，一吐官小職卑不得訴民怨之苦。今年曹夢良和韓愈贈張徹詩來寄。中秋賞月於蓬萊閣，有月，既而陰蔽，誦東坡「良天佳月即中秋」句以寬同官。九月初四，夜夢與昌齡弟傳先人游家之

南。九日登戲山，因帽落而驚鬢髮已斑。十朋有辭官歸興，九日昌齡弟來書勉之。十月朔日，和夢齡詩，云己每以五更趨府，而性怯寒苦痰。十月十六日欲與夢齡弟及二子、同年喻叔奇游蘭亭，會天氣不佳，出門而止。十月夜讀暑于民事堂，和韓詩云：「丈夫固有志，寧在官與金」以明志。（今多和同年好友喻叔奇游天依寺，意氣如飄虹。今秋，紹興大水，丁壯流離。）

【作品】

有「元日冒雪赴天慶觀朝拜，既移府拜表，還舍，飲屠蘇酒，因思去年元日亦不在家，感而作」；「迎春遇雪」；「賀何正言用蔡君謨韻」；「寓小能仁寺即事書懷」；「同莫教授朱縣丞朱司理游西園」；「次韻濮十太尉賞梅」；「題壽樂堂用東坡韻贈楊元賓僉判」；「元賓贈紅梅數枝」；「廨舍有脩竹數竿瀟洒可愛」；「龍瑞道士贈蘭」；「吳秀才克家以壽樂蓮洲中千葉梅花為贈，酬以詩」；「上丁釋奠備數獻官，書十二韻呈莫子齊教授趙可大察推」；「會稽三賢祠詩三首并序」；「某比緣職事朝拜攢宮，瞻望松柏，愴然悲涕，遂成小詩」；「鑑湖行」；「禹廟歌」；「與趙安撫乞疏獄」；「次韻濮十太尉詠知宗牡丹七絕」；「送僧游徑山」；「三月晦日邵憲大受宴僚屬于西園，某與焉，趙提幹濬即席賦詩次韻」；「送昌齡弟還鄉兼簡夢齡」；「糴米行」；「送會稽林簿日華棄官還鄉」；「戊辰歲嘗和韓退之贈張徹詩寄曹夢良至今十年夢良方和以寄因贈一絕」；「送趙可大如浙西」；「中秋賞月蓬萊閣呈同官」；「中秋見月方以為喜，既而陰蔽，意殊不滿，東坡云良天佳月即中秋，不以日月斷也。諸君有釀會之約復用前韻」；「記夢」；「士人僧道俱贈岩桂」；「府吏有以老求退者……有感而作」；「觀習水勝」；「龍瑞道士贈岩桂」；「九日登戲山」；「夢齡九日有詩兼懷昌齡次韻」；「贈莊童子」；「送朱丞」；「贈夢齡兼懷昌齡」；「和夢齡十月朔日書懷」；「贈喻叔奇縣尉」；「贈王吉老縣尉」；「十月望日買菊一株頗佳」；「聞詩生日十月十六日」；「十月十六日欲與夢齡弟及

聞詩聞禮同游蘭亭……出門而止兀坐終日懷抱殊惡」；「和喻叔奇集蘭亭序語四絕」；「和韓退之晚菊贈喻叔奇」；「夜讀書于民事堂意有所感和韓公縣齋讀書韻」；「李資深贈古瓦硯及詩」；「喻叔奇惠川墨」；「戴夫人挽詞」；「和趙可大四絕」；「送黃機宜游四明」；「盧仁及縣丞挽辭」；「贈術者」；「游天衣寺」；「次梁尉韻」；「酬陸宰用梁尉韻」；「和喻叔奇游天依四十韻」等。又「妙果院藏記」；「夢庵記」；「雁蕩山壽聖白岩院記」等。

高宗紹興二十九年，己卯（西元 1159 年）四十八歲

【時事】

　　正月，禁諸州科賣倉鹽。蠲沙田蘆場爲風水所侵者租之半。三月，除州縣積欠錢三百九十七萬緡有奇及中下戶所入官錢物。除湖州、平江、紹興流民公私逋負。六月，陳康伯兼權樞密院事。閏六月，罷江、浙、淮東沙田蘆場所增稅課。七月，權吏部尚書賀允中參知政事。以四川經、總制及田晟錢糧錢共百三十四萬緡充增招軍校費。九月，湯思退爲尚書左僕射，陳康伯爲右僕射，並同中書門下平章事。皇太后韋氏崩。十月，冊諡皇太后曰顯仁。十二月，王綸知樞密院事。

【生活】

　　經年游宦，十朋鄉思更長，甌越相望雖僅數百里，魚雁不能常往來；於春日，寄詩夢齡、昌齡。春，至亡友會稽山大禹寺之側墓前酹酒並植柏十株。今春，紹興不雨，農事失時，府帥王師心決獄廩飢，不久，霈然而雨。閏六月，府帥率幕僚祀范文正公祠堂；范公嘗治越。府帥於中秋宴客蓬萊閣，並與幕僚分茶賞月於清白亭。重九與同官游戒珠寺，菊花爛漫，十朋鬢髮已斑。冬，代王師心尚書作顯仁皇后挽詞三首。臘月七日，十朋解官離越。十九日至家，途經雁山雙峰寺，又宿靈岩而歸。

【作品】

　　有「懷喻叔奇（己卯）」；「和昌齡弟見寄」；「次韻周堯夫贈睡香」；「送陳元佐游四明」；「聞禮生日（二月二）」；「次韻趙觀使鴛鴦梅」；「亡友孫子尙　葬會稽山大禹寺之側，某至官八日出郊訪其墓不獲，明年春被命祀禹，訪而得之，又明年春再往酹酒，因植柏十根，哭之以詩」；「子尙墓種柏」；「鄭夫人挽詞」；「錢夫人挽詞」；「連月不雨農事失時府帥決獄廩飢，德政動天，霈然而雨，某吟成律詩一章之賀」；「次韻濮十太尉喜雨」；「叔父寶印師往永嘉妙果院……庶幾他日或蹈其高躅云」；「寄黃簿文昌」；「次韻濮十太尉題禹穴」；「薛師約撫幹召飯于圓通寺主僧淪茗索詩」；「潘知縣旬弟撫幹疇和詩復用前韻」；「酬富陽張叔清縣尉」；「周德貽得子以錢果爲睨，僕不獲爲湯餅客賀之以詩」；「喻叔奇迎侍赴桐川榜其堂曰戲綵，書來求詩寄題一絕」；「女子生日（五月十二日）」；「范文正公祠堂詩并序」；「次韻梁尉古風」；「府帥王公中秋宴客蓬萊閣分茶賞月于清白亭某以幕僚與焉坐上成二絕」；「又和趙仲永撫幹二首」；「再和二首」；「又用看字韻酬趙仲永」；「故參政李公挽詩三首（光字太發）」；「九日與同官游戒珠寺用去年韻」；「顯仁皇后挽詞三首（代安撫王尙書）」；「胡氏挽詩（婺女人，嫁陳氏，王尙書弟婦？王作墓誌？）」；「次韻喻叔奇追感去冬天衣之游」；「次韻劉判官大辨見贈」；「趙仲永以御茗密雲龍薰衣香見贈，仍惠小詩次韻」；「仲永再和三絕復和以酬」；「寄題周堯夫碧梧軒」；「留別民事堂」；「題雙峰資深堂五首」；「宿靈巖贈長老敏行」等。又以下諸詩疑本年之作品，故今置此，有「州宅」；「蓬萊閣」；「清白堂」；「清白泉」；「觀風堂」；「望月臺」；「秦望閣」；「望海亭」；「臥龍山」；「種山」；「競秀閣」；「蕺山」；「八松」；「右軍祠堂」；「鵝池」；「硯池」；「題扇橋」；「雷門」；「曲水閣」；「西園」；「望湖亭」；「吳先生祠」；「賀知章祠」；「鑑湖」；「禹廟」；「菲泉」；「禹穴」；「馬太守廟」；「吳越王廟」；「望秦山」；「少微山」；「梅梁」；「窆石」等。

高宗紹興三十年，庚辰（西元 1160 年）四十九歲

【時事】

正月，吏部侍郎葉義問同知樞密院事。募人墾淮南荒田。二月，詔立普安郡王瑗爲皇子，更名瑋。進封建王。三月，復館職召試，然後除擢。賜禮部進士梁克家以下四百一十二人及第，出身。如因平郡王璩開府儀同三司、判大宗正。始稱皇姪。四月，以賀允中兼權同知樞密院事。七月，葉義問知樞密院，翰林學士周麟之同知院事。御史中丞朱倬參知政事。八月，賀允中使還，言金人必畔盟，宜爲之備。淮東總管許世安奏，金主亮至汴京，起重兵五十萬，屯宿、泗州謀來攻。十二月，湯思退罷。

【生活】

正月二日十朋受命除秘書省校書郎，卜以八日行。四月十朋兼建王府小學教授；十月二十二日皇子建王生日，十朋賀詩有「誠存性盡萬善圓，身與國壽俱千年。」秘書省後園有脩竹不俗，滋味長向靜中長。十二月除著作佐郎〔註29〕仍兼建王付教授。

【作品】

有「己卯臘七日解官離越，十九日至家。明年正月二日被命除秘書省校書郎，卜以八日行，書二十字」；「次韻馮員仲正字湖上有作」；「次韻趙仲永悠然閣」；「次韻皇子建王題明遠樓」；「劉韶美辭試館職」；「再用前韻贈韶美」；「次韻韶美送劉夷叔二詩」；「皇子建王生日（十月二十二日）」；「寄新曆日與夢齡昌齡弟」；「送查元章二首」；「秘書省後園脩竹可愛胡正字憲有詩次韻」；「魏邦式通判挽詞二首」；「曹夢良贈炭戲成一絕」等。

〔註29〕《南宋館閣錄》卷八頁 4。王十朋「三十年二月除（除校書郎），十二月爲著作佐郎」。又見中興百官提名東宮官，新文豐公司叢書集成本二五四冊，頁 45。

【備考】

（一）劉儀鳳字韶美。蜀之佳士。紹興二十八、九年在越，十朋與儀鳳二年同官游。紹興二十九年二人分手於鑑湖，今年儀鳳辭試館職不就。

（二）劉望之，字夷叔。蜀地人。紹興二十一年進士，遷秘書省正字。昔在賢關與十朋游。十朋鍛羽東歸，曾拜言贈。至十朋在秘省，夷叔已入鬼錄。

（三）本篇，字元章。今年多，勸帝以虜情未測，淮甸應防，因言語激昂而去國。

（四）魏邦式，魏公之後，官通判，死於越；生年不長。張闡曾爲作行獎。惜張闡無詩文集傳世，則魏氏資料不全矣。

（五）馮員仲今年初官秘書省正字，與十朋同游西湖。

高宗紹興三十一年，辛巳（西元 1161 年）五十歲

【時事】

正月，放張浚、胡銓自便。秦熺卒。三月，兵部尚書楊椿參知政事。奪秦熺贈官及遺表恩賞。以陳康伯爲尚書左僕射，朱倬右僕射，並同中書門下平章事。五月，金使王全揚言無禮並以欽宗皇帝訃聞。詔以王全語諭諸路統制、帥守、監司，隨宜應變，毋失機會。以吳璘爲四川宣撫使，仍命制置使王剛中同處置軍事。殿中侍御史陳俊卿言，內侍張去爲竊權撓政，乞斬之以作士氣。七月，命兩浙、江東濱海諸州　預備敵兵。詔諸路帥臣教閱士兵、弓手。是月。金主亮徙都汴京，命其臣由唐、鄧瞰荊襄，據秦、鳳窺巴蜀，另路由海道趨兩浙。九月，給事中黃祖舜同知樞密院事。是月，金主亮造浮梁于淮水之上，遂自將來攻，兵號百萬，遠近大震。十月，詔將親征。金主亮入廬州，王權退保和州。帝聞王權敗，召楊存中同宰執議于內殿，陳康伯贊帝定議親征。復張浚觀文殿大學士，判潭州。殿中侍御史杜莘老劾內侍張去爲，帝不悅，去爲致仕，出莘老知遂

寧府。十一月，遣權吏部侍郎汪應辰詣浙東措置海邊。張浚判建康府。丙子，虞允文督建康諸軍拒金主亮于東采石，戰勝，連卻之。金主亮焚其舟而去。乙未，金人弒其主亮于揚州龜山寺。戊戌，金議和。十二月，命諸路招討司率兵進討，互相應援，沿江諸大帥條陳恢復事宜。戊申，市發臨安，建王從行。金主褒既立，且知金主亮已死，遂趨燕京。

【生活】

　　正月，在省中與程泰之正字、洪景廬編修多所游從唱酬。正月初七人日臨安大雪。上元日雷雪併作，十朋論災異諫，上不悅。春，時史館考試，同舍惟程泰之、馮員仲與十朋（十朋係狀元出身，免試入館）任館。四月四日十朋祀赤帝于慈雲嶺淨名寺。寶印叔寄詩，云將十朋偶留雁山資深堂題壁之詩刊傳到浙西。五月曾除大宗正丞。五月十八日，十朋罷館職（著作佐郎）去國。十九日宿富陽廟山，過宿永康縣黃塘店，游雁山石門洞。途中寄詩同舍有「去國懷明主，離群念舊游」句，七月朔日，泮宮老友林季任自梅嶼挐舟召昔日舊游諸友丁道濟、道揆、張思豫共飲芰荷香裡。十朋家藏碑刻滿屋，寶印叔寄詩索碑刻，十朋寄以南明山「紫芝岩」、「隱岳岩」六大字，叔侄二人同有此嗜好也。好友曹逢時自瑞安許峰來訪，盤桓數日，賦詩數十章。秋，十朋歸自武林，省東山先人隴墓，重茸山亭且濬舊溪；時十朋游宦三年已兩度歸家。十月，十朋在家剪拂花木，小小園杜鵑花先春而開，有共蒂雙頭之異。十一月二日，自金谿訪錢朝彥兄弟，同游白石岩、屑玉泉及白石三峰下之東際。十朋在家，與弟昌齡和詩頗多。十二月五日，並同二弟省墳於如存亭壁題詩。

【作品】

　　有「次韻程泰之正字雪中五絕」；「泰之用歐蘇穎中故事再作五絕勉強繼韻」；「趙仲永和東坡汝陰雪詩並舉趙德麟賑濟故事見示遂

示其韻」；「次韻洪景盧編修省中紅梅」；「李德遠寺簿敢言勇退……賦詩以高其行」；「省中黃梅盛開同舍命予賦詩戲成四韻」；「送王嘉叟編修」；「送陳阜卿出守吳興」；「次韻程泰之酴醾」；「送胡正字憲分韻得來字」；「四月四日祀赤帝于慈雲嶺淨名寺，祀畢游易安齋，至江次送黃子升通判還鄉」；「送太學生徐易歸天台」；「章季子教授惠顧渚茶報以宣城筆戲成三絕」；「趙仲永和胡正字竹詩見贈用韻以酬」；「張閣學挽詞（宗元）」；「寶印師刻予舊題以寄因書二絕」；「五月十八日去國明日宿富陽廟山懷館中同舍」；「寄馮員仲」；「釣臺」；「嚴州龍門院滿散天申節」；「宿永康縣黃塘店觀稼有感」；「永康有嶺名花錦被」；「舟中偶題」；「游石門洞」；「林明仲自梅嶼拏舟招……七月朔日」；「次韻昌齡樂齋讀書」；「寶印叔示詩且索碑刻以南明山六大字爲獻仍次韻」；「寶印叔辯上人各贈瑞香花」；「曹夢良自許峰來訪……見贈次韻」；「某辛巳秋歸自武林省先隴遂修亭宇濬溪流因思先人舊詩已隨屋壁壞矣尙能記憶遂追和」；「送萬先之赴清湘教官」；「送曹夢良赴桐廬戶椽三首」；「十月朔日偶書」；「剪拂花木戲成二絕」；「小小園十月杜鵑花盛開有共蒂雙頭之異因以數語記之」；「題月師桂堂」；「十一月二日自金谿訪錢用章于白石覽山川景物之奇以東道之姓爲韻」；「用錢用明用章游白石岩」；「又書堂曰雙植因書三絕」；「劉長方自豫章寄書稱砮焦蠣房之美恨未知味，書一絕以寄之」；「寶印叔得小假山以長篇模寫進士欽逢辰和之某次韻并簡欽」；「次韻昌齡西園十詠」；「題如存亭壁二首」；「劉義夫欲與先隴植蘭寄數根」；「義夫許贈丁香蠟梅」；「義夫以趙清獻諫垣集易柳文次其韻」；「雁山僧景暹求文記本覺殿」；「又六言」；「書不欺室」等。

【備考】

（一）李浩，字德遠，臨川人。時紹興三十一年官太常寺簿，因言語激烈見忌，遂於是年春急流退歸，十朋等於江頭送別。

（二）王秬，字嘉叟。是年春王為樞密院編修，上書薦張和公，請外則得洪州倅（南昌別駕）。

（三）陳之茂，字卓卿。自察院遷郎官，今年遭讒人陷害，出守吳興。

（四）胡憲，字原仲。晚年起用，在位僅半年，紹興三十一年在秘書省官正字。曾上書薦張和公（即張浚）等，疏入求去，詔改秩與祠歸。憲與十朋、馮方、查籥、李浩相繼論事，太學士為五賢詩以歌之，卒於紹興三十二年，年七十七。〔註30〕

（五）張宗元，南渡後之遺老，以散文閣直學士知洪州。在南昌日，遭奇禍，受謗下獄。卒於今年。宋人資料索引頁 2383 所云方城張宗元淳熙初年猶存，甚怪。

（六）十朋泮宮舊友林季任，字明仲，五十六歲。丁康臣，字道濟，五十四歲。康臣之弟小道揆，五十三歲。張孝愷字思豫，五十二歲。五人今年共游。

（七）十朋年少與曹逢時（字夢良）筆硯游，至今已二十四餘年（約紹興六年初游），今年逢時官桐廬椽。曹王酬唱詩實多，然今不傳。十朋至交詩文多不傳，難以明瞭十朋於時人中之地位，正類此惱人事也。

（八）萬庚，字先之。乃十朋之學侶，又係通家，早年名滿上庠，今年始赴清湘教官。

（九）劉義夫，家居東山。能孝親；與十朋為林下友。家種桃花、丁香、蠟梅，欲為先隴植蘭，十朋寄與蘭中數根。紹興三十一年義夫以趙清獻諫垣集易十朋之柳子厚文。

（十）四月四日送黃子升通判還鄉，十朋是年五月亦是去國之行人。

（十一）章季子。官教授。紹興二十七年曾贈十朋端硯。季子家藏萬石，其為人剛正，是時似初識之客。今年其惠渚茶二兩，云山中絕品，十朋報以宣城筆。

〔註30〕梅溪後集卷五頁 290「送胡正字憲分韻得來字」及《宋史》四五九卷隱逸下。

（十二）李大鼎，字鎮夫。十朋學生。家中闢圃築堂養親；堂名雙植。
　　　　大鼎乃表兄李克明之子。表兄日得涉園之趣，琴書有眞樂。
　　　　十朋已數載不至表兄家，故云待衣冠掛林下時復到其園游。
　　　〔註31〕

高宗紹興三十二年，壬午（西元 1162 年）五十一歲

【時事】

　　正月，帝在鎮江。帝至建康府，張浚入見。壬午，金人復犯蔡州，
趙撙力戰卻之。乙酉，權知東平府耿京遣其將賈瑞、掌書記辛棄疾來
奏事。丙申，楊存中爲江淮荊襄路宣撫使，虞允文副之。給事中金安
節，中書舍人劉珙繳奏再上，乃改命存中措置兩淮。二月，虞允文爲
兵部尙書、川陝宣諭使，措置招軍市馬及與吳璘議事。王宣、金人再
戰于汝州，金人全師來攻，宣敗績棄去。金人復犯順昌府，孟新拒卻
之，尋亦棄去。乙卯，帝至臨安府。金人二犯蔡州，趙撙連敗之。閏，
金人破河州，屠城。丙戌，給張浚錢十九萬緡造沿江諸軍戰艦。辛卯，
楊椿罷。三月，命陳俊卿、許尹經畫兩淮堡砦屯田。四月，御史中丞
汪澈參知政事。是月，大雨，淮水暴溢數百里，漂沒廬舍，人畜死者
甚眾。五月，命張浚專一措置兩淮事務兼節制淮東西、沿江州郡軍馬。
禁諸軍互招郣亡。詔立建王瑋爲皇太子，更名睿。加鄭藻、成閔、李
顯忠爲太尉。詔皇太子即皇帝位，帝稱太上皇帝。孝宗即位。帝以龍
大淵爲樞密副都承旨，曾覿帶御器械。詔中外士庶陳時政闕失。復除
名勒停人胡銓官，知饒州。七月，以張浚爲少傅、江淮宣撫使，封魏
國公。以參知政事汪澈視師湖北、京西。遣劉珙使金告即位。以四川
宣撫使吳璘兼陝西河東路宣撫招討使。追復岳飛元官，以禮改葬。以
黃祖舜兼權參知政事。詔李顯忠軍馬聽張浚節制。八月，翰林學士史
浩參知政事。起居舍人洪邁、知閤門事張掄坐奉使辱命罷。追復李光
資政殿學士，趙鼎、范沖並還合得恩數。九月，川陝宣諭使虞允文以

〔註31〕參見梅溪後集卷七頁 303「再至雙植堂呈表兄李克明」詩。

論邊事不合罷。以總領四川財賦軍馬錢糧王之望爲戶部侍郎、川陝宣諭使。詔虞允文赴吳璘軍議事。以吳璘爲少師。十月，史浩兼權知樞密院事。葉義問罷。官岳飛孫六人。以資政殿學士，張燾同知樞密院事。十一月，史浩免權知樞密院事。十二月，以陳康伯兼樞密使。

【生活】

正月初七（人日）有雪。正月，通家張思豫主簿來贈丹桂蠟梅，學生（亦表弟）余璧贈菊十二品。二月二日，遇覃恩，用黃紙繕制書一通，祭告先人，焚於雙親墓次。十朋父母之封贈，欵始於今年。閏二月十六日，成小詩一首，記先人於大井所植雙桂香氣遠逸，木陰盛茂，可懷先人遺德矣。三月，十朋作左原詩三十二首并序，殫記鄉居風光及先人瑣事。七月戊申，大風，飛屋斷木，十朋所居弊廬兩廡受摧壓，是以寄寓從姪莊共兩旬，八月己巳始還舍。六月十一日孝宗即位，二十一日除十朋知嚴州，九月二十一日召赴行在。旋，任國子監司業。今年十一月以司封員外郎兼國史院編修 〔註32〕 再任職史館。好友程大昌以詩覓省中梅花，十朋和詩有佳句云：「壓倒屋簷斜入枝」；胡銓同僚中諸公來訪，因留小酌，見上句詩稱賞不已，特贈詩美十朋詩句可比韓愈。

【作品】

有「人日有雪竹間種蘭」；「張思豫主簿送丹桂蠟梅二首」；「余全之贈菊栽十二品并示三十絕走筆二絕酧之」；「二月二日焚黃天色開霽賓游並集存沒有光，悲痛之餘因成鄙語」；「送陳元佐游剡」；「雙桂」；「東籬」；「左原詩三十二首并序」；「小小園納涼」；「贈甥萬脣」；「萬孝傑用韻見寄酧之」；「題從姪莊」；「萬孝全惠小龍團」；「赴召」；「宿學呈同官」；「某去年五月罷館職還鄉……今以史職復至道山訪舊……因成短篇」；「馮員仲赴闕奏事士君子咸欲其留，聞爲魏公所辟勢不可

〔註32〕《南宋館閣錄》卷八頁 13。

奪遂成鄙語，兼簡查元章」；「程泰之郎中以三絕覓省中梅花因次其韻」；「胡秘監贈詩一絕某依韻奉酬」等。

【備考】

（一）張孝愷，字思豫。永嘉人。張輝之子。紹興三十年進士，官主簿。思豫乃十朋通家，泮宮同舍。紹興三十一年七月朔日曾同游梅嶼，泊舟於思遠樓下。今年思豫送丹桂、蠟梅，十朋喻之馨德如人，且憶及昔在越幕卻人送蠟梅之事。

（二）余壁，字全之。表叔余觿之子，即十朋表弟也。十朋闈館時來游。今年贈菊栽十二品，並示詩三十絕。詩品直與菊花爭芳。

（三）陳元佐，字希仲。今年游剡，去訪舊同襟，以收斅學相長之功。

（四）張闡，字大猷。紹興十二年十朋父卒。闡時為秘書，嘗作挽詞云：「玄鯽隨釣誠養親」，張後為工部尚書。十朋今年作左原三十二詩，於「孝感井」詩記此事。

（五）今年馮方為江西運判，查籥為機宜赴闕奏事，皆為魏所知而辟用；此事嘗受小人嫉妒。

（六）程大昌以三詩來覓省中梅花，其末詩云：「花中結子酸連骨，正味森嚴眾苦之。待得和羹渠自會，如今莫管皺人眉。」十朋和以「更將正味森嚴句，壓倒屋簷斜入枝。」

（七）胡銓（胡秘監），頗欣賞十朋「壓倒屋簷斜入枝」句，及贈十朋一絕，云：「南山舊說王隱者，北斗今看韓退之。不須覓句花照眼，行見調羹酸著枝。」於十朋甚恭維。

孝宗隆興元年，癸未（西元 1163 年）五十二歲

【時事】

正月，以史浩為尚書右僕射、同中書門下平章事兼樞密使，張浚進樞密使、都督江淮東西路軍馬。詔禮部貢院試額增一百人。詔吳璘軍進退可從便宜。璘棄德順，道為金人所邀，將士死者數萬計。御史

中丞辛次膺同知樞密院事，葉義問落端明殿學士，饒州居住。四月，張浚入見，議出師渡淮。賜禮部進士木待問以下五百三十八人及第、出身。王之望罷。張浚命邵宏淵師次盱眙。命李顯忠帥師次定遠。是月，金人拔環州，守臣死之。五月，史浩罷。辛次膺參知政事，洪遵同知樞密院事。李顯忠、邵宏淵軍大潰于符離。乙卯，下詔親征。以張浚兼都督荊、襄軍馬。六月，張浚乞致仕，不許。以觀文殿大學士湯思退為醴泉觀使兼侍讀。召虞允文。以兵部侍郎周葵為參知政事。張浚自盱眙還揚州。李顯忠罷軍職。以太傅、同安郡王楊存中為御營使，節制殿前司軍馬。癸酉，下詔罪己。詔楊存中先詣建康措置營砦，檢視沿江守備。辛次膺罷。右諫議大夫王大寶入對，論移蹕。敷文閣學士虞允文為兵部尚書兼湖北京西宣諭使、制置使。七月，湯思退為尚書右僕射，同中書門下平章事兼樞密使。詔徵李顯忠侵欺官錢金銀，免籍其家。戊午，給還岳飛田宅。八月，張浚復都督江、淮軍馬。金紇石烈志寧又以書求海、泗、唐、鄧四劃地及歲幣。復以龍大淵知閣門事，曾覿同知閣門事。九月，楊存中罷。十月，帝曰：「四州地、歲幣可與，名分、歸正人不可從。」十一月，遣王之望等為金國通問使。盧仲賢擅許四州，大理寺奪三官。以胡昉等為使金通問國信所審議官。十二月，陳康伯罷。以湯思退為尚書左僕射，張浚為右僕射，並同中書門下平章事兼樞密使。是歲，以兩浙大水、旱蝗、江東大水，悉蠲其租。

【生活】

春日，十朋好友胡銓與館中同舍賞酴醾，胡有酴醾詩。十朋因官司業，與私試鎖宿，不獲雅會，遂次其韻。三月晦日（最後一日）館中聞鶯，挑起十朋故園之思。四月，十朋除起居舍人，兼侍讀從駕詣太上皇於德壽宮，與諸公會食和樂樓。時議欲乞移蹕建康，侍從諸公有異論者，十朋以為「聖主英姿同藝祖，諸君何苦戀湖山。」〔註33〕

〔註33〕梅溪後集卷七「四月從駕詣壽德宮……遂於樓中足之」，頁 301。

孝宗賜侍講侍讀建茶，十朋以說書與焉，則以十餅分贈太學同舍芮輝。十朋與左史胡銓同奏史職廢壞者四事，上皆從之。越月，除侍御史。十朋排棄和議，論用兵事宜薦張浚。劾史浩八罪，並及其黨史正志、龍大淵、林安宅；志在恢復中原。及符離少挫，張浚貶，湯思退用，十朋遂自劾，然詔權吏部侍郎，十朋不拜。六月十九日十朋去國返鄉。於婺女，與同年王夷仲、黃萬頃，鄉人華子周會飲於雙溪樓。沿路游仙都、看鼎湖、游洞谿、同重游石門洞。孟秋，自武林歸家，小小園荒蕪，乃植蔥蔬荣子，今多可無饉餒矣。秋，表弟萬大年、親戚孫先覺、林大和等見訪，與之奕棋，十朋連勝之。今年六月十五日大風水，七月朔日又作。七月不雨，浙西飛煌蔽天。八月二十一夜地震，二十六日太白星晝見，有兵起人流亡之憂。術者謂十朋命犯元辰，每仕輒已，十朋笑答死生窮達端有命。

中秋，就家賞月。重九寄詩表叔賈如規，憶及十七歲時，與潘先生（名翼）、賈太孺、劉謙仲、覺闍梨（釋覺無象）賦詩共登鹿岩舊事。頗感慨三十六年真一夢。今年九日，兄弟鄰里欲同登高，十朋苦於多病止之，就弊舍用陳少曾所寄錦石杯飲菊花酒。連續三秋不雨，僕夫浚井得雙鯽一鰻，藏之泥水間，十朋見而放之。張闡尚書來書，云每與胡銓共以十朋罷去前激切之言進對。

十朋還自武林，嘗修葺先人弊廬，晨起焚香讀書，興至賦詩，客來飲酒下棋。家藏書數百卷，晴日親曝之。於小小園，與兄弟鄰里把酒敘羨，惟以老來腳無力而蒼顏白髮為憾。今年昌齡弟欲游白石，使十朋思前年於洞府曾宿一夜。多，未臘而雪，有豐年之兆。雪中，將梅溪之梅，分贈鹿岩朋友萬清之、賈大老。今年十朋在家守歲。

【作品】

有「次韻胡秘監酴醾詩」；「館中三月晦日聞鶯，胡邦衡有詩用東坡酴醾韻，有居側無讒人發口不須婉句，某次韻」；「上賜講讀官建茶某以說書與焉以十餅分贈太學同舍芮太博輝有詩次韻」；「四月從駕詣

德壽宮與諸公會食于和樂樓，……遂於樓中足之」；「用登和樂樓韻酬
胡邦衡送別兼簡劉韶美秘監」；「去國」；「重游釣臺二首」；「過娑女同
年王節推夷仲黃教授萬頃鄉人華主簿子周會飲雙溪樓」；「游仙都」；
「游洞谿」；「重游石門洞」；「寄題喻叔奇亦好園」；「種蔬」；「予素不
善棋孫先覺萬大年林大和見訪戲與對壘偶皆勝之因作數語」；「大年和
棋詩復次前韻」；「太白晝見」；「荊婦夜績」；「術者謂予命犯元辰，故
每仕輒已，予笑曰有是哉，戲作問答語」；「再至雙植堂呈表兄李克
明」；「九日寄表叔賈司理并引」；「九日不登高與兄弟鄰里就弊舍飲
菊」；「仙居陳少曾寄錦石杯，書至乃九日也。方與坐客把菊，遂用以
勸酒」；「僕夫浚井得雙鯽一鰻未及烹也，藏之泥水間，予見而放之，
因作數語」；「得張大猷尚書書云……獨見佑二公，因讀邦衡和和樂樓
詩，復用前韻」；「次韻題寶印叔蘭若堂」；「藤杖」；「予還自武林，葺
先人弊廬……作小詩十五首」；「汲水」；「澆花」；「賞月」；「采菊」；「覽
鏡」；「浚井」；「酬林明仲寄書并長篇」；「昌齡欲游白岩興盡而止予亦
思前年之游遂次其韻」；「洪丞不負軒」；「周承奉挽詩」；「黃岩趙十朋
賢士也，……遂用趙君詩意成一絕」；「陳商英挽詞」；「陳商霖挽詞」；
「萬清之有詩三絕呈司理峴丈并簡某，因次其韻」；「再用前韻三首」；
「未臘而雪豐年兆也大老有詩次韻二首」；「雪中寄梅花與清之大
老」；「題齡五桂堂」；「寄鯉魚與萬大年」；「梁府君挽詩」；「永嘉盧仲
脩永年袖文見訪酬以短句」；「林明仲和詩復用前韻」；「張器先和詩復
用前韻」；「寄蒲墨與明仲」；「寄沈敦謨」；「送謝任之三首」；「題雙瀑」；
「癸未守歲」；「張器先復和詩作五言以寄」；「萬孝全贈金華洞石名雪
西遙峰，作進退詩次韻」等。

【備考】

（一）胡銓，今年春，官秘監，嘗作酴醾詩。三月，於史館中聞鶯，
　　　其用東坡酴醾韻作詩有「居側無讒人，發口不須婉。」句。四
　　　月，胡為起居舍人兼左史與十朋同奏史職廢壞之四事。六月十

朋去國胡仍在史館。九月，張大猷尚書有書與十朋，言二人每
進對，皆舉十朋去國前之激切言語為說，二公直是十朋之知己
也。

（二）四月，洪遵亦從駕詣德壽宮，十朋與洪邁之兄洪遵尚有往來，
與他兄洪適似全無交情。

（三）紹興三十一年五月十朋至婺溪，原與王夷仲等有登雙溪樓之
約，已而，忽聞欽宗諱，罷約。今年十朋再過婺女，重登雙溪
樓，聚會者有同年王節推夷仲、黃教授萬頃、樂清人華主簿子
周等。

（四）今年，孫先覺、萬大年、林大和來拜訪，伴十朋奕棋。

（五）表兄李克明家有雙植堂。今年十朋至表兄家游。

（六）今年九月與賈如規（賈司理）、賈大老、萬清之往來和詩。大
老乃如規之子，清之則如規婿也。

（七）今年與叔父寶印師詩作往來。

（八）同年周敏卿之父周承奉去逝。

（九）黃岩趙十朋，狷介之士，有石公弼、李先等有名之內兄，然不
倚賴之。家軒植雙桂，人稱雙桂隱士；北宋末南宋初人。有詩
云：「四枚豚犬教知書，二頃良田儘有餘；魯酒三盃棋一局，
客來渾不問親疏」十朋賢其志節欲學之，故云：「王十朋如趙
十朋」。

（十）十朋昔日鄉校舊友陳商英、陳商靈兄弟相繼過逝。昔在招仙館
有八叟，商英號秀野翁，商霖號可叟，十朋亦其中之一，餘待
查。

（十一）梁惠（字民懷），麗水人。善劍學，方臘亂起能保全地方。
有子梁安世，紹興二十四年進士。梁惠今年即世。

（十二）冬，永嘉盧永年（字仲脩）袖論八篇來訪。

（十三）林季任（字明仲），梅嶼人，筆力豪健。十朋舊游。今年寄
十朋長篇及和詩。十朋寄蒲墨以助文采。

（十四）鄉人張器先和詩，詩作有憂國意、有溫和氣。器先暮年登
　　　　第，嘗官福清丞。

孝宗隆興二年，甲申（西元 1164 年）五十三歲

【時事】

　　正月，命虞允文調兵討廣西諸盜。二月，胡昉使金不許四郡，不
屈，金主命歸之。三月，詔張浚視師于淮，又詔王之望等以幣還。以
戶部侍郎錢端禮爲淮東宣諭使，吏部侍郎王之望爲淮西宣諭使。六
月，命虞允文棄唐、鄧、允文不奉詔。七月，召虞允文。以戶部尚書
韓仲通爲湖北、京西制置使。以周葵兼權知樞密院事。八月，資政殿
大學士賀允中爲知樞密院事兼參知政事。張浚薨。九月，王之望參知
政事、權刑部侍郎，吳芾爲給事中兼淮西宣諭使。金人犯邊。以久雨，
出內庫金糴米賑貧民。命湯思退都督江、淮東西路軍馬，辭不行。復
命楊存中同都督；錢端禮、吳芾並爲都督府參贊軍事。十月，賀允中
罷爲資政殿大學士致仕。周葵兼權知樞密院事，王之望兼同知樞密院
事。十一月，金入連陷數州。湯思退罷都督，以尹穡、晁公武論之，
未至永州而卒。召陳康伯。太學生張觀等七十二人上書，請斬湯思退、
王之望、尹穡，竄其黨洪适，晁公武而用陳康伯、胡銓等，以濟大計。
戊戌，陳康伯爲尚書左僕射，同中書門下平章事兼樞密使。遣兵部侍
郎胡銓等分浙措置海道。十二月，以錢端禮爲參知政事兼樞密院事，
虞允文同知樞密院事兼權參知政事，禮部尚書王剛中簽書樞密院事。

【生活】

　　歉歲還鄉，時遇凶年。元宵日，鄰里具豆觴就十朋家，且張燈以
慶，十朋辭之不獲。自去秋七月不雨，至今春二月十九日僅得雨，旋
又止。社日有雨，簷間不斷，令人喜。今年十朋家有飯不足憂，肇因
於居官常去國，水陸窮囊槖，妻云「子耕我當耘，固窮待秋熟。」
　　四月十九日昌齡弟得男，十朋命之曰遲。六月，十朋受命除集英

殿脩撰，起知饒州。六月離家，遇旱災。七月三日至鄱陽。十朋甫入境，天雨，老友何覬（子應）賀詩云：「人間正作雲霓望，天半忽驚霖雨來。」

在郡，十朋爲政師法范仲淹，就郡圃之慶朔堂朔顏魯公、范文正像；降聖節詣天慶觀，因謁顏、范公祠堂。十月望日與同僚共論文於薦福寺。閏月初四、初八、二十五日三雪，明年禾麥當宜。已而又雪，臘盡日又雪，凡五雪矣。十朋郡齋有不欺室，此三字乃張浚所書，筆力勁健如端人正士，蓋書以人貴矣。暮冬，寄詩二弟，有「夢魂夜夜尋兄弟」句。年底，十朋牙落。

【作品】

詩有「元宵鄰里攜具就弊廬張燈辭之不獲因成一絕」；「祈雨不應」；「自秋七月不雨至於春二月十九日僅得雨昌齡作賀詩予未及和而雨止矣遂次韻以閔之二首」；「社日喜雨復用前韻二首」；「家食遇歉有飯不足之憂妻孥相勉以固窮因錄其語」；「聞小使胡昉抗虜不屈……昌齡有詩次韻」；「昌齡四月十九日得男請名於予，命之曰遲」；「山丹花」；「七月三日至鄱陽」；「次韻何憲子應喜雨」；「登綺霞亭用喜雨韻」；「追和范文正公鄱陽詩──郡齊即事」；「游芝山寺」；「登綺霞亭用碧雲軒韻」；「降聖節詣天慶觀因謁顏魯公范文正公祠堂，用贈御賜名道士韻」；「觀文正像用贈傳神道士韻」；「移竹植郡齋之東用懷慶朔堂韻」；「十月望日同官會飯薦福送酒」；「生日示聞詩聞禮」；「木蘊之即席和文字韻詩酬以二絕」；「觀郡守題名再書一絕」；「項服善知縣和詩酬以三絕并簡林致一教授」；「題薦福寺莫莫堂」；「哭馮員仲」；「陸居士挽詩」；「洪帥陳阜卿寄筍」；「次韻何子應題不欺室」；「郡齋對雪」；「子應和詩再用前韻」；「祠顏范二公」；「題何子應金華書院圖」；「閏月三白三首」；「又和項服善三首」；「和。洪景盧用三白韻作四白詩二首」；「臘盡日又雪洪復作五白詩再和二首」；「次韻何子應得宣城筆」；「聞捷報用何韻」；「不欺室三字……因成古詩八韻」；「出郊遇

雪」；「何子應以蜀中文房四寶分贈洪景盧王嘉叟某與焉因成一絕」；「送翁東叟教授二首」；「和寶印叔見寄二首」；「用韻寄二弟二首」；「送蔡倅」；「齒落」；「次韻李懷安贈何憲五絕」；「李懷安擁麾入蜀道，出鄱江，見贈二詩，依韻奉酬」等。文有「天香亭記」；「顏范祠堂記」等。

【備考】

（一）胡昉使金抗虜不屈，孝宗嘉之，命右揆撫師，仍有和不可成之語。昌齡弟有詩，十朋次韻云：「行見車馬混天下，豈容南北分三光」，此十朋主戰之可證也。

（二）木待問，字蘊之。今年十月來賀十朋生日，即席和詩，十朋亦酬詩云臭味相投，可擬兄弟，似大小馮君也（大小馮君疑指宋馮行己、伸己兄弟）。

（三）鄉人項服善，鄱陽令，為人清白，有惠政。與十朋及鄉人林致一教授友善。今年與十朋互有和詩。

（四）陸居士去逝，有子六人，其一子九齡在太學，歟居士即陸九齡、陸九淵之父也。然十朋云「撫州人」，此點不同於九齡之籍金溪。

（五）洪州帥陳之茂（字阜卿）寄筍。

（六）何麒（字子應）有題不欺室詩，十朋引何麒為同志，故十朋和詩云：「公如憂國房玄齡，我如鄭公思批鱗。」何氏家有書院，作有金華書院圖，十朋題以詩，二人即今年邂逅鄱江涯。何氏與洪邁、王秬熟識，何曾贈文房四寶與王（十朋）洪（洪邁）、王（嘉叟），則見洪、王二人與何氏之交情早在王十朋之前。

（七）七月，十朋至饒州郡而雨，畏友何麒（字子應）賀雨。今年，何君有「題不欺室」詩，十朋則次韻。何君獲詩且再次韻。〔註34〕十朋作郡齋對雪，子應和詩。而十朋有題何君金華書

〔註34〕香山詩卷四頁2「次韻王龜齡侍御不欺室」。

院圖之詩。

（八）今年洪邁與十朋仍有詩酬唱。

（九）翁東叟，樂清人，係十朋三十年前舊友。惟此當為紹興四年前後之友，疑係鄉校筆硯友，今年官湖北教授，乾道二年已調知縣。今年十朋為郡饒州，翁君自湖北來，不期而遇。二人攜手登樓，賦詩篇章擬蘇李，翁君吐語清絕。

（十）項服善，樂清人，林致一，樂清人。十朋因同鄉之故與項、林二交往。項君鄱陽令，清廉有惠政。

（十一）洪帥陳之茂（字阜卿）寄筍來。

（十二）馮方（字員仲），一代奇男子，為多才所誤，遭讒謗，死於今年（十月以後）。

（十三）李懷安今年擁麾入蜀道。

孝宗乾道元年，乙酉（西元 1165 年）五十四歲

【時事】

正月，詔兩浙賑流民。三月，虞允文為參知政事兼同知樞密院事，王剛中知樞密院事。五月，詔璘措置馬綱、水路。六月，王剛中薨。八月，虞允文罷。洪适為參知政事兼知樞密院事，吏部侍郎葉顒簽書樞密院事兼權參知政事。甲戌，以端明殿學士汪澈知樞密院事，洪适兼同知樞密院事。十一月，遣龍大淵撫諭兩淮，措置屯田，督補盜賊。十二月，以洪适為尚書右僕射、同中書門下平章事兼樞密使，汪澈為樞密使。以葉顒為參知政事與同知樞密院事。

【生活】

今年初，十朋官饒州，能愛民如子，抑強扶弱。正月二日，十朋得嫡長女孫。七日，雨。元夕，十朋在鄱陽思家。郡圃有百花樓，十朋公餘謾栽花。二月朔日，同王嘉叟，木蘊之訪景盧別墅野處園。十朋在饒州郡作州宅十二詠，細寫州之堂、軒、亭、樓等。二月，至靈

芝門外之芝山勸民農事。二月十五日祈晴不期十七日雷雨再作，已而天朝陰暮晴。端午前一日與同僚會飲鄱江樓。五月二十日百穀皆長，十朋盼雨澤霈然淋下。五月二十五日，十朋餞張孝祥（張似易任饒州守）于薦福寺，洪邁、王秬來作陪。六月伏日（庚日），與十客登四望亭小飲。七月九日，十朋易任夔州，臨行同僚送別四十里而饒人遮道、斷橋，顧猶挽留不得，真見循吏之受民愛戴也。赴夔，途中宿何山孫氏竹軒，宿章田、經都昌，過五柳灣，四宿樓真寺，經湖口羅家渡，過湖口驛，至江州。續徑行，宿太平興國宮，宿東林寺，遊圓通寺，過康王觀，宿歸宗寺，經簡寂觀，游開先寺觀香爐峰瀑布，知盧山之勝盡於斯。續游萬衫院、飛橋、三峽橋、五老峰、宿於樓賢寺。又游楞伽、南山、入康谷、石鏡溪；十朋總記盧山之游作詩四十韻。是時，十朋力丐祠，初不欲入三峽，故於此徘徊，又惦念二子，且行且住，尚有所待也。

　　中秋前一日別盧山。中秋佳節宿瑞昌縣瀼溪驛（元次山舊隱處），思兄弟各分東西。蜀路超遠，續前行，宿多福院。過金城觀、石田驛，宿興國軍渫泉山真如寺，至興國軍。八月二十六日十朋二子離太學不赴秋試，來侍雙親入蜀。前行至湖北，宿大治縣。經東方寺，大治縣鐵山宋武帝廟，宿武昌縣。前游西山寺，遇雨兩宿西山縣驛；游樊山吳大帝廟，過樊口，宿華容寺。朝離華容，暮宿孟橋。得官場友人莫濛借以八百料船，可濟川而西矣。至鄂渚泊報恩寺游一覽亭。重九，在鄂渚，登高懷故鄉，客魂黯然，作詩有「詩隨眼界添，酒逐年華減」平實中雋永無倫比。

　　九月十日自鄂渚易舟，晚泊江口（即南浦，在鈔渚之南）。自離南浦，逆長江而前。過金口市、鯉魚甲，遇風阻，進甚慢。沿津渡舟行，宿通濟口，思湖口，至漢水；宿王家村，至魯家狀。二十五日，乃十朋先母忌辰，以魚蔬橙桔祭於舟中。續前行，宿下涉步，夜浪如潮，舟撼，然星月皎潔，天籟不號。舟行，過石道縣宿劉郎狀。二十六日，江與風背，停舟。前行，過公安寇萊公祠，宿黃壇。十月四日

宿沙市,鄉思淒然;六日,家書自臨安來,兩月到荊州。九日,向江陵換蜀舟。過虎牙,至峽州夷陵登至喜亭謁歐陽修祠,登爾雅臺、楚塞樓。離夷陵,移舟,因霧迷,至四面山,山青景佳。至桃花鋪飯食,宿於覆盆。登峽州大望山,宿千石,夜眠聽得誦書聲,五更又聞夔州鼓角聲。過九盤嶺,飯周平鋪,南北山峰巒,遇雨爲雲爲霧,類巫山之狀。至歸州,夜宿報恩寺,過秭歸。二十四日,十朋視帥印於歸州之大拽鋪。入巴東縣宿,以詩示邑官巴東寇準祠宜復。入巫山,霧開。登得勝崗,謁關雲長廟。過巫山風口,登巫山燕子坡。於十一月朔日至夔府。自十一月望日後,在蜀,與查元章、周行可多所酬唱,戲云可編夔府集。至夔之初,即飭官吏善護聖訓之戒石,以自警。十二月十八日送虞允文於西城竹亭。

【作品】

　　文有「思賢閣記」;「瀟灑齋記」;「跋溫公帖二篇」;「送葉秀才序」等。詩有「國娘生日」;「陳阜卿書云聞詩筒甚盛……戲用竹萌韻以寄」;「次何憲韻」;「金華先生有奇石……因和二公詩頗起卿思寓意斷章」;「嘉叟宗丞得郡喜成一絕」;「人日雨次何憲韻」;「子應贈蜀中石刻十卷詩以謝之」;「次韻嘉叟讀和韓詩」;「元夕次何憲韻二首」;「送何憲行部趣其早還」;「種金沙花戲呈景盧」;「郡圃栽花」;「二月朔日同嘉叟蘊之訪景盧別墅……即席唱和二首」;「還舍復用前韻以寄」;「景盧嘉叟和和詩五首復用前韻」;「用韻懷何卿」;「喜叟和詩至七篇,……某鄉心友切,復用韻」;「州宅十二詠」;「景盧贈人面竹杖」;「鄉人項服善宰鄱陽……遂和以送之四首」;「予向年少不自量,因讀韓詩輒和數篇,……近因嘉叟見之,不能自掩,且贈以長篇,蒙景盧繼和,用韻以謝」;「次韻陳阜卿讀洪景盧追和玉板詩二首」;「次韻何憲脩途倦游懷鄱陽唱和之樂」;「次韻何憲太平道中書事」;「次韻何憲題魯池州通隱堂」;「芝山勸農」;「二月十五日祈晴十七日雷雨再作」;「喜晴再用前韻」;「數日天氣朝陰暮晴復用前韻」;「哭何子應二首」;

「同官會飲鄱江樓送谷簾泉二尊戲成小詩」；「名郡之東門曰永平書一絕」；「主簿程同年和永平門詩再賦四絕因以贈別」；「送春」；「州院獄空贈知錄孫聽」；「鄱江樓分韻得月字」；「前端午一日會飲鄱江樓十有六人既分韻賦詩又戲成短篇」；「五月二十日閔雨」；「次韻葉樞密（葉顒）言別」；「洪景盧以郡釀飲客于野處園賦詩見寄次韻」；「剡紙贈嘉叟以詩爲謝次韻」；「伏日四望亭分韻得月字」；「次韻趙通判喜雨」；「徐孺子亭」；「張安國舍人以南陵鄱陽雨暘不同示詩次韻」；「又次韻閔雨」；「次韻安國讀楚東酬唱集」；「安國讀酬唱集……復用前韻」；「次韻安國讀薦福壁間何卿二詩悵然有感」；「五月二十日餞安國舍人于薦福寺……坐間用前韻」；「再用韻送安國」；「易芝山五老亭名曰五峰安國書之因成短篇」；「次韻安國題餘干趙公子養正堂……」；「次韻安國題清音堂」；「郡齋舊有假山……予既以瀟灑名齋因鐫二字于石戲成古風」；「予自饒易夔……提點何德獻相追不及以詩見寄……因次其韻」；「同官酌別」；「途中寄何德獻」；「宿何山孫氏竹軒觀張安國題壁因用其韻」；「望廬山懷鄱陽同官」；「夢觀八陣圖」；「讀喻叔奇送行六詩」；「都昌道中望廬山思故鄉」；「過五柳灣」；「宿栖真四宿，時二兒寓上庠，未知去留，又祠命未下，頗以爲懷」；「望大孤山」；「題湖口驛」；「至江州」；「和叔奇見寄」；「讀趙果州詩」；「讀王文正遺事」；「題庾樓呈唐守立夫」；「宿太平興國宮二首」；「宿東林贈然老」；「白公草堂」；「蓮社」；「題東林聰明泉」；「游圓通」；「贈訥老」；「題至樂亭二首」；「勝書記蜀僧也，和予游玄通一詩，用贈訥老韻酬」；「次韻唐立夫以日者命狀見寄」；「趙果州致羊酒走筆戲酬」；「題訥庵」；「題康王觀」；「湯泉」；「宿歸宗寺」；「簡寂觀」；「游開先寺觀香爐爆布諸峰……記以十韻」；「游萬杉院三首」；「飛橋」；「三峽橋二首」；「五老峰」；「玉淵」；「宿栖賢」；「游楞伽三首」；「游南山入康谷……戲成一絕」；「石鏡溪」；「廬山紀游四十韻」；「歸宗樅老言廬山有對云……戲成一絕」；「開先僧贈石菖蒲」；「別廬山」；「題天華院」；「中秋宿瀼溪驛二首」；「瑞昌李宰贈元次山集」；「中秋思鄉用瀼溪韻」；「宿多福院」；「昨日

飯金城觀今日飯石田驛」;「瑞昌永興道中作」;「宿眞如寺二首」;「至興國軍二首」;「題懷坡閣贈王景文國正二首」;「贈陶永州」;「次韻王景文贈行四絕」;「題謀野堂」;「聞詩聞禮不赴秋試……喜其來也因作是詩」;「途中遇雨」;「宿大治縣」;「東方寺」;「宋武帝廟」;「宿武昌縣」;「游西山寺」;「遇雨兩宿縣驛」;「吳大帝廟」;「望黃州」;「過樊口」;「宿華容寺」;「朝離華容……得莫漕子蒙書以八百料船見借遂可鼓楫而西矣」;「至鄂渚泊報恩寺」;「題一覽亭」;「莫漕以蕈羹薦杯」;「九日懷故鄉」;「登壓雲亭贈趙都統撙」;「九日陪諸公登高」;「十日解舟，晚泊江口，望鄂渚漢陽」;「解纜南浦，初泝長江……」;「過金口市江中有渚名鯉魚甲……成四絕」;「食蝦」;「宿通濟口」;「蘆花二首」;「夜宿思湖口……終夕爲之不寐」;「舟中作」;「漢水」;「宿夏郡口」;「九月十五夜」;「宿高牙」;「亡姊之葬在九月……詩以寓哀」;「買魚行」;「過八疊有小舟賣蝦……」;「過三義」;「泛泛江漢水」;「宿網步時已午夜……是夕有月不飲」;「過畢家池有姓陳者送香橙八顆……三首」;「晚過沙灘有漁人舉網得鯿魚二百餘頭……三首」;「舟中懷鄱陽趙倅公懋及諸同官用九日登高韻」;「宿紫微」;「二十一日至福田院留建聖節」;「宿金雞渡」;「宿王家村三首」;「讀楚東倡酬集寄洪景盧王嘉叟」;「寄題鄱陽一江亭」;「早至魯家洑復入大江見石首山」;「舟中記所見」;「二十五日先妣遠忌祭于舟中」;「天晴風順舟行過石首縣宿劉郎洑」;「予自鄂渚登舟近兩旬……二十六日風駛甚……江與風背……停舟不行復用前韻」;「再讀楚東集用前韻寄景盧嘉叟」;「寇萊公祠」;「宿黃壇」;「讀于公堂記寄孫錄聰伯」;「十月四日宿于沙市……足成一篇寄二弟」;「初九日離南用夔州船」;「過虎牙」;「至峽州登至喜亭謁歐公祠」;「爾雅臺」;「楚寒樓」;「離夷陵……有山名四面頗佳」;「飯桃花鋪宿覆盆二首」;「上大望州鑽天三里二首」;「宿千石聞誦書聲」;「枕上聞鼓角」;「過九盤嶺」;「飯周平鋪南北山峰巒皆奇……遇雨爲雲霧所蔽不盡見」;「至歸州宿報恩寺」;「題屈原廟」;「過秭歸」;「二十四日視帥印于歸州大拽鋪」;「宿巴東縣懷寇忠愍」;「初入

巫山界登羅護關雲霧晦冥默禱之因成一絕」；「霧開復成一絕」；「登得勝崗謁武安王關雲長廟……」；「過風口望巫峽……經行峽煙霞障」；「登燕子坡前有一岩在江之旁如天台赤城名烏飛岩」；「巴東之西近江有夫子洞……詩以辨之」；「自鄂渚至夔府途中所見一百十韻」；「初到夔州」；「查漕元章生日」；「周漕行可和詩復用前韻並簡元章」；「又用行可韻」；「行可再和用其韻以酬」；「又酬元章」；「行可元章再賦二詩依韻以酬……二首」；「元章贈餘甘子用前韻」；「行可骨肉自西州來用門字韻贊喜」；「州縣有戒石飭官吏……詩以自警云二首」；「出郊送虞參政……」等。

【備考】

（一）王秬，今年春得郡為守。

（二）王秬、王十朋與洪邁游。十朋在鄱陽，地近洪之別墅野處園，數人恒往來唱酬。

（三）鄉人項服善，原宰鄱陽，與十朋半年同事，今春易任歸鄉。

（四）二十年前（約紹興十五年）十朋曾和韓詩一、二百篇，近日蒙好友王秬、洪邁欣賞，詩以謝王洪二人。

（五）何麒，字子應，似罷去而卒於二月二十二日。何又號金華子，金華先生。

（六）程大昌，原官主簿，適與十朋同事，今年春盡時易任而去。

（七）葉顒，除知樞密院事，未拜，進尚書左僕射兼樞崇使。首薦十朋、汪應辰、陳良翰、陳之茂、芮曄……等。是以十朋今年作詩有「九重側席念公深……乾坤整頓須元老……」句。

（八）今年楚東酬唱集刊行。前集有王十朋、何麒、陳之茂、洪邁、王秬、李懷安六人之作品。

（九）張孝祥，官舍人，今年讀楚東酬唱集，云：「平生我亦詩成癖，卻悔來遲不與編」，十朋欲編後集，允編入孝祥之作品。

（十）何德獻，為十朋守鄱陽時之提點，為政與十朋甚相得，時二人

俱爲老翁。十朋易夔，德獻追之不及，以詩寄云：「斷橋截鐙
亦堪憐，始信林間別有天。微見兵機第一義，朱轓暫席廣文氈。」
不久，德獻易任而東行。

（十一）江州唐守立夫。今年十朋赴夔過江州，結識唐立夫，雖屬有
緣，未必深交。今觀梅溪集相關「唐立夫」之詩二首，皆十
朋倦悔名利，只慕高鴻不羨官業之自白，無深交之語，想二
人交情泛泛也。

（十二）趙不拙，字若拙。今年十朋赴夔途中，至江州而結交不拙，
不拙時爲江州添倅。初識面，十朋便傾心，云：「眉宇胸襟
兩不塵，唾成珠玉更清新。」繼而十朋游廬山十日，不拙致
羊酒詩篇以慰，漸已深交。

（十三）王質，字景文，十朋行至興國軍，遇質，時質罷歸在鄉。十
朋赴夔，質有贈行四絕，十朋次韻云：「孜孜相勉惟名節，
官職何須校有無。」其時質年方壯而十朋已老，故勉以忠臣
公論在人心者也。

（十四）十朋十一月至夔，查元章、周行可俱爲漕在夔，三人交往日
密。

（十五）劉侍郎韶美尙在道山，十朋寄詩託故人上呈執政欲歸山林作
散人之心願。

孝宗乾道二年，丙戌（西元 1166 年）五十五歲

【時事】

二月，賑兩浙、江東饑。三月，賜禮部蕭國梁以下四百九十三人
及第、出身。罷洪適右僕射。魏杞同知樞密院事兼權參知政事。四月，
汪澈罷。五月，葉顒罷。魏杞參知政事，林安宅同知樞密院事兼權參
知政事，蔣芾簽書樞密院事。八月，林安宅劾葉顒之子受金失實罷之。
溫州大水。魏杞兼同知樞密院事，蔣芾權參知政事，召葉顒。十一月，
密詔四川制置使汪應辰，如吳璘不起，收其宣撫使牌印，權行主管職

事。十二月，葉顒爲尙書左僕射，魏杞右僕射，並同中書門下平章事
兼樞崇使。蔣芾參知政事，吏部尙書陳俊卿同知樞密院事兼權參知政
事。

【生活】

十朋官夔州，爲政有免費給水，修壘補城，勸農簡訟，奏請馬綱
復行舊路，〔註35〕又種柳二千本等諸端。正月六日與行可、元章出遊
至峽水臨流踏蹟，且細看六陣圖。〔註36〕正月十五上元節遇晴，山中
百姓出游，十朋勸農游罷歸去，勉力耕桑且早輸租稅。二月二十四日
作詩記長子聞詩在鄱陽日夢熊入書院，遂於去年十二月十九日生長
孫，名阿夔。二月戊子，爲崇明祀，買地易路，築屋增壇，於州西新
建社稷。四月初，清明前四日，十朋與行可、元章載酒遊臥龍山，時
凍雨初霽，風日清美，遊興正酣，且飲且以觀音泉淪茗，且兼懷諸葛
武侯。五月四日與同僚十六人登南樓觀灩澦堆邊之龍舟競渡。五月，
劉韶美來巫山又過夔留半月，而查元章改漕成都。六月朔日，登靜暉
樓觀漲潮；是月樓前荔枝一株方熟。伏日，與同官於瑞白堂觀跳珠且
小飲。立秋，夔人習俗簪秋葉，十朋年衰有怯意。七夕，微雲掩月，
作詩云：「夫耕婦織莫辭勤」。七月，落齒。七月十五日中元，得雨苗
蘇而暑氣滌除。七、八月旱，七月間禱之得雨，八月十二日未及禱而
雨。中秋，佳客十五，對月飲酒，作詩用昌黎贈張功曹韻。九月六日
遇雨，不得登高，明日放晴再擬重九與客攜壺登臥龍山。十月〔註37〕

〔註35〕梅溪後集卷十二有「聞馬綱復行舊路，聖主之恩，諸公奏（諫之力）
也，元章用前韻，喜而和之」詩，此篇疑聞詩聞禮所補，甚或明朝
時所補，故文字郭公夏五，且詩既置此，依編書例應屬乾道元年冬
之作品。然其時十朋方就任，尙無閒暇論奏馬綱之事，則以篇置此
殊屬不當也。又徐炯文年譜載茲事於乾道二年，或有所見，當可爲
旁證。再者，宋會要載周時、查籥、十朋三人同奏此，事均指明乾
道二年，直可爲確論無疑。今移置於乾道二年之作品列。後十二，
頁340。
〔註36〕梅溪後集卷十二「正月六日游蹟呈行可元章」與「呈同官」，頁341。
〔註37〕梅溪後集卷十三「瞿唐」詩首句云：「七日重來白帝城……」，應爲

連日至瞿唐謁白帝祠，登三峽堂，覽古成詩十二絕。十月九日夔州初雪。十日，十朋買黃菊二株，如南山在眼。十月，同年閻安中、梁介得郡還蜀，聯舟過夔訪十朋於郡齋。旋與二同年觀雪於八陳臺，趙不拙來會，遂酌酒論文煮茗誦少陵江流石不轉之句。十月二十六日十朋生日，兒輩觴壽酒盡是祝歸期。至日（十二月二十二、三），驚鬢絲漸短，得命下還鄉。臘日，與同僚小集八陣臺，觀新成之武侯祠。十一月十八日迎虞允文於西城竹亭。十朋於夔州已兩過除夕矣。

【作品】

　　文有「夔州新修諸葛武侯祠堂記」；「寇忠愍公巴東祠記」；「唐質肅公祠記」；「臥龍山記」〔註38〕等。詩有「立春」；「寄劉侍郎韶美」；「正月六日游磧呈行可元章」；「呈同官」；「買山」；「給水」；「修壘」；「種柳」；「江月亭二絕」；「登眞武山」；「上元山中百姓出游作三章諭之」；「題諸葛武侯祠」；「登詩史堂觀少陵畫像」；「送參議吳郎中」；「夔州祀社稷于州之西……詩以記之」；「游臥龍山呈行可元章」；「聞詩得男名之曰夔」；「甘露降于宅堂竹間凡半月……記以二絕」；「元章贈蘭」；「臥龍山有武侯新祠再用前韻」；「寄書與二叔二弟二首」；「題臥龍山觀音泉呈行可元章」；「元章贈筆戲成一絕」；「再酬元章」；「又答行可」；「酬行可惠白酒」；「同行可元章報恩寺行香登佛牙樓望勝己山」；「五月四日與同僚南樓觀競渡因成小詩四首，明日同行可元章登樓又成五首」；「劉韶美至巫山寄詩因次其韻」；「送元章改漕成都」；「次韻元章留別」；「夜與韶美飲酒瑞白堂秉燭觀跳珠，分韻得跳字」；「次韻韶美失舟閱書」；「韶美歸舟過夔留半月語離作惡詩二章以送」；「元章至雲安用送韶美韻見寄次韻以酬」；「靜暉樓前有荔子一株木老矣……至六月方熟」；「行可和詩再用前韻」；「行可再和思前日與韶美同飲計臺……復用前韻」；「又用韻呈行可」；「元章至萬州湖灘……六月朔日登靜暉樓……次韻寄元章」；「韶美

十月七日。前詩有九月九日，後詩有十月九日，故推知。頁351。
〔註38〕見全蜀藝文志六十四卷「臥龍山記」。

至雲安寄詩二首再用詩字韻以寄」；「伏日與同官小飲瑞白堂觀跳珠分韻
賦詩」；「伏日懷鄱陽同僚」；「餘干翁簿以予去饒之日郡人斷橋見留畫圖
賦詩見寄，因次其韻」；「贈裴童子」；「行可生日」；「王嘉叟和讀楚東詩
復用前韻以寄」；「嘉叟和黷字詩再用前韻以寄」；「和喻叔奇宿大木寺」；
「用讀楚東集韻寄元章」；「納涼」；「立秋」；「七夕」；「懷鄱陽」；「齒落
用昌黎韻」；「十六坊詩」；「制勝樓」；「中元日得雨」；「夢覺偶成」；「題
無隱齋寄交代張眞父舍人」；「漕臺賞荷花……呈行可」；「再用前韻」；「張
主管攝郡姊歸贈以三絕」；「蒲萄」；「寄趙果州」；「寄閬普州」；「八月十
二日雨」；「中秋對月……呈同官」；「盤古廟」；「趙果州之子……因贈以
詩」；「送如上人二首」；「州宅雜詠十六首」；「前輩有滿城風雨近重陽
句……因爲足之，招同官分韻」；「又用前句作七絕」；「九日登臥龍山呈
同官」；「又一絕」；「送何希深舍人赴召」；「至瞿唐關戲用山名成一絕」；
「連日至瞿唐謁白帝祠……共成十二絕」；「題無隱齋」；「送喻令」；「十
月九日雪」；「食柑」；「十日買黃菊二株」；「采菊圖」；「梁彭州歸自道
山……因次其韻二首」；「梁彭州與客登臥龍山送酒二尊二首」；「閬普
州、趙果州舟中唱和以巨軸見寄酬以二首」；「丙戌冬十月閬惠夫梁子紹
得郡還蜀聯舟過夔……」；「與二同年觀雪于八陳臺果州會焉……復用前
韻」；「惠夫子紹二同年懷章過夔宗英趙若拙聯舟西上賦詩二首……次
韻……」；「與惠夫若拙小酌郡齋……」；「三友堂」；「生日」；「觀畫像」；
「杜殿院挽詞三首」；「會同僚于郡齋煮惠山泉烹建谿茶酌瞿唐春」；「同
僚和詩復用前韻」；「蠟梅」；「子紹至雲安復和前韻見寄酬以二首」；「趙
若拙卓爾不群……作思堂詩」；「題朱鈐幹無喧室」；「糟蟹薦杯」；「至日
寄二弟」；「懷二叔」；「連日鵲喜東歸之祥也，詩寄二弟」；「白雲樓赴周
漕飯追念行可」；「哭陳阜卿四首」；「夢人贈范文正公集」；「食筍三首」；
「寇萊公取韋蘇州野渡無人舟自橫之句……」；「夔硯」；「聞韶美侍郎易
任廣漢二首」；「蠟日與同官小集八陳臺觀武侯新祠」；「梅雪」；「十八日
迎虞參政于西城竹亭……」；「讀東坡詩」；「除日」。

【備考】

（一）今年七月，與趙不拙於三峽相逢。

（二）今年閻安中，在朝廷因直言而有危機，十朋寄詩勸早歸蜀。

（三）吳景偲，巴陵人，官郎中、參議。景偲人物非常，吏事尤高，詩品異等，十朋在蜀，因邂逅論交，旋景偲易任洞庭，似不再交往。

（四）今年二位叔父皆八十高年，清明寒食日寄書二叔二弟。

（五）劉韶美因私鈔秘閣書，放歸，至巫山寄詩與十朋（昔在越及著庭十朋與韶美已舊識）。韶美行至狼尾灘失舟而壞書籍。五月至夔府，與十朋飲酒瑞白堂，留半月而歸家。

（六）張震，字真父，官舍人。與十朋有故人之誼。疑今年震官紹興。

（七）何逢原字希深，十年間為官潼川路提點刑獄，今年召赴行在，除金部郎中。

（八）喻思然，押膝先生子，蜀人。三年為官奉節縣令，首祠唐質肅公（皇祐中御史唐子方）。其治邑有能聲，詩篇時出楚風騷。

（九）今年十朋同年閻安中、梁介得郡還蜀，聯舟過夔，訪十朋於郡齋。時，十朋與閻俱老矣而梁介方三十九歲。

（十）趙不拙亦西上過夔，與閻、梁聯舟會合。

（十一）杜莘老，字起莘，官殿院，卒。

（十二）陳之茂，字阜卿，卒。因近喪長子，哀毀過甚。

（十三）約十一、十二月，劉韶美易任廣漢郡。

（十四）十二月十六日迎虞允文參政於西城竹亭。虞去年今年俱至夔視察。

孝宗乾道三年，丁亥（西元 1167 年）五十六歲

【時事】

二月，出龍大淵。端明殿學士虞允文知樞崇院事。五月，吳璘薨。命四川制置使汪應辰主管宣撫司事，移司利州。六月，命汪應辰權節

制利州路屯駐御前車馬。復分利州東、西路爲二。以虞允文爲資政殿
大學士、四川宣撫使。戊寅，復以虞允文爲知樞密院事，充宣撫使。
八月，葉等請罷，不許。以知建康府史正志兼沿江水軍制置使。四川
旱，賜制置司度牒四百，備振濟。十月，以嗣濮王士輵爲開府儀司三
司。十一月，葉顒、魏杞並罷，命陳俊卿參知政事，翰林學士劉珙同
知樞崇院事。罷川路馬船。是歲，兩浙水，四川旱，江東、西，湖南
北路蝗，賑之。

【生活】

正月元日趙不拙向果州送柑送酒，致厚意也。四日山巓雪，江梅、
水仙花俱放，有豐年之兆。夔俗人人好遨，人日（初七）傾城出江皋
遨游。穀日（初八）逢立春。立春三日後昱雪霏霏下人間。十四日十
朋登眞武山。二月朔日詣府學講堂，堂前杏花正開，芬芳退邇，此杏
花乃閭安中昔爲夔府教授時所植。六月一日荔枝初熟，憶及離家時，
自隆興二年六月一日離家迄今三年。

伏日（六月）小雨方過，天生微涼，與同僚共游三友亭。因戶部
責虛逋十四萬，爲民請免不得，即欲丐祠去。〔註39〕七夕，十朋聞己
易任浙西吳興，喜可還鄉矣。七月十七日十朋全家離夔州易任湖州，
夔州人涕泣送之，是夜宿瞿唐。經東屯，此處溪山之勝，類鄉之左原，
謁少陵祠堂。且行且遊，發古峰嶺，飲古峰驛，遇燕子坡、巫山巫峽，
經神六廟，昭君村，過大拽、石門，謁清烈廟，登獨醒亭。次黃牛峽，
上黃牛廟。續行經石漁翁、至喜亭、郭道山，宿灌口，過江陵。離沙
市，憩公安。過三沱、塔子山、魯家狀，宿人老灣。至烏沙鎮避風，
至洞庭側，阻風，繫舟岳陽之西岸。登岳陽樓，觀洞庭湖、君山。前
行泊玉沙縣潛江甲。過嘉魚縣，宿通濟口。經百人磯、南浦。解舟前
行，泊漢口，上黃鶴樓。前經七磯，至黃州。游東坡賦詩十一絕，歷
敘東坡生平事跡。舟行至富川，次近九華山。在秋浦，識提舉李子長，

〔註39〕參見徐炯文王忠文公年譜乾道三年。

知郡趙富文,並與子長遊齊山。旋泛清溪。阻風,留復州池陽清溪口十日。舟至梅根,過淮山、九華山。至銅陵縣又阻風。八月十五日至黃池,館於方大圭秀才家,月明甚,與同行朱仲文、張子是及王康侯、錢正叔同飲。往宣城,宿新豐驛;過宛陵,陪汪應辰樞密登雙溪閣、疊嶂樓、游高齊,望敬亭山。離宣城,過麻姑山,宿紅林驛。經廣德、祠山,至桐川。九月一日自道場山如臨安,舊友周德載、夏廷茂來訪。至仙林待對,九日登佛閣。十三日君上未許還家,離仙林。過東林,至湖州郡,入郡久雨初霽。

十月晦日,於湖州郡六客堂招待凌季文、沈德和二尚書及劉汝一大諫。十一月十日,會於六客堂者宋子飛等十人,皆僚屬也。晦日,壺觴共攜,六客堂中佳客十二人。臘日,重刊戒石銘。仲冬,釋奠於郡學,與同僚登稽古閣,觀并山,望太湖,閱閣壁上題名盡儒輩尚友也,且誦范仲淹詩。

【作品】

文有「夔州新遷諸葛武侯祠堂記」;「劉(銓)知縣墓志銘」;「跋二劉帖」;「跋王儉判植詩」;「跋余襄公帖」;「跋馮員仲帖」;「跋霍懷州傳」;「跋王夷仲送行詩軸」等。詩有「元日」;「趙果州送黃柑金泉酒」;「四日雪坐間有江梅水仙花因目曰三白三首」;「人日游磧」;「穀日立春」;「雙鵲」;「王撫幹蒙贈蘇黃眞蹟酬以建茶」;「予雪詩云……各用其句作三絕以贈之又以一絕自貺」;「春雪」;「十四日登眞武山三首」;「禿筆」;「二月朔日詣學講堂前杏花正開呈教授」;「泮宮杏花乃閣紫微爲教官時所植復用前韻」;「甘露堂前有杏花一株……用昌黎韻」;「送王撫幹行甫」;「郡圃無海棠買數根植之」;「哭純老」;「次韻喻叔奇松竹圖」;「寄巫山圖與林致一、喻叔奇二首」;「夔路十賢十七首」;「柏架」;「次韻林江州題高遠亭」;「登制勝樓」;「再用前韻」;「送宋山甫知縣」;「六月一日」;「食荔枝三首」;「拾荔枝核欲種之戲成一首」;「幼女生日」;「詩史堂荔枝歌」;「周行可挽詩」;「過客談梁彭州

之政不容口，聞爲虛額所困，欲引去，予願其少留，以福千里，輒寄惡詩」；「食薏苡粥」；「十賢堂栽竹」；「詩史堂荔枝晚熟而佳……復用前韻以歌之」；「伏日與同僚游三友亭」；「分韻得炎字」；「制勝樓有元豐間太守王延禧……記以數語」；「雷聲」；「某二年于夔竊食而已……呈蘇教授」；「聞得吳興」；「七夕呈同官」；「別夔州三絕」；「贈车童子」；「別同官」；「七月十七日離夔州是夜宿瞿唐」；「至東屯謁少陵祠二首」；「東屯溪山之勝似吾家左原」；「登古峰嶺望夔州」；「古峰驛小飲」；「燕子坡」；「悼巫山趙宰」；「巫峽三首」；「神六廟」；「昭君村」；「過大拽」；「石門」；「謁清烈廟登獨醒亭」；「黃牛峽」；「黃牛廟」；「蝦蟆碚水」；「石漁翁」；「至喜亭」；「至喜亭又一絕」；「郭道山」；「宿灌口」；「江陵舟中作」；「查元章自成都走書……」；「離沙市天色變舟人懼風成……默禱有應」；「望石首山二首」；「過三沱」；「塔子山」；「魯家洑」；「宿人老灣」；「烏沙鎮避風」；「維舟岳陽之西岸……示同行朱仲文張子是」；「望洞庭」；「賈岳州以予阻風致酒肉之贈」；「魚蝦」；「初欲維舟岳陽樓下適風作遂泊南津」；「岳陽樓」；「洞庭湖二首」；「讀岳陽樓記」；「君山二首」；「南津淑濟廟」；「過仙亭」；「解舟遇風暫泊岳陽樓城下正對君山」；「岳陽城下岸赤色亦呼赤壁」；「君山形如龍南有一小山如龜」；「燕公樓」；「道人磯二首」；「泊潛江甲」；「舟遇逆風破浪賦詩」；「舟中覽鏡」；「過嘉魚縣」；「宿通濟口」；「百人磯」；「南浦」；「南樓」；「解舟風猶未息暫止江口」；「舊詩」；「喻叔奇自鄱陽來以詩見贈次韻以酬」；「琵琶亭」；「過彭澤」；「馬當山」；「那刹石」；「池之清溪如杭之西湖……呈提舉李子長知郡趙富文」；「子長和詩復酬二首」；「富文和詩復用前韻」；「子長招遊齊山」；「富文贈桂花」；「泛清溪」；「子長見示汪樞密游齊山詩因次其韻」；「富文送鹿肉」；「朱仲文和詩用齊山韻以酬」；「李長和詩并餽飲食……」；「溪口阻風寄子長富文」；「子長和汪樞密齊山詩復用前韻」；「池陽阻風留十日」；「子長攜具至溪口復用前韻」；「寄林黃中」；「望舒山」；「山清溪」；「舟至梅根子長寄詩復用前韻」；「淮山」；「九華山……因作九絕」；「銅陵阻風二

首」;「黃池對月」;「宣城道中聞雁」;「宿新豐驛」;「途中遇雨」;「過宛陵陪汪樞密……用樞山游齊山韻」;「離宣城天色陰晦望群山不見樞公和詩見寄復用前韻」;「過麻姑山」;「宿紅林驛遇交代王給事」;「廣德途中觀刈稻」;「祠山」;「桐川三絕」;「九月一日自道場山如臨安……」;「待對仙林九日登佛閣……」;「九月十三日離仙林」;「過東林」;「郡中久雨入境而霽」;「六客堂」;「送朱仲文運幹還蜀」;「讀喻叔奇遊廬山詩二首」;「十月晦日會凌季文沈德和二尚書……于六客堂」;「沈書和詩再用韻」;「凌書和詩復用韻」;「劉汝一和詩復用韻」;「十一月十日會于六客堂者十人宋子飛……酒三行予賦詩」;「汝一和十客詩語及貢院復用前韻」;「晦日會于六客堂者十二人」;「次韻張叔清見寄（名湜）」;「次韻林明仲見寄」;「貢院上梁」;「諸公和詩再用韻并簡沈虞卿教授」;「寄夔州張君王撫幹（名珗）」;「送張光大（咸）赴長沙簿」;「送柑姚子才」;「過孺人挽詞二首」;「重刊戒石銘二首」;「謁顏魯公祠」;「懷忠堂」;「放生池」;「次韻翁東叟知縣見寄并簡戴俊仲二首」;「送師教授琛」;「用貢院韻寄當塗吳給事明可」;「王夷仲校書挽詞二首」;「仲冬釋奠于學同諸公登稽古閣觀并山望太湖閱壁上題名……」;「次韻錢郎中豫六客堂碧瀾堂二絕」;「錢再賦二詩復用前韻……二首」;「送柴常之赴汀州教官」;「送宋舜卿赴汀州司戶」等。

【備考】

（一）十朋在夔，與幕客王撫幹蒙、朱鈐幹灝、陳知錄相處甚善。

（二）純老，永嘉僧，乃十朋表叔，住福州壽山，有名行。今年得潛澗寶印叔來書，知其死於壽山。純老，性情灑如晉人，見識高邁，行為孤潔，暮年住甌閩，道價遠近聞名。

（三）今年十朋與鄱陽舊同僚林致一、喻叔奇仍詩筒往來。

（四）宋山甫，官佑縣，家住眉山，老來邂逅楚天涯，常和十朋詩。其官職雖不高，名滿全蜀，今年易任河陽縣。

（五）十朋幼女六月四日生日。

（六）去年（乾道二年）周行可生日（六月十四日）十朋尚有賀詩，
且夏日二人同食新荔於白雲樓池邊，然同年十二月已有「追念
行可」之詩，按此行可已死於乾道二年。若「周行可挽詩」所
云：「大事同生日，佳城近故丘……傷哉葬元伯，執紼竟無由」，
雖屬乾道三年所作，乃葬行可之年，非行可亡故之年也。

（七）今年梁介，官彭州，爲政爲虛額所困，有丐祠之意。

（八）七月，查元章官成都漕臺，有書來祝十朋易任湖州。

（九）夔州同僚朱仲文、張子是護送十朋出夔，直至湖州郡府，誠懇
感人。後朱仲文客死九江，十朋同年師琛允以攜歸蜀地。觀梅
溪集編年之例，似其回程（今年底）即客死九江。

（十）今年七月十朋至九江，結識潯陽守林栗（字黃中），旋栗赴召
行在。栗在潯陽有惠政。

（十一）七月十朋舟近九華山。與提舉李子長、知郡趙富文、樞密
汪應辰往來酬唱並同游。

（十二）十月，十朋在郡齊六客堂與凌季文、沈德和尚書、劉汝一
大諫聚會酬唱。

（十三）今年十朋與太學同窗張湜（字叔清）、同舍張咸（字光大）、
同舍姚梓（字子才）、僚友林明仲、張琥（字君玉）、舊游
翁東叟知縣，同年師琛教授有往來。

（十四）吳明可，今年官當塗。昔爲尉樂清，紹興五年縣學落成，
十朋嘗賦詩，即於鄉校受知於明可。今本《湖山集》中仍
見二人之交情。吳氏頗多和陶之作，惜淺白無滋味。

（十五）同年王夷仲卒。卒年六十一歲。卒於本年六月五日。夷仲
一生頓挫，窮愁老死，然爲人果決能辯正，遏橫流，居貧
操潔，實十朋之益友。（《水心文集》卷十六校書郎王公夷
仲墓誌銘）。

（十六）虞庠同舍友柴常之今年赴官汀州教授。

（十七）梅溪舊生徒宋舜卿今年赴官汀州司戶。諸本宋舜卿作朱舜

卿，今衡之詩文，斷定是宋舜卿無誤，據此十朋之生徒已有舉官者矣。

孝宗乾道四年，戊子（西元 1168 年）五十七歲

【時事】

正月，葉顒薨。二月，詔四川宣撫史虞允文集四路漕臣，會計財賦所入，對立兵額。蔣芾爲尚書右僕射同中書門下平章事兼樞密使制國用使。觀文殿大學士史浩爲四川制置使，浩辭不行。三月，以敷文閣待制晁公武爲四川安撫制置使。六月，蔣芾以母喪去位。七月，劉珙兼參知政事。八月劉珙罷。陳俊卿請罷政，不許。十月，蔣芾起復尚書左僕射，陳俊卿右僕射，並同中書門下平章事兼樞崇使兼制國用使。十二月，蔣芾辭起復，許之。

【生活】

十朋至湖州郡，忙於吏事，其惠政有「租苗放三分……年凶米不貴，夜靜犬不聞……」，故賦詩無多，且鬚髮盡白。二月望日欲往弁山勞農，方風雨作，遂出南門，因登峴山，乘興游何山，同行有幕僚宋子飛、沈虞卿、霍從周、范文質。三、四月十朋力上祠章，得回天意，許祠。通判宋子飛攝郡事。同僚三十二人與餞席。臨行，父老送十朋，手中各一爐香敬爲使君焚。十朋舟行往浙西，經德清、金仙院，宿妙庭觀。行，宿富春舟中，是日得提舉太平興國宮。泊桐廬，經釣臺。端午日，與柳嚴州登瀟灑亭。行，宿安流亭，過老鼠岐。至蘭溪買扇題歸去來字。舟行泝婺溪而上。八月二日，十朋春命知泉州進敷文閣直學士。暫歸又懷章，親朋殷勤送行，九月二十九日解舟赴任。舟過瑞安登觀潮閣，訪舊游多成故鬼，遇張子猷、沈敦謨，訪曹夢良。舟行，過鳳凰岩、蕭家渡，入長溪境，宿飯溪驛，宿雙岩寺。至福唐，同年孫彥忠鄉人丁鎮叔七人會酌於試院。續行，宿真隱寺，飯枕峰，宿囊山寺，過蔡襄故居，十月至泉州郡。

在郡，宴泉州七邑之宰，勉以治民宜用「撫」。於泉結識英宗趙士㒟、提舶馬寺丞，話語投機，交往密切。十二月十日十朋妻賈氏卒於泉州郡，三十年間比翼成一夢。

【作品】

詩有「二月望日欲勞農于弁山……薄暮而還三首」；「勞農峴山，乘興游何山……」；「寄沈虞卿寒夕上安定家」；「登清風樓呈通判宋子飛」；「郡僚展餞席上賦詩」；「父老」；「至德清懷送別諸公」；「金仙院」；「宿妙庭觀」；「宿富春舟中」；「泊桐廬分水港」；「小瀑布」；「釣臺三絕」；「吳明可自當塗以詩見寄因次其韻二首」；「端午日陪柳嚴州登千峰樹四首」；「宿安流亭」；「過老鼠岐二首」；「予至蘭溪買扇……」；「沂婺溪同年雍堯佐、周堯夫同王與道尚書子姪拏舟來迓」；「婺女廣文官舍舊有五柳……」；「戊子八月二日得泉州」；「解舟」；「過瑞安」；「贈沈敦謨」；「觀潮閣」；「訪曹夢良」；「鳳凰岩」；「蕭家渡」；「入長溪境」；「贈程天祐秀才」；「宿飯溪驛二首」；「宿雙岩寺」；「至福唐會鄉人丁鎮叔……同年孫彥忠，草酌試院」；「宿真隱寺」；「飯沈峰」；「宿囊山寺二首」；「過蔡端明故居」；「譙七邑宰」；「送赴省諸先輩」；「次韻夔漕趙若拙見寄二首」；「知宗生日」；「哭令人」等。文有「跋杜祁公帖」等。

【備考】

（一）湖州同僚有宋子飛通判，沈虞卿教授，霍從周、范文質等。

（二）吳明可自當塗來詩，也欲求祠。是年明可仍為當塗守（吳芾《湖山集》卷十姑溪集序）。

（三）端午日，嚴州守柳某，偕十朋登千峰樹，千峰樹亦名瀟灑亭。

（四）暑天，十朋沂婺溪欲歸樂清，於雙溪，遇同年雍堯佐、周堯夫、王與道尚書子姪拏舟來迓。又周堯夫復婺女廣文官舍之五柳堂，並復植五柳。

（五）九月，十朋赴泉，過瑞安，梅溪生徒張仲遠（子猷）扁舟來聚。

又逢泮宮舊友沈肴皋（敦謨），三十年前（紹興八年）壯年別，相見皆素髮。

（六）今年十朋赴泉途中至許峰訪好友曹逢時（夢良）。

（七）赴泉至福唐，鄉人丁鎮叔、張器光、甄雲卿、項用中、趙知錄、薛主簿皆來會。與會者又有同年孫彥忠。彥忠會稽人，紹興二十七年、八年十月仕越嘗與彥忠共事而最契。

（八）趙不拙今年移漕成都，來書云欲記十朋去夔後數事。

（九）趙氏英宗，趙士豢（悅中），乃十朋在越舊識，今重逢最契合。

孝宗乾道五年，己丑（西元 1169 年）五十八歲

【時事】

二月，命楚州兵馬鈐轄羊滋專一措置沿淮、海盜賊。贈張浚太師，諡忠獻。給事中梁克家簽書樞密院事。王炎參知政事兼同知樞密院事。三月，王炎為四川宣撫史，仍參知政事。召虞允文赴行在。罷利州路諸州營田官兵，募民耕佃。四月，梁克家兼參知政事。六月，虞允文為樞密使。七月，召曾覿入見，陳俊卿、虞允文請罷之，不許。覿至行在，俊卿、允文復言其不可留，詔覿為浙東總管。六月，俊卿為尚書左僕射，虞允文為尚書右僕射，並同中書門下平章事，兼樞崇使兼制國用使。十月，賑溫、台三州被水貧民、以守臣、監司失職，降責有差。十一月，為岳飛立廟于鄂州。

【生活】

二月，十朋新建泉州貢院，築基塞沼，先將魚鼈活之別沼。春耕，十朋出郊勸農，且已上祠章求去。三月，夜聞子規痛念亡妻，續有悼亡之作。三月，南宮揭榜，泉州（溫陵）十六人及第。在泉，與趙士豢多所酬唱。去冬表兄賈岩老（疑表叔賈如規之子賈大老，因賈氏之死來弔）四月雪來，留十朋鈐齋兩三月，暮春始東歸，十朋送客出北門。曹夢良自樂清寄柑來，聞詩聞禮憶及去冬母親方共嚐，今日竟取

以祭母，哭泣不已。四月八日貢院上梁，得雨。四月旱不雨，將禱，雨忽沛然大作。炎炎夏日，十朋害痰。因送客出東郊而游東湖小飲。五月，同趙士豢游郭外東湖，又同登二山亭、二公亭。五月晦日趙知宗、馬提舶、通判聚會納涼於雲樹。六月，郡庭戒石痺陋，十朋遂修戒石（內刻聖訓十六字）；州治原有忠獻堂，因韓琦而得名，廢於俗吏，二十五日復之。十朋就郡圃之庵立為韓琦之新祠，八月戊子率同僚祀之。八月十五日，貢院落成，把盃邀月，十朋以科第要從勤苦得勉士子。九月八日馬提舶送菊酒，撩起鄉情。九日登雲樹望泉山。十日同趙知宗馬提舶游九日山延福寺，登御書閣、思古堂、善利王廟、秦君亭、姜相峰。今年十月三乞祠，稟以入境苦痰及腳腫且妻棺期年未還，仍不允祠。十月二十日買菊一株，植於郡齋松竹之間，自比歲寒三友，足慰淒涼。北樓於八月重修，十一月丁卯訖工，望日與郡僚同登此樓銷憂。

　　十一月二十七日亡妻生辰，十朋哭以小詩。臘月二十八日與趙知宗啜茶于北樓，賞梅於忠獻堂。除日，思二弟，寄詩告以祠章三上，試掃茅廬以待。

【作品】

　　文有「興化軍林氏重修旌表門閭記」；「泉州新修北樓記」；「跋蔣元肅夢仙賦」；「跋張侍郎帖」；「跋嚴伯威墨蹟」等。詩有「貢院水車築基諸公懼魚鱉活之別沼」；「出郊勸農四首」；「題靈秀峰禪院」；「送九座訥老二首」；「崔肅之（雍）自湖至泉遷二親喪歸葬詩以送之」；「夜聞子規痛念亡者」；「南宮揭榜溫陵得人為盛……」；「諸公廷對甫邇復用前韻」；「次韻知宗春陰」；「次韻知宗游北山」；「悼亡四首」；「次韻知宗酴醾」；「游承天寺後園登月臺贈潛老二首」；「送賈岩老還鄉三首」；「送岩老出北門二首」；「送傅興化」；「曹夢良寄柑……」；「四月八日貢院上梁」；「諸公和詩復用前韻二首」；「悼亡」；「薛士昭主管母夫人加封……」；「送吳憲知叔」；「祈雨未應提舶知宗道觀焚香……」；

「次韻知宗賀雨」;「次韻陸倅賀雨」;「夏四月不雨守臣不職之罪也……五首」;「次韻蔣教授喜雨」;「知宗游延福有詩見懷次韻以酬」;「提舉（定國案舉應作舶）延福祈風道中有作次韻」;「病中食火山荔枝」;「諸公和詩再用前韻」;「漳州石教授寄火山荔支」;「東湖小飲」;「東湖」;「愛松堂」;「食瓜呈知宗」;「題節推納涼軒」;「州宅即事」;「修鷹爪花架」;「鷹爪花」;「長生草」;「榕木」;「安靜堂」;「中和堂」;「雲樹」;「二山亭」;「清暑堂（後復名忠獻）」;貢院納涼分韻得湖字」;「知宗游東湖用貢院納涼韻見寄次韻奉酬」;「再和」;「比和知宗詩牽於押韻以招虞爲戲……」;「游湖值雨薛士昭衣巾霑濕意氣自若戲用前韻」;「次韻知宗游二公亭」;「提舶示觀楚東集用張安國韻……」;「五月晦日會知宗、提舶、通判（定國案通判疑指薛士昭）納涼雲樹……」;「知宗提舶即席贈詩……并簡通判」;「提舶欲移廚過雲樹示詩次韻」;「提舶攜具過雲樹知宗出示和章復用韻」;「知宗即席和端字韻三首……」;「知宗送玉友酒」;「林漕世傳贈莆中荔子……」;「提舶送荔支借用前韻」;「州治有忠獻堂……今復之」;「六月二十五日會同官于貢院……分韻得相字」;「新第先歸者五人……即席贈詩」;「寫眞自題」;「士昭贈寸金魚子」;「贈第二人石察判」;「荔支七絕」;「貢院垂成雙蓮呈瑞……」;「陳賀州賦雙蓮詩不言祥瑞次韻次酬」;「郡圃有荔支名白蜜者……」;「送王提幹涗」;「觀貢院畫春景圖」;「韓魏公生于泉南州宅故未有祠……」;「陳提刑永仲以清名室志先德也詩以美之」;「樸鄉釣隱圖」;「八月十五日貢院落成……以勉多士」;「送薛士昭二首」;「愛松堂前有綠竹一叢……」;「提舶送菊酒有詩次韻」;「九日登雲樹」;「十日同知宗舶游九日山延福寺」;「御書閣」;「思古堂」;「善利王廟」;「晉時松」;「秦君亭」;「姜相峰」;「無名木」;「姜秦峰（定國案峰應祠之誤;「峰」乃沿前詩姜相峰之誤刻）」;「陳公祠」;「蔡端明詩」;「石佛」;「聚秀閣」;「提舶送岩桂」;「寄南安鹿宰」;「貢院圖」;「去年」;「不求人」;「興化簿葉思文吾鄉老先生也……」;「送陸通判二首」;「觀郡守題名」;「龍眼」;「金橘」;「清源夫人趙氏挽詞」;

「食薑」；「食芋」；「夢二叔」；「懷胡侍郎邦衡」；「悼汪舍人養源」；「悼張舍人安國」；「黃花」；「飛蚊」；「夫子泉」；「立高桂坊」；「洛陽橋」；「移疱貢院知宗即席賦詩次韻」；「知宗贈金桔報以香燈」；「乞祠不允三十韻」；「次韻陳賀州題姜秦二公祠二首」；「薛士昭寄新柑分贈知宗提舶知宗有詩次韻」；「知宗柑詩用韻頗險……續賦一首三十韻」；「林主簿明仲挽詞三首」；「擬賦江南寄梅花詩」；「十月二十日買菊一株頗佳……」；「重修北樓十一月望日與郡僚同登因書十二韻」；「諸公和詩復用前韻」；「哭萬先之」；「胡邦衡……知漳州……賀詩以志喜」；「馮員仲復元官與致仕恩澤」；「次韻提舶見招」；「令人生日哭以小詩」；「知宗生日」；「喻叔奇采坡詩一聯云……酬以四十韻」；「題徐致政菊坡圖」；「次韻吳明可見寄」；「沈敦謨和詩見寄復用元韻」；「曹夢良教授寄柑一百顆報以乾荔支戲成二絕」；「懷夢齡昌齡弟」；「臘月二十八日與知宗提舉分歲郡中……」；「曾潮州到郡未幾首修韓文公廟……」；「送柯教授赴官四明」；「寄崔肅之」；「燭花」；「次韻表叔賈元範見寄二首」等。（定國案據次韻賈元範見寄詩之注文有「……今有悼亡之戚故云。」而斷此二詩作於令人生日十一月二十七日左右，故列於今年。）

【備考】

（一）廬山九座訥庵之納老，今年來泉州留半月。

（二）傅自得（字安道），今年出守泉南，與十朋為鄰郡。

（三）曹夢良自永嘉許峰寄柑寄書來。

（四）吳知叔、職司憲、至郡，十朋送之。嘗薦孤寒士，且以錢助建貢院。

（五）陸濬，字次川，官倅，十朋泉州僚屬，有賀雨詩。

（六）陳知柔，字體仁。十朋守泉，識二陳，大陳陳孝則，小陳陳知柔。知柔曾知賀州，有賀雨詩、題姜秦二公祠等，與十朋唱酬頗投機。

（七）蔣雝，字元肅。官教授，十朋泉州僚客。好古能文能詩，尤能
講禮行聖人之禮，而削其不合時者。

（八）丁康臣，字道濟，今年為惠安令，惠政冠於溫陵。其乃十朋同
鄉，二人曾共泛舟，約卜築退隱。十朋嘗推薦之。

（九）林孝澤，字世傳，職漕官，嘗贈十朋莆中荔子狀元紅。

（十）薛士昭，字伯宣。鄉人，今年自故鄉寄柑、寄金魚子來。士昭
為人豪放，遊東湖遇雨，衣巾盡濕猶自若也。與十朋於紹興十
七年時識面，今年相逢泉州益慰十朋，乃十朋之良朋。其詩篇
清新俊逸。

（十一）鹿何，字伯奇，南安宰。今年復建姜秦祠，修姜秦墓。

（十二）葉思文，鄉之老先生，為興化簿。其來訪十朋，十朋酬詩
望其痛革近世作異端詩文之弊。

（十三）陸之望通判，即十朋充越時同僚，近二年在泉，為官清廉，
今年十朋送其歸鑑湖。

（十四）今年十朋懷胡邦衡侍郎，乃有寄詩。十一月邦衡以集英殿
修撰知漳州。

（十五）汪養源舍人，紹興三十年與十朋曾同考於殿試，應是同赴
史館試（然十朋以狀元身分，依例係免試入館，則此殿試
不知為何試）。其卒於今年。

（十六）張安國舍人，卒於今年。

（十七）林明仲主簿，鄉人，白頭出仕，卒於今年。

（十八）十朋太學之侶友萬庚（先之），卒於今年。

（十九）馮方（員仲）今年復原官並賜致仕恩澤（馮方已死於隆興
二年）。

（二十）喻叔奇寄十詩譽十朋為當今文壇盟主。

（二一）徐壽（子由），乃偓王後裔，詩之風味類淵明，又善丹青，
今年來訪，十朋曾為之題菊坡圖。

（二二）今年十朋樂清舊長官吳明可有詩來。

（二三）十朋故友沈敦謨今年來會同。

（二四）十朋恩師曾汪，知潮州，首修韓文公廟，次建貢闈。

（二五）饒州同僚崔雍（肅之），乃懷州別駕之子，盤谷先生之外甥。
　　　　今年與十朋有詩筒往來。

（二六）表叔賈元範，今年有詩來，十朋次韻以寄，詩云表叔之清
　　　　德，雖屢招不官，再言平生受知遇之恩，昔妻以兄女而今
　　　　妻已亡，眞無限感慨矣。元範稟賦素強，不近醫藥，而壽
　　　　考康寧。

孝宗乾道六年，庚寅（西元 1170 年）五十九歲

【時事】

　　正月，雅州沙平蠻寇邊，四川制置使晁公武調兵討之，失利。四月，罷鑄錢司歸發運司。張震知成都府。賜發運使史正志緡錢二百萬為均輸、和糴之用。吏部尙書汪應辰三上疏論發運司。以應辰知平江府。五月，陳俊卿罷爲觀文殿大學士，知福州。知潮州曾造犯贓、貸命，南雄州編管，籍其家。閏月，梁克家參知政事兼同知樞密院事。九月，賜蘇軾諡曰文忠。范成大使金還。十二月，罷發運司，以史正志奏課不實，責爲楚州團練副使，永州安置。是歲兩浙、江東西、福建水旱。

【生活】

　　正月，元日至人日天候晴朗。元宵於貢院張燈會客。十朋來泉，與趙知宗、馬提舶過從最密而詩作唱和尤多。春，出郊勸農，時正二麥青黃，然天雨失時，十朋飯蔬於法石寺。同僚葉飛卿贈筍蕨，作羹甚美。尙未夏，蚊已成雷，麥既枯且死，中夜忽聞簷溜響，殊喜雨也。春三月辛酉出郊迎客，至石塔院憩劉公亭，眼界頗嘉。清源郡城西有石筍溪，會江水深而險，陳提刑孝則倡議建石橋以易舊浮木，其弟陳知柔協其謀，梁樞密克家亦力助之，自紹興三十年迄乾道五年完工，費時十年，今出郊見之，甚偉壯也。今年夏日表弟萬大年游清源，宿

郡齋，為鼠、蚊、蚤所苦，目為二害，十朋勸以「宴安生鴆毒，疾患資壽考」此天助其早起力學者也。端午，前年去年均病不得飲酒，今日獲馬提舶贈玉友酒，則引觴來澆未能投閑之愁懷。清源號稱佛國，天申節且將魚鱉放生於十畝池中。五月夜坐郡齋遙聞水車聲，擬想農民今年久旱之悲。閏五月因老病罷官，二十日出州宅，寓清源驛。郡有安靜堂舊額乃蔡襄之子蔡欄所書，鐵畫銀鈎堪留遺芳，為老兵據為寢床，今滌清塵土恢復懸之。閏二十六日有大風，瓦為之飄上天，山川失色，疑似今之龍捲風者矣。十朋去泉，越境送別至楓庭驛者有蔣元肅等七人。九月初六，重九前一日作挽令人詩三首，有句「知汝莫如我」憶舊日鶼鰈情深也。九月乙酉，十朋葬妻於左原白巖而祔姑之側。時十朋新知台州。十朋以病力辭且乞致仕，乃復提舉太平興國宮。十朋既辭歸故里新闢梅溪草堂，獨缺花木，然無錢買花乃以詩覓之名園，效法少陵故事也。

【作品】

文有「跋孫尚書張紫微帖」；「日義堂銘」；「令人壙誌」等。詩有「人日喜晴」；「元宵貢院張燈會客知宗即席賦詩次韻」；「送丁惠安」；「知宗示提舶贈新茶詩……因次其韻」；「知宗贈驢肉以膰肉酬之」；「次韻贈新筍」；「曾潮州萬頃增闢貢院以元夕落成寄詩次韻」；「題並玉堂」；「出郊勸農飯蔬于法石僧舍時方閔雨有無麥之憂因成八絕」；「食筍蕨」；「悼陳提刑」；「聞胡邦衡改知泉州復用前韻」；「次韻何興化德揚閔雨」；「喜雨再用前韻」；「次韻龔實之正言見寄二首」；「出郊迓客至石塔院憩劉公亭……即事有作」；「用喜雨韻呈龔實之」；「石筍橋」；「林黃中少卿出守吳興芮國器司業以詩送之……用韻寄二公二首」；「題蔣元肅蘊仁堂」；「李伯時贈英石」；「送潛老赴東禪二首」；「陳提刑挽詞」；「送陳元龍赴封州教官」；「提舶生日」；「得葉飛卿書因寄貢院碑」；「萬桂堂」；「表弟万大年宿郡齋為鼠蚊蚤所苦……諭之以詩」；「薦新荔支」；「大年獨步郡圃即事有作

次韻」；「早起」；「刺桐花」；「大年游延福寺」；「提舶贈玉友六言詩
次韻酬二首」；「郡齋夜坐聞水車聲二首」；「末利花」；「次韻傅教授
景仁馬綠荔支」；「再次韻」；「三次韻」；「四次韻」；「五次韻」；「六
次韻」；「七次韻」；「得雨復用聞水車韻二首」；「吳宗教惠西施舌戲
成三絕」；「貢院食新荔觀雙蓮因成六言」；「分韻得雨字」；「雲樹納
涼」；「分韻得宜字」；「罷官述懷」；「出州宅」；「寓清源驛」；「諸公
餞別分韻得人字」；「枕上聞雨聲」；「聞角聲」；「復安靜堂舊額」；「次
蔣元肅韻」；「贈李宜之運幹（誼）」；「記風」；「蔡端明祠堂」；「別
傅教授景仁」；「贈陳教授正仲（讜）」；「挽令人」；「贈陳體仁」；「贈
林尉致約」；「臨行至貢院觀桂贈致約」；「宿寂光院」；「陳德溥以百
韻詩送別因贈一絕」；「越境送別者七人蔣元肅黃少度鹿伯可趙元序
陳德溥葉飛卿林致約……」；「別蔣元肅」；「題莆田林氏雙闕」；「過
頭陀九嶺宿天玉樓林二招提因成三絕」；「宿五峰院」；「贈亮首坐」；
「王成之太博寄詩病中未能和謾書二十字以酬」；「司理叔丈和過万
橋詩復用前韻」；「挽令人三首」；「梅溪草堂新闢缺少花木效少陵故
事覓之以詩二首」；「夢齡弟生日」；「可公禪老住泉之九日山二十年
矣……酬以一絕」；「黃伯厚得蒲墨折而為三，以書來易，戲成二
絕」；「姚宰行可和詩索墨酬以元韻」；「松筆」；「題淨名院二絕」等。

【備考】

（一）丁惠安治邑嚴明而濟以廉平，且催科不擾而明辦，其吏治為溫
　　　陵七邑之冠，今年易任，邑民懷德，為立生祠，繪像而祀之。

（二）曾汪在潮州，方至郡即建韓文公廟，增闢貢院，貢院於今年元
　　　月十五落成。

（三）十朋同年李伯時教授居泉州之北門，家有並玉堂，用以養親，
　　　每於綵衣戲罷看山色，十朋為詩賦之。

（四）陳孝則提刑，嘗倡建石筍橋，卒於今年元夕後十日，其有年有
　　　德而留愛清源郡。

（五）興化守何德揚有詩閔雨。

（六）十朋史館同僚，龔茂良（實之）右正言，興化人，爲人謹厚和氣，今年有詩來。其乾道三年得郡廣州乾道五年召還，乾道七年初爲江西帥。

（七）林栗（字黃中）少卿出守吳興。十朋太學同舍芮燁（國器），今年官國子司業。

（八）蔣雝（字元肅），十朋泉州同僚，與十朋友善，常唱和。元肅家有蘊仁堂（乃其宰德化時作），十朋爲題詩。閏五月十朋罷泉州，求祠而去，元肅送之越境。

（九）乾道五年十朋游承天寺後園登月臺結識潛老。潛老駐清源郡十五年，今年赴駐東禪。

（十）同年陳元龍，今年赴職封州教官。

（十一）去年十朋泉州貢院工程即聘葉主簿飛卿、陳節推德溥董之。今年十朋罷去，送越境者亦有飛卿、德溥。

（十二）今年表弟萬大年來游泉州，宿郡齋。

（十三）陳良翰大諫，今年居言路，十朋寄詩勉其力爭天聽。

（十四）趙士篯今年奉祠還越。據詩句「轉頭十載已陳跡，會面二山俱禿翁」則二人應屬舊識。

（十五）十朋在泉，贈詩李誼運幹、陳讜教授、林致約縣尉，並與傅景仁教授唱和。

（十六）十朋回鄉。賈如規有和過橋詩，十朋酬和，詩意備載受叔父知遇之經過。

（十七）學生黃伯厚，今年猶有書信來往。

孝宗乾道七人，辛卯（西元 1171 年）六十歲

【時事】

正月，虞允文復請建太子，帝命允文擬詔以進。二月，詔立子惇爲皇太子。三月，起復劉珙同知樞密院事。以明州觀察使、知閣門事

兼樞密都承旨張說簽書樞密院事。左司員外郎兼侍講張栻言說不宜執
政。禮部侍郎鄭聞、工部侍郎胡銓、樞密院檢詳文字李衡、秘書丞潘
慈明並罷。虞允文乞留銓，乃以爲寶文閣待制兼侍講。五月，劉珙起
復同知樞密院事，爲荆、襄宣撫使，珙辭不拜。七月，王炎爲樞密使、
四川宣撫史。

【生活】

　　正月，爲昔史館同事龔茂良作廣州重建學記。三月，除太子詹
事，詔旨敦趣，十朋力疾造朝。上特御選德殿，而十朋足弱不能趨，
詔給扶，減拜，且賜坐，又詔權刪朝參，又遣使以告及金帶就賜。
十朋三上章乞致仕，乃詔以龍圖閣學士致仕，命下而薨。時，七月
丙子。

　　十朋即世，孝宗聞，嗟悼，賻恤有加，令兩浙漕臣興喪事。十朋
積階至左朝奉郎，封樂清縣開國男，至是贈左散大夫諡忠文。十朋遺
戒喪事毋得用佛老教，諸孤行之，十二月丙子葬於樂清縣之左原白
巖，與妻賈氏合祔焉。〔註40〕

　　十朋在仕，兩遇郊祀恩，奏其弟壽朋、百朋，故二子皆未仕。長
子聞詩次子聞禮俱太學生，後以恩補官。聞詩官至江東提刑，聞禮官
終直秘閣大學士，〔註41〕並清正強毅能守家訓。聞詩治光州時，與聞
禮同編輯其父之廷試策、奏議、詩文共五十四卷，刻以傳世，即今之
所見傳世本。

〔註40〕參考汪應辰撰王公墓誌銘、徐炯文王忠文公年譜及梅溪集。
〔註41〕見葉《水心文集》卷十六提刑檢詳王公墓誌銘及卷十七運使直閣郎
　　　　中王公墓誌銘。頁18及頁8。

附南宋政區形勢圖

資料來源：(劉思源繪) 宋詩鑒賞辭典，上海辭書出版社出版

第四章　王十朋之文學背景及文學觀念

第一節　宋朝文學理論之概況

　　宋初，集權中央，係王權極力擴張之專制封建時代。北宋百六十年，久無干戈之亂，促使士農工商蓬勃開展，經濟亦高度繁盛，東京夢華錄所述非虛。倏爾，金兵南寇，徽、欽帝蒙塵，政治、社會頓時騰生波濤。南渡之後，宋、金時有會戰，然主和之勢漸成，南宋又得百餘年之苟安。都此三百年，宋文學創作之活躍盛有一代矣。

　　文學創作與文學理論恆互為依存。肇初時，先有文學創作活動，繼而發生文學理論；久之，理論引導文學創作而創作又影響文學理論，旋彼旋此，因循不息。北宋太祖、太宗、真宗間文學理論家較重要者，計有柳開、王禹偁、智圓，首倡破除形式主義之文風。仁宗以降，穆修、尹洙、蘇舜欽、孫復、梅堯臣、石介、歐陽修者，又續揭詩文革新，遂繁榮北宋文學創作徑途。歐公而後，文學理論趨勢竟道分多支。是時，周敦頤、邵雍、程頤兄弟、楊時諸君行道學之文，詩淪為押韻之語錄，文輒出入載道之應用。仁宗、神宗後，李覯、王安石、司馬光，擅揚政治思想文學，論言重詔誥、奏議、史傳之類，略無文學獨立之認識。同此之時，三蘇光芒萬丈，而蘇軾之文學理論雖遭時人貶為離經叛道，卻殊能留心詩文藝術特徵，是以往往涉及為文

之匠心、趣味、感受，使文學獨立性遞增焉。此後，曾鞏、劉弇、呂南公諸君子皆尊崇爲文之獨立作用。北宋間，設以專門論詩法之《詩論》家而言，允推黃庭堅第一。黃氏調強以瘦硬風格矯革晚唐詩風與西崑體之靡弱，且變化俗雅新故取以標新立異，所謂「奪胎、換骨法」尤爲宋人、後人樂道潛學，此雖曰不過「剽竊之點者」，實已體會文學獨立之可取。北宋末年，呂本中作江西宗派圖，其中陳師道、韓駒、呂本中輩非惟承襲江西派之師法，且能補弊黃氏之缺失者矣。

宋室南渡初，或云文壇無珠光燦爛之文學理論家，若有之，則曰張戒是也。其歲寒堂詩話，倡以「言志抒情爲本，含蓄蘊藉爲貴」稍有新意（四庫全書本）。而此時另有隱然雄峙天下爲文壇祭酒者，王十朋是也。惜世人忽略，近千年來，沈淪不彰，然其承先啓後之跡，可按詩文作品索得，甚或南宋大儒朱熹亦在其籠罩中，此點專文再述，今暫略過。朱子之學，簡括而言，能融合歷代儒學，匯入佛老莊學，獨抱客觀唯心主義思想系統，以爲「文從道中流出」，重視文學源流與文學內容合一，使文學既有思想內容，又有藝術形式，而主張以「魏晉以前的作品爲詩之根本準則」。〔註1〕然與朱熹同源二程之陸九淵，主倡心學，轉趨主觀唯心主義。另有陸游、楊萬里出入江西派而卓然自立。至南宋中葉，有永嘉學派，即陳亮、葉適者反對思想束縛，反對尊古陋今，此二子觀點有可取之處。同時之永嘉四靈，以纖巧取勝，苦吟過於郊島，而氣魄境界並皆狹隘，葉適嘗深惜之。又有姜夔者，多抒發情感，不步武前人，能自出機軸，故恆妙悟自得。南宋後期道學家眞德秀、魏了翁並立。眞氏墨守朱熹之說，魏氏上溯六經，旁搜諸家，立論格局較閎闊，然二者仍難跳出道學家論文學之局限。即缺乏文學藝術生命之表達者也。南宋後期尚有包恢能針對宋詩枯槁之弊，鳴出情性作品，深表有味焉。又有劉克莊折衷諸家之說，舉三百年宋詩弊病端在詩者經義策論之押韻耳。劉意詩歌非爲藝術而

〔註1〕見成復旺等著《中國文學理論》史第二冊第四編頁281起宋元部分，北京出版社。

作，乃受宋世特重經學、道學（或稱理學）之影響。南宋末年，嚴羽承襲宋文學獨立之呼聲，此與南宋初年王十朋有呼應互動之因果。「嚴格的把盛唐詩和晚唐詩區分（定國案此係以爲盛唐詩波瀾壯闊，實仍以流爲源，宋詩無源之因猶未除也），用禪道來說詩，……開了所謂神韻派，那就是以『不說出來』爲方法，想達到『說不出來』的境界。他的滄浪詩話在明清兩代起了極大的影響……」，〔註2〕宋朝道學家（周敦頤、朱熹）、政治家（王安石、司馬光、范仲淹）、文學家（歐陽修、蘇軾）三派文學思想路線，確是宋文學思想史倍受爭議之所在。南宋初期，歌詩理論早已邁出黃庭堅江西派之陰影，至嚴羽遂使文學獨立解放，提升詩文審美藝術境界，詩文固有自己之價值矣。

若易以另一個角度再細言之，宋世文學思想，大致可均分二路，其一即蘇軾、楊萬里、包恢所領導之莊老佛學思想；其二即陸游、葉適、劉克莊所領導之傳統儒家思想。前者重審美藝術，後者重社會功能。〔註3〕宋末，四靈派、江湖派雖名爲矯正江西之蔽，然規模、氣勢、見解寒蹇微弱，難伸詩律藝術昇華之自然特徵，基此之故，蔑無大成。延至嚴羽則雜揉諸說，匯成一家之言，卒令宋末詩歌文學理論有其圓滿結果，而此雜揉思想王十朋自有先導之功。流風所及，直至明代前後七子之強調趣味，袁宏道之主性靈說；甚至清代王士禎主神韻說皆源於此者也。

第二節　王十朋文學創作背景

一、個性與出身

十朋一生能飲酒，有酒可樂，無酒亦寬。其個性率然，自云狂如靈運，甚且家有亭曰率飲焉。平日交游，不願泛結，游從謹慎，然所

〔註2〕錢鍾書選註之《宋詩選註》（西元1989年台北重印本），新文豐出版公司。
〔註3〕同第265頁註1；第二冊頁499。

游亦往往聚散無端，噫！人生真有如飛蓬者矣。雖然，有客過門，不問親疏無不熱腸接應，待人誠摯全無勢利。唯其能率意如此，久處貧困卻甘之若飴，其心以為萬事由緣，不必勝得。王家有兄弟三人，十朋為長，彼此友愛逾於鄉里他戶，可謂善守古風。十朋家有薄田頗能知耕，後為宦方能體會民飢民溺而勸農勤耕愛民如子焉。〔註4〕

　　自北宋過渡於南宋，十朋身歷徽宗、欽宗、高宗、孝宗四朝，而以高宗、孝宗朝為其主要發展期。十朋少年時，處於動盪，且鄉居僻壞，故年及十八始外傳就學樂清邑金溪招仙館，二十餘齡已名震縣學，然至二十九歲仍屢敗於舉，三十四歲方補太學弟子員。直至年四十六卒高中進士第一，惜乎少壯光陰久已飄逝矣。因其成名已晚，少作散佚約十之七、八，十朋云少欲盡和韓詩古律三百首，而今集僅存十八首，即可推知遺篇數量之梗概。建炎紹興初，宋金或戰或和，飢民為盜者時有所聞，旋秦檜當權，忠良貶竄殆盡。十朋此時年尚少壯，觀集中少壯作品雖極少，猶見議論時政憤慨而直抒者，雖其出仕後秦檜已死，但作品業不復激動，而時政依然反覆，豈其因之而多毀少作，期免牴牾時政者歟？

二、文學淵源

（一）源出六經諸史

　　六經諸史乃十朋詩文之淵源。其於論、孟、春秋皆殷習之，今集存論語、春秋講義，文主浩然剛氣，且以春秋經廷對第一。又於屈原離騷、史遷史傳殊有心得。今引據文集之語以證。

>　　……六經真有味，奚用食馬肝。……〔註5〕
>　　……凡我同志，勉思六經。……〔註6〕
>　　……六經變離騷，日月爭光明。……〔註7〕

〔註4〕前集卷八頁114率飲亭二十絕。（前集、後集指梅溪前集、梅溪後集，後仿此）
〔註5〕前集卷四次韻萬先之讀莊子，頁90。
〔註6〕前集卷十一會趣堂燈銘，頁134。

問秉史者眾矣，司馬遷爲之宗。……〔註8〕

案：此段文字雖指仲默，卻可說明十朋亦留意史學。

……仲默姿不凡，好學喜觀史，寄我新詩章，我驚欲掩耳……〔註9〕

（二）嘗習晉宋陶潛、謝靈運、鮑照詩

爲學源流宜遠而工夫欲深，此十朋切身體會，大抵得之於創作經驗，故其詩上源六經諸史，近漬師友唱和，自秦漢屈原、相如之作至晉宋陶謝詩文皆素習有年。其自說如靈運之狂，深服淵明之清靜，而或曰十朋「才如鮑昭（即鮑照）」，且批評文學亟稱晉宋味（取其簡遠靜明意境），故知其人深研晉宋詩者也。今羅列文集之語以爲說明。

淵明修靜不談禪，孔老門中各自賢……〔註10〕

回首白蓮社，姑作陶淵明。〔註11〕

東坡文章冠天下……暮年海上詩更高，和陶之詩又過陶……〔註12〕

南浦陳臺卿……採陶淵明之賦以名室〔註13〕

我狂似靈運，此志那能投。〔註14〕

謝客篇章似春草，分得家傳才一斗……〔註15〕

少年詞賦客……君才如鮑昭（鮑照）……〔註16〕

叔奇之詩清新雅健，有晉宋風味……〔註17〕

〔註 7〕後集卷十一題屈原廟，頁 336。
〔註 8〕前集卷十三問策，問策頁 151。
〔註 9〕前集卷一次韻季仲默見寄，頁 74。
〔註10〕後集卷十蓮社，頁 324。
〔註11〕後集卷十趙果州致羊走筆戲酬，頁 324。
〔註12〕後集卷十四讀東坡詩，頁 357。
〔註13〕前集卷十一止堂情話室銘，頁 134。
〔註14〕前集卷二寄僧覺無象，頁 79。
〔註15〕前集卷五鄭遜志……鄗一唯和詩復用前韻，頁 97。
〔註16〕前集卷二覺無象和；釋宗覺之作品，頁 79。

予嘗以行者而喻學者,竊謂學之源流甚遠,固非一日可至,苟能自進不已,積一日之力以至千萬日,超乎遠大之域矣。……〔註18〕

（三）嘗習唐人李白、杜甫、韓愈、柳完元、賀知章、元微之、白居易、賈島詩

宋詩雖較傾向言理說事,然雕琢典實並不避,故杜韓之作輒成模擬對象。若東坡之流,卻期許李白,尚不多見;喜李白者每以才氣、創作自由為師法目標。至於十朋,直以李白為師,極可留心。十朋少年時個性不屬拘謹,豈其性近太白之浪漫也耶(與劉謙仲為摯友是可為旁證)!

十朋於唐詩鍛鍊功深,學韓之跡千折萬挫,卓然有成,尤長於韓詩古律。柳宗元與韓齊名,山水之篇殊勝,故兼習之。至於賀知章、元微之才氣,甚吸引十朋,而白居易句法天然圓熟亦為所喜。此外,若盧仝、劉禹錫、杜牧、李商隱輩亦頗涉習。

太白佯狂喜盃酒,元龍豪氣恥求敵……白也吾師登可友。……〔註19〕

……君馬何大駛,追蹤謫仙流,錦繡滿腸胃,詞人孰能儔?……〔註20〕

……新詩句必豪,寧容杜陵老……〔註21〕

君不見杜陵野客老更狂,浣花溪上結草堂,又不見謫仙世人皆欲殺,匡山讀書頭如雪;二公同時鳴有唐,文章萬丈光艷長。……〔註22〕

正仲（陳讜）贈予詩云:『淵源師老杜,體制陋西崑』……

〔註17〕後集卷二十七送喻叔奇尉廣德序,頁462。
〔註18〕前集卷十七,劉方叔待評集序,頁180。
〔註19〕前集卷五,再用前韻述懷并簡諸友,頁97。
〔註20〕同第269頁註16。
〔註21〕前集卷五,九日寄昌齡弟,頁97。
〔註22〕後集卷八,題何子應金華書院圖,頁311。

〔註23〕

……韓公生有唐……餘事以詩鳴……我本鹺鹽生，久供筆
硯課，幽香摘天葩，光艷拾珠唾，後公三百年，杖履無從
荷……〔註24〕

……平生願學昌黎伯……〔註25〕

予少不知學古難，學古直欲學到韓。奈何韓實不易學，但
覺晝夜心力殫。……學文要須學韓子，此外眾說徒曼
曼。……〔註26〕

……平生為雪牽詩興……寒江獨釣句思柳……〔註27〕

予自少喜讀柳文……〔註28〕

……句法天然自圓熟，長慶詩豪今有後……〔註29〕

……昔元微之作州宅詩，世稱絕唱。……〔註30〕

胸中萬頃元才子，方外孤標賀季真……風流何止兩唐人。

〔註31〕

……細觀元白詩，丘壑羅胸中。……〔註32〕

（四）嘗習宋人歐陽修、蘇軾、王安石詩，又兼及寇準、林逋、梅堯臣、范仲淹、黃庭堅、韓駒諸詩人

十朋於宋人《詩學》習認真，尤熟悉宋近人詩，且時有批評。王
氏心中以為宋之歐如唐之韓，乃斯文大才，文宗地位。又以為蘇軾、
王安石諸大家俱出歐門，而特欽服東坡。論及東坡之影響力直如唐之

〔註23〕後集卷二十贈陳教授正仲詩之註文，頁 410。
〔註24〕後集卷八次韻嘉叟讀和韓詩，頁 314。
〔註25〕後集卷六小小園納涼，頁 300。
〔註26〕前集卷一答毛唐卿虞卿借昌黎集，頁 73。
〔註27〕後集卷八郡齋對雪，頁 311。
〔註28〕前集卷九和永貞行，頁 119。
〔註29〕同第 269 頁註15。
〔註30〕後集卷一蓬萊閣賦並敘，頁 264。
〔註31〕後集卷四鑑湖，頁 281。
〔註32〕後集卷三和喻叔奇游天依四十韻，頁 278。

'

韓愈，而東坡詩風卻集李杜、退之、元白、淵明眾長；十朋萬分仰慕坡之為人，甚且曰願為執鞭，蓋性情語也。昔日，歐公推許王安石詩為退之再世，十朋不以為是，然對王介甫自有觀察且潛習者，今查十朋詩註屢引王介甫詩固可知矣。十朋亦淺視江西派，未許佳評，其不欲歸附江西派，然對黃山谷、韓駒則多所瓣香禮敬，其又評擊西崑體極其嚴厲，觀此數項，當曉十朋詩風所適。又十朋顯然揉合人格、詩格、事功三類合一，成其詩風之另一特色。

> ……陸贄議論，韓愈文章，李杜歌詩，公無不長。當世大儒，邦家之光。〔註33〕

> 斯文韓、歐、蘇，千載三大老。〔註34〕

> 東坡文章，百世之師。……我讀公文，慕其所為，願為執鞭，恨不同時。〔註35〕

> 作詩必坡老，作文必歐公。欲知鳴道心，端與二公同。〔註36〕

> 東嘉老先生，文字繼坡、谷。……〔註37〕

> 翰林風月三千首，吏部文章二百年。老去自憐心尚在，後來誰與子爭先。此歐公贈介甫詩也。……由今日觀之，介甫之所成就，與退之孰優孰劣，必有能辨之者，予謂歐公此詩可移贈東坡……〔註38〕

> 越中自古號嘉山水，而蓬萊閣實為之冠。……近代張公伯玉三章膾炙人口，好事者從而和之。……〔註39〕

> 詩似西湖處士詩，十篇三絕鬥清奇。……〔註40〕

〔註33〕 前集卷十一歐陽忠文公，頁136。
〔註34〕 後集卷十九喻叔奇采坡詩一聯……，頁399。
〔註35〕 前集卷十一蘇東坡，頁136。
〔註36〕 喻良能《香山集》卷十二懷東嘉先生……作十小詩奉寄，頁13，四庫全書本。
〔註37〕 《香山集》卷一侍御王公去饒……，頁14。
〔註38〕 前集卷十九書歐陽公贈王介甫詩，頁201。
〔註39〕 後集卷七程泰之郎中以詩三絕覓省中梅花因次其韻，頁301。
〔註40〕 後集卷一蓬萊閣賦并敘，頁264。

　　詩不江西語自清……〔註41〕

　　近來江西立宗派，妙句更推韓子蒼（韓駒）。非坡非谷自一
　　家，鼎中一臠曾已嘗。……

　　……此公固足貴……簉生幸脫場屋累，老境欲入詩門牆。
　　古詩三百未能學，句法且學今陵陽。〔註42〕

　　學江西詩者謂蘇不如黃，又言韓歐二公詩乃押韻文耳，予
　　雖不曉詩，不敢以其說爲然……。〔註43〕

三、創作意識

　　思接千載，故能神遊。雕鏤篇章，必耗神勞情，雖形求外貌，
實應於心。〔註44〕心動則情動而無所不動，意興所至手舞足蹈，遂
發爲歌詩文章矣。十朋苦讀有成，少壯鑽研五經古文，尤愛韓詩。
每發爲文，因與時俗悖違，故屢敗於場屋。幼雖乏名師指導，然蒼
天厚賜結識益友之際遇，所交劉光、潘翼、孫皓、劉鎮、僧宗覺、
寶印師等均屬無名大詩家。或云其出自紫巖門下，此係出仕後之事。
十朋嘗云：「……古文如金城，偏師詎容攖。小詩時自遣，句法未知
造。……」〔註45〕已盡道學習歷程之寂寞艱辛。十朋多才藝，善長
賦篇、議論、尺牘、記文，於翰墨、繪事亦頗能品評鞭辟入裡，甚
或有詩餘之作。今本《全宋詞》尚存二十一闋，可睹其大材一截。
今觀梅溪集知其積極而自覺用心爲之者詩也，其晚年，刻意出入詩
門，尤重造境，〔註46〕乃南渡初最大家也。

　　十朋詩欲以險語救西崑之蔽，又以古樸清婉力矯江西詩不當人
意之失，蓋其欲破除杜、韓、歐、蘇、黃所籠罩範疇是極可明曉者
也。下文試逐項析論十朋創作旨意之趨向，以約觀其作詩之心理狀

〔註41〕後集卷八送翁東叟教授，頁313。
〔註42〕後集卷二陳郎中公說贈韓子蒼集，頁267。
〔註43〕後集卷十四讀東坡詩，頁357。
〔註44〕參見文心雕龍卷六神思篇，頁1。
〔註45〕同第272頁註33。
〔註46〕同第274頁註43。

態。

（一）憂患家國之昇華

十朋少時曾遭方臘匪亂、靖康國變。至隆興二年赴饒州上任詩猶有離亂痕跡，〔註47〕可謂四十年間家國憂患刻骨銘心。王氏家業窮困，十朋頗有一第收報親兼報國之用心，然權門當道，時命不濟，落第連連，故徒憂時事長懷明主，卻無由致身，難展壯心，積此鬱抑，惟發之歌詩，故特別沈痛，〔註48〕梅溪集畎畝十首、觀國朝故事、感時傷懷、送曹大夫赴行在云云，皆此類也。得官後，尚有「聞捷報」詩激情如昔。〔註49〕此後則移轉關心，昇華於民政，且建立文學理論及文學創作，而暮年小詩，頗有造境，非胸臆庸俗者可比。

（二）關愛親情之流露

人子之道，非惟孝親榮親，尤貴乎事親之外能移易風俗，善以事親而事國政。十朋一生，行事忠順不失，〔註50〕家庭安和，待弟恩慈，接友有情，子弟恭敬，實不愧宋朝名臣楷範。文集有侍父重陽登高，有親亡後思親、憶鄉，有懷二叔寄二弟及悼亡、示子諸詩，細檢此類詩作近二百首，可知十朋重視親情，此當為其創作意識之一端也。十朋詩云：「雙親不見不勝悲，銜恨何曾有住時。二叔尚存俱白首，歸來猶足慰衰遲。」〔註51〕見其榮親不及，親恩罔報之無窮憾恨。又詩云：「夢魂夜夜尋兄弟」、「他日三人老兄弟，結廬相共保松楸」，〔註52〕此兄弟間至情至性也。類此之詩抒發自然，圓融而不矯情，味在酸鹹外，是可取作品。其中悼亡十數首，類陶詩況味，清麗哀婉，鍊字耐咀嚼。

〔註47〕後集卷八郡齋對雪，頁311。
〔註48〕參見《宋詩鑑賞辭典》頁902王十朋夜雨述懷。上海辭書出版社。
〔註49〕後集卷八聞捷報用何韻，時十朋五十齡，頁312。
〔註50〕孝經卷二士章。
〔註51〕後集卷二塗中得寶印叔二詩次韻，頁268。
〔註52〕後集卷八用韻寄二弟之二與後集卷三贈夢齡兼懷昌齡，頁313及276。

（三）掙扎出仕之痛苦

此部分可作兩點說明。其一，為官前，拘於現實未能出仕，或屢試又落第，皆痛苦也。十朋金溪鄉校友，若劉鎮（紹興十八年登第）、劉銓（紹興十二年及第）、毛宏（紹興十五年進士）輩並早十餘年中進士，職是之故十朋壯年志氣之窮愁至顯，其詩云：「齏鹽到處只酸辛」〔註53〕即老困文場心多挫折之憾恨是也。其二，出仕後，身有職守，而官場詭變，每有孤忠難伸，往往有一仕輒已之情況，又年老體力不支，感於為政多勞，苦不堪言，是以常到職即請祠，然亟不得辭，無論如何，只得蹉跎晚景。

（四）師生情誼之往來

紹興十三年秋，十朋闢家塾以授徒，至二十年，計前後八年，收有學生百二十人。其中吳翼、萬庠、徐大亨並試紹興十五年禮部考，則師徒年齡、道業相去不遠，故情誼殊深。觀集中師徒共論文墨，齊品茶酒，同看盆景，聯袂觀水，處處樂融融者矣。直至隆興、乾道年間，猶有弟子之來鴻，師生情誼固已可知。學生中若宋孝先、萬大年、陳元佐、鄭遜志輩才華亦高，常能啟發十朋，其師徒情誼本在友生之間。屬本類之詩，集中存數十首，當為創作動機之一。

（五）所交益友之互勉

未第前十朋所交諸友，泰半係金溪讀書縣學之鄉校友，彼此多能互勉，共修燈火事業。尚有親戚、良友，及邂逅之畏友（若劉光、潘翼、僧宗覺之屬）。至於官場中人則罕有深識，集中略尋得數人。有曹大夫、凌知監、昝務監、鄭丞，均不詳來歷，想其交亦泛泛；有樂清縣尉曾汪者，乃縣學恩師，嘗獎掖十朋，後為十朋仕途友。上述十朋少壯期所交益友畏友，直與十朋早期詩風、文風大有影響。紹興二十七年十朋及第，雖每官輒罷去，後仍得急速擢升。初授左承侍郎，僉書建康軍節度判官聽公事，特添差紹興府僉判遷大宗正丞，請祠

〔註53〕前集卷二寄潘先生，頁82。

歸。三十年除秘書省校書郎，兼建王府小學教授，後除著作佐郎。三十二年以司封員外兼國史院編修。孝宗立，起知嚴州，旋起居舍人，除侍御史，轉國子司業。隆興二年六月，受命除集英殿修撰，起知饒州州、歷任夔州、湖州、泉州。其短短七年宦途，已登五馬之守，擢拔之速不可謂不快矣。官場生涯易生護愛恨憎，十朋爲人剛腸誠懇忠義直言，亟獲主政者護持，雖然如斯，尙因幾次任職中央，以言語激越觸犯天顏及權吏，只得出爲地方官。總言之，十朋以爲死生之交無所憾，且強調朋友推揚之功，云：「古之隱者逃名而名益彰，晦身而身益顯，是無他，有賢士大夫推揚而夸大之也。」〔註54〕觀此，足見友朋乃十朋詩興原動力之一端也。又十朋以爲交友之道在於「常道其善，不道其惡」〔註55〕可謂善交益友。

（六）晚年田園生活之響往

晚於出仕而急於勇退，正十朋仕途之寫照。所謂「未報國恩嗟老去，不逢人傑恨生遲」〔註56〕正是此說。十朋饒州任上云：「扁舟便合相隨去，薄有田園正可耕」、〔註57〕「送君撩我思鄉意，薄有田園歸去休」〔註58〕；夔州任上云：「我已上祠章，歸歟老田疇」〔註59〕、「懸知年非永，早悟仕當已，……但願早還鄉，俯育三百指，婚嫁畢兒女，松楸依怙恃，弟兄飲眞率，故舊忘汝爾。……」〔註60〕；湖州任上云：「萬里東歸如倦鳥，不知飛過只知還」、「故舊相逢倘相問，爲言老欲乞殘骸」〔註61〕；守泉州時云：「到官即有乞，行將返耕桑」、

〔註54〕前集卷十七潛澗嚴闍梨文集序，頁180。
〔註55〕前集卷十九雜說，頁199。
〔註56〕後集卷八郡齋即事，頁309。
〔註57〕後集卷八送翁東叟教授，頁313。
〔註58〕後集卷八送蔡倅，頁313。
〔註59〕後集卷十二送元章改漕成都，頁344。
〔註60〕後集卷十二齒落用昌黎韻，頁347。
〔註61〕後集卷十六讀喻叔奇遊廬山詩之一及朱仲文運幹還蜀之二，頁375。

「……老病餘生厭宦游，已上祠章即歸去……」。〔註62〕

綜閱上文，合知十朋鄉心殷切，其間也曾暫歸，終未能偕妻兒兄弟悠遊園林。痛乎，乾道七年公致仕之命下而薨矣。今集中所詠田園鄉居小詩可視爲嚮往致仕田園生涯之延伸作品。

（七）結交禪僧以託寄心靈

梅溪思想闢老莊而不入佛，〔註63〕然功名遲滯，慰親無門，己志不悵，心靈實苦悶難堪。且因舅公（嚴闍梨）、叔父（寶印）既出家爲僧，則僧緣屢結，是以所交遊僧人數竟多逾五十人。其間往來，思想不免交互影響，惟十朋儒根深種，受佛教思想影響極微，作品僅是詩篇唱和，花草贈受，廟寺記文之類焉耳。蘭若之所在多名山叢林，讀書吟詠既能得趣，且取資山水之供，十朋此類詩作亦多。吾人已確知十朋於佛儒兩道界畫分明，然若云其不受影影則曰未必。姑拈一例說明，如：「月臺無屋有空壇，空處觀空眼界寬，不惹世間塵一點，冰輪心鏡兩團圓。」，〔註64〕此詩即以佛說爲多，故云類此之詩，爲十朋心靈託寄，又創作之源泉也。

（八）以詠史詠物寓寄深遠

十朋詠史詩逾一百五十九首，詠物詩（含詠花、詠荔枝、詠筆燈銘、祠廟山亭、左原地理、街坊齋堂園林……）凡二百二十七首有奇，總此二類共四百首之多。其寫詠史詠物之動機何在？蓋或寄情花草，或品評史傳人物，或藉物抒意，或歷敘自傳，或談論風俗者也。其風貌雖不一而足，總不出借外事外物一吐衷腸之深意者哉。此類詩佳者容或不多，卻頗見其文學觀念及肺腑之言。

（九）惻愴民生疾苦

關愛民生作品，於十朋文集中亦夥。唯其人多情至性，故能愛民

〔註62〕後集卷十七解舟與出郊勸農兩詩，頁381及383。
〔註63〕前集卷四次韻萬先之讀莊子，頁90。
〔註64〕後集卷十七游承天寺後園登月臺贈潛老，頁384。

惜物；集中常見勸農、勞農、祈雨、放生、摧科不擾、賑災、論馬綱、糶米之作，甚或有關風教之興正祠、建貢院，均可視爲依此觀點衍生而爲者，若其嘗建議開鑑湖廢田耕作亦根植茲念而伸展者也。

第三節　王十朋文學觀念

張健先生所編南宋文學批評資料彙編錄有王十朋文學理論九十五則，然吾人就梅溪集尋得已逾一百四十則，於南宋文人中僅次於陸游、朱熹、劉克莊，而略多於楊萬里。今每見世人多舉朱子後村輩之文學理論，卻絕少提及南渡初年文壇大家王十朋者，惜哉可歎也。

值十朋弱冠，有方外高僧宗覺云：「君文已造妙」；出仕後同官王秬、胡銓比之如宋之韓退之，可見其詩作功深。十朋數十年浸淫於唐宋詩，尤致力於韓杜、蘇軾詩，自云晚作勝過少作，斯非精於創作者不能道此也。十朋同年喻叔奇縱觀南宋初年文壇並無巨擘，故推崇十朋爲當代第一，叔奇云：「今誰主文字，公合把旌旄。」〔註65〕時十朋帥夔州，傳播有會稽三賦及楚東酬唱集四集，聲名日隆，是以喻氏規勸其主天下文字，挽回大雅不作之狂瀾。

永嘉自元祐後士風浸盛，至建炎、紹興間人才輩出。〔註66〕溫州永嘉郡永嘉、瑞安、樂清、平陽四縣謂之浙東，於南宋有所謂浙東派，浙東派源出北宋三派（即二程道學派、王安石經術派、蘇軾議論派），〔註67〕而王十朋係其主要人物。羅根澤《中國文學批評史》以爲浙東派雜揉北宋三派，今舉梅溪集作印證，大致不差，惟十朋之學非僅如此耳。今將梅溪集有關文學觀念者彙觀之，並爲剖析如次：

〔註65〕《香山集》卷十二懷東嘉先生……，頁12。
〔註66〕後集卷二十九何提刑墓誌銘，頁483。
〔註67〕羅根澤《中國文學批評史》六篇八章頁191浙東派事功文學說，學海出版社。

一、文章均得江山助 〔註68〕

　　文章均得山水助，此論兩漢魏晉人早言之，而晉宋山水文學且能實踐焉。十朋此處所言「文章」固屬廣義，含詩、文而言。然十朋提出山水之助，乃助文氣焉，此爲新論。其寇忠愍公巴東祠記（後集二十六卷）云：

> 巴東故祠廢而復興，殘編斷稿散而復集，江山增氣，如公更生。

文中所指增氣，即就文氣與人格並稱。十朋游東坡十一絕謂東坡詩因遷謫而更瑰奇肇因於江山之助，實存有詩窮後工之理。其作岳陽樓詩及燕公樓詩云：

> 江山何獨助張說，收拾清暉（暉字據四庫薈要補）上筆端。
>
> 〔註69〕
>
> 燕公郡事暇，詩興滿滄波；粉飾開元治，江山爲助多。〔註70〕

又和喻叔奇游天依四十韻詩云：

> 同年妙詞章，況有山水供；古詩如古琴，山高水溶溶。……
>
> 〔註71〕

觀上文三例如十朋於山水與文學互動之影響能有正確之看法。

二、文主剛氣定名世

　　十朋詩文苦學蘇軾兄弟。蘇轍上樞密韓太尉書云：

> 以爲文者氣之所形，然文不可以學而能，氣可以養而致。

此點後爲十朋承受而發爲剛氣說。其蔡端明文集序：

> 文以氣爲主，非天下之剛者莫能之。古今能文之士非不多，而能傑然自名於世者亡幾，非文不足也，無剛氣以主之也。孟子以浩然充塞天地之氣而發爲七篇仁義之書，韓子以忠犯逆鱗，勇叱三軍之氣而發爲日光玉潔，表裡六經之文。

〔註68〕後集卷十五游東坡十一絕，頁370。
〔註69〕後集卷十五岳陽樓，頁368。
〔註70〕後集卷十五燕公樓，頁369。
〔註71〕同第272頁註32。

故孟子闢楊墨之功不在禹下，而韓子觝排異端，攘斥佛老
之功又不在孟子下，皆氣使之然也，若二子者非天下之至
剛者歟！……然竊謂文以氣為主，而公（蔡公）之詩文實
出於氣之剛。入則為謇諤之臣，出則為神明之政，無非是
氣之所寓。學之者宜先涵養吾胸中之浩然，則發而為文章
事業庶幾無愧於公云。……（後集二十七卷）

此段文字分明為文學事功說之基本理論之一，遂為永嘉派所氤氳。
〔註72〕十朋文學理論中所謂「韓公之豪」〔註73〕、「凜然正直之氣見
於詞翰」〔註74〕、「筆端妙語出離騷，酒後剛腸吐名節」〔註75〕皆此
類者也。十朋心眼，以為「古」境最高，曾云：「文當氣為先，氣治
古可到。（前集四卷）」，此見較剛氣說尤新，亦可輔助剛氣說。

三、忠不忘君句有神 〔註76〕

「忠君」與「句有神」之間，原無干係，今牽連一塊，令人驚愕，
斯乃文學事功說之擴張。十朋跋溫公帖（後集十四卷）云：

孟子曰：欲為君盡君道，欲為臣盡臣道。〔註77〕

此為所本歟？又梅溪和永貞行與歐陽文忠公詩云：

退之鯁直憤不勝；詩篇史筆兩可徵……（前集九卷）

賢哉文忠，直道大節。……陸贄議論、韓愈文章、李杜歌
詩，公無不長。當世大儒，邦家之光。（前集十一卷）

皆為此種觀念之說明。所謂詩品出自人品，〔註78〕十朋已著鞭在先矣。

四、語當人意為佳句 〔註79〕

標榜「語當意為佳句」之意有二層，首先以為語辭當合今作者

〔註72〕同第 281 頁註 67。
〔註73〕後集卷二七送喻叔奇尉廣德序，頁 462。
〔註74〕後集卷二十七跋張侍郎帖，頁 466。
〔註75〕同第 278 頁註 57。
〔註76〕後集卷十五至東屯謁少陵祠詩，頁 365。
〔註77〕孟子離婁篇規矩方員之至也章（取首句為章名）。
〔註78〕劉熙載《藝概》詩概之語，頁 82，漢京文化事業公司本。
〔註79〕後集卷十四寇萊公取韋蘇州野渡無人舟自橫之句……，頁 356。

之立意，今作者立意有無出新，是作品成敗關鍵，不論有否引用他人成文。其次，立意當合作者事功，不合者不佳，合者即佳。奪胎換骨法名雖起自江西派，實早有之。十朋不曾指摘江西派，然亦無好感，嘗提及黃山谷名，略稱許山谷卻未加深論，惟大力推許江西派能自成一家之韓駒。韓駒作品果然通貫靈活而不拘用典，且句法極出色也。〔註80〕今查此處之所以贊成詩文用奪胎，乃強調寇公相業正合「舟楫巨川」〔註81〕之意境，否則不過爲詩人之詩耳，此仍屬文學事功說之一端。

五、詩篇勉我毋趨時

　　梅溪嘗大力評擊南宋初年文人蔽於時文而往往損害「道」，此道指儒道。細言之，即指韓愈、歐陽修復古爲政之道，或關於文學獨立發展之命運，或關係事功成就之興衰。十朋酬叔寄四十韻云：

> ……詞人巧駢儷，義理失探討。書生蔽時文，習義未易藻。
>
> 著述豈無人，紛紛謏華藻。有如分裂時，僭偪各城堡。……
>
> （後集十九卷）

茲段文字固見十朋深惡痛絕於時文，時文之大病即在僵化、破碎。然時文乃時勢所成，欲移易風氣，非韓愈、歐陽修有道有位者不易奏功。十朋嘗言輕視時文，久親韓詩爲昔落第之因，可見十朋早有批判時文之心。當代詩人陳掞也嘗勉勵十朋爲詩要毋趨時，見地竟同，頗堪留名。

　　鑒於時文之蔽，十朋於前集卷十四策問提出時人二元論，此羅根澤兩宋文學批評史已言之。今舉十朋原文如左：

> 問唐人劉禹錫嘗序柳宗元之文章與時高下，……果如禹錫言，則文之高下，實係乎時也！及先翰林蘇軾記韓文公之廟，其言則曰……公起布衣談笑而麾之，天下靡然復歸於

〔註80〕參見錢鍾書《宋詩選註》韓駒篇、上海辭書出版社《宋詩鑑賞辭典》及梅溪後集卷二陳郎中贈韓子蒼集。

〔註81〕後集卷二十六寇忠愍公巴東祠記，頁 457。

正。果如軾言則文之興衰又在乎人也！……是果時耶？人
耶？二者若兼有之，與劉蘇二子之說又皆不同，何也？願
與諸君辯之。

羅氏以爲此段文字用以解釋文學潮流，然吾人以爲十朋欲以文學發展
繫乎時繫乎人抨擊當代文學之弊端，即南宋不僅爲詩經學反動之時
代，〔註82〕亦是詩文革新之轉捩時代也。

六、文必法韓柳歐蘇

以韓柳歐蘇四人相提並論，是十朋新解。十朋雜說云：

唐宋之文可法者四：法古於韓；法奇於柳；法純粹於歐陽；
法汗漫於東坡。餘文可以博觀而無事乎取法也（前集十九卷）

吾人若依此四家爲限，以探討其品評四家之特色，可得下列看法。

（一）韓　愈

愈之文可法者古。（案此古指「意古」）〔註83〕

愈之文雄健過司馬子長。〔註84〕

愈之文粹然一出於正。〔註85〕

愈之詩「詞嚴意偉。」〔註86〕

愈之文蓋深於道。〔註87〕

（二）柳宗元

子厚文可法者奇。（案此奇指「語奇」）〔註88〕

子厚文溫雅過班固。

子厚文好奇而失之駁。

子厚文工而才美。

〔註82〕黃忠慎《南宋三家詩經學》第四章、台灣商務印行，頁290。
〔註83〕前集卷五宋孝先示讀自覺集復用前韻，頁97。
〔註84〕前集卷十九雜說五則之四，頁200。
〔註85〕前集卷十九讀蘇文，頁199。
〔註86〕後集卷四次韻梁尉秦碑古風，頁284。
〔註87〕同第272頁註33。
〔註88〕同第286頁註83。

（三）歐陽修

歐陽之文可法者純粹。

歐陽之文兼長「陸贄議論、韓愈文章、李杜歌詩」。〔註89〕

歐陽之文粹然一出於正。

歐陽詩如「李謫仙……。詞無艱深非淺近，章成韻盡音不盡，味長何止飛鳥驚……渾然天成無斧鑿……。」〔註90〕

歐陽之文蓋深於道。

（四）蘇　軾

東坡文可法者汗漫。（案：汗漫則通篇流暢）

東坡文好奇而失之駁。

東坡詩「胸中萬卷古今有，筆下一點塵埃無。武庫森然富摛扱，利鈍一從人點檢，暮年海上詩更高，和陶之詩又過陶。」

東坡之文蓋深於道。

綜言之，十朋以為韓愈之作品意古而文雄健，純正而載道；十朋喜模擬愈之作品，慨然有承繼之意，豈其著眼於開新邪？柳文語法奇妙，十朋喜誦之，愛柳之才美而詩文工巧溫雅，然痛惜子厚年少躁進，致使家聲崩毀，冀世人當以名節自重。宋有歐公實如唐有韓愈，文純粹而才兼眾長，且於斯文號召之功洵不多讓韓愈焉。大蘇才博而文奇，惜汗漫駁雜，處處驚人而不精，惟暮年作品高過前時，蓋晚年深得古道也（作品回歸拙樸）。十朋將斯四子並論相提，乃欲指出初學詩文宜留意於此，基此可上攀六經、屈宋、史遷、相如，下可援引古今大家及宋之近人，如此源流貫通，學無不得矣。十朋愛近人不棄古人，洵善學者也。

四家之外，攻司馬相如賦詞多夸而不實〔註91〕；許李白大鵬賦、司馬長卿賦，有詞新意古，超出翰墨蹊徑外者〔註92〕；論李漢

〔註89〕前集卷十一歐陽文忠公，頁136。
〔註90〕後集卷十四讀東坡詩，頁357。
〔註91〕後集卷一會稽風俗賦敘，頁254。
〔註92〕後集卷二十七跋蔣元肅夢仙賦，頁466。

不知賦篇〔註93〕；以爲兩漢文古而離騷詩工〔註94〕；論晉宋詩風清新雅健〔註95〕；喜淵明修靜不談禪〔註96〕；許謝靈運夢春草句尤神〔註97〕；評楊炯、盧照鄰只可爲《杜甫》前驅〔註98〕；論張說詩清暉〔註99〕；品李白《杜甫》文章萬丈光焰長，而子美夔州三百篇可高配風雅頌〔註100〕；評《杜甫》詩豪滂沱，長慶詩豪（卻以爲白俗郊寒〔註101〕；評孟郊詩豪健險怪，筆力略似退之〔註102〕；論張籍、皇甫湜、賈島、夢郊輩遠遜於韓愈〔註103〕；十朋亦曾品評劉夢得（禹錫）之作豪邁〔註104〕；評論韋應物所作不過詩人之詩而已，而寇準詩作卻存濟世之心〔註105〕；美梅聖俞詩氣韻悠長〔註106〕；許林逋詩清奇〔註107〕；抨擊曾子固篇章不工〔註108〕；嘗極力攻擊子固，不知何因？或以爲子固見解較遜，如鑒湖說中評論子固爲政之失；或以爲子固與江西派有淵源；品韓駒非坡非谷句法出色自成一家，出江西派之上〔註109〕；抨擊西崑派詩無老杜文無韓。〔註110〕總評上下古今犖犖大觀，而評論時人者尙不在此討論之範

〔註93〕前集卷十九頁199論文說。

〔註94〕後集卷二十三答章教授，頁432。

〔註95〕後集卷二十七送喻叔奇尉廣德序，頁462。

〔註96〕後集卷十蓮社，頁324。

〔註97〕後集卷十六用貢院韻寄當塗吳給事明可，頁377。

〔註98〕後集卷十四詩史堂荔枝歌，頁362。

〔註99〕後集卷十五岳陽樓，頁368。

〔註100〕後集卷八題何子應金華書院圖與後集卷十四少陵先生，頁 311 及360。

〔註101〕前集卷五，九日寄昌齡弟及鄭遜志……和詩復用前韻，又後集卷八陳阜卿書云聞詩筒甚盛……，頁97及314。

〔註102〕同第288頁註95。

〔註103〕後集卷八次韻嘉叟讀和韓詩，頁314。

〔註104〕前集卷二用前韻贈劉全之，頁78。

〔註105〕同第284頁註81。

〔註106〕後集卷十二，元章贈餘甘子用前韻，頁340。

〔註107〕後集卷七程泰之郎中以詩三絕……因次其韻，頁301。

〔註108〕前集卷五宋孝先示讀自寬集復用前韻，頁97。

〔註109〕後集卷三送黃機宜游四明及送翁東叟教授之二，頁278及313。

〔註110〕後集卷十四讀東坡詩，頁357。

疇，蓋可明十朋勇於批評，乃實學博觀者也。至於討論王氏作品之優劣，當於梅溪詩文內容研究一文再行論定。

七、句法嚴於細柳軍

　　學詩重妙悟，讀詩愛妙語。十朋以為作詩宜「超出翰墨蹊徑外」，是以類似此之「無心學淵明，偶與淵明契」〔註111〕、「見聞一知十之學」，〔註112〕均表示「悟」之重要，然十朋並未鄙棄用韻、遣字、鍊句、謀篇，其中，尤著意於鍛鍊句法。試舉左例以明。

　　　　嗟我最不才……小詩時自遣，句法未知造。〔註113〕

　　　　我久事章句，滋味一盃水。〔註114〕

　　　　賀州賀雨句如何，不減夔州夢得歌。〔註115〕

　　　　知前輩作詩一言一句皆有來歷。〔註116〕

　　　　試將武事論詩筆，句法嚴於細柳軍。……〔註117〕

　　　　更將正味森嚴句，壓倒屋簷斜入枝。〔註118〕

　　　　句法且學今陵陽。〔註119〕

　　　　句法天然自圓熟，長慶詩豪今有後。〔註120〕

　　　　搜我枯腸鬢鬖皓，吟公佳句齒牙寒。〔註121〕

十朋既踵事雕琢，自不能推辭句法之探究，而句法特不過為詩之一面耳。劉熙《藝概》卷二詩概有言：「少陵寄高達夫詩云：佳句法如何？可見句之宜有法矣。然欲定句法，其消息未有不從章法篇法來者。」此說極是。此外十朋喜用險韻，此宋人之習，宋詩之異於唐詩者亦在

〔註111〕後集卷十九題徐致政菊坡圖，頁400。
〔註112〕後集卷二十三答姚子才，頁432。
〔註113〕後集卷十九喻叔奇采坡詩一聯云……，頁399。
〔註114〕前集卷一次韻季仲默見寄，頁74。
〔註115〕後集卷十七夏四月不雨……次韻以酬，知柔字體仁，頁385。
〔註116〕同第284頁註79。
〔註117〕後集卷十二又答行可，頁343。
〔註118〕同第289頁註7。
〔註119〕後集卷二陳郎中公說贈韓子蒼集，頁267。
〔註120〕前集卷五鄭遜志……鄔一唯和詩復用前韻，頁97。
〔註121〕後集卷十七知宗即席和端字韻三首……錄呈二家，頁389。

茲，用韻險則可兼及鍊字鍊意，且易使意境深沈焉。今舉梅溪集二例如後：

> 知宗柑詩用韻頗險，予既和之，復取所未用之韻續賦一首三十韻（後集十九卷，案此舉逞險韻之技巧）
>
> ……予於是採二賦之餘意，變聲律而古之。（梅溪題名賦引：案變聲律者已兼音、韻，且通篇意境亦丕變矣）

八、先器識而後文藝

王十朋送表叔賈元範赴省試序有段文字倡為天理說，其云：

> 某嘗謂古之取士先德行，後之取士尚文藝。……以德行取士人事固與天理合……且謂士之致遠先器識後文藝。……
>
> 某既著為天理說，且拭目以待，欲驗斯言之不妄云。〔註122〕

此文頗具載道精神，而其來有自矣。何以說？十朋既自擬且為時人所推比為韓愈，作品益趨向載道、事功，其詩言及忠君、民情、政情者均未輕易放過，讀其詩猶讀《杜甫》、白居易社會詩之重現，特不故意誇張耳。其主張先器識後文藝者猶有「忠不忘君句有神」之觀念，只不過忠君向他人說，器識於自身言，此觀點係十朋創作態度之一。所謂「研磨媚權貴，揮染勞精神，茲我所不敢」，〔註123〕又所謂「……忠言嘉謀，聳動冕旒，橫身政府，不避怨仇。……器識俱優。」，〔註124〕皆表示德行器識優先於文藝才華，其抨擊柳宗元躁進者，正為此故。

九、新詩一出花價長

十朋肯定時人所作「新詩」（宋詩）之價值。宋詩久不盛，非惟明人鄙陋之，宋人且自棄也，所謂自棄者即習於唐以前詩而不致力於時代風格焉。宋之豪邁大家，固能嶄然自現，脫離前人華藻，而大多文人習焉而不覺，以宋代詩人約三、四倍於唐，〔註125〕然今猶未有

〔註122〕前集卷十七送表叔賈元範赴省試序，頁181。
〔註123〕後集卷三李資深古瓦硯及詩，頁277。
〔註124〕前集卷十一蘇穎濱，頁136。
〔註125〕杜松柏評論錢鍾書《宋詩選註》文（見台北新文豐本《宋詩選註

全宋詩文集，至於諸本《宋詩選註》所選亦偏頗過甚，皆肇因宋詩集散佚紛紛之故。十朋心中自覺新詩之價值極偉，此觀念當可大力稱揚，其作品以唐宋對言，顯然不詔於古，又簡習宋初作品及時人作品，是以晚年能跳出韓蘇風格之外。前文已知其斷不欲趨時附會西崑派、江西派，又不欲食古不化，有超出前人籠罩之決心，壯哉！今略載數文，以見十朋不棄宋作之不虛也。

> 吾友劉方叔，……今春訪予又示予以待評集，其間詩、賦、小詞無慮百篇，體兼古律，愈新愈奇。至前日又見其集益增新製於其間，比今春所見又加數等。予三年間方叔之進如此，日進不已，將何所不至也。……〔註126〕

> ……師名處嚴字伯威，其詩重典實，不尚浮靡……〔註127〕

> ……孫子往從西北來，……文辭翰墨兩奇絕，世上群兒徒碌碌。……我昔風期一相遇，欣然握手論心腹……長篇短韻迭賡唱，明月清風共斟酌。……〔註128〕

> ……寄我新詩章，我驚欲掩耳。……〔註129〕

> ……詩壇予與盟，文會公爲伯，豪詞肆滂沛，淡語入幽寂。心匠巧雕鐫，物態窮搜覓，壯哉五言城，卓爾萬仞壁。……新篇又拜嘉，開緘光艷射，藏之比明珠，長使夜照席。……
> 〔註130〕

> 梅溪野人眞野哉，老眼長爲寒梅開。……同行二十五佳客，一一盡是離騷才。新詩一出花價長，糠秕桃李奴玫瑰。……
> 〔註131〕

> 少年下筆已如神，文到黃州更絕塵。我宋人才盛元祐，玉

卷首）。
〔註126〕前集卷十七劉方叔待評集序，頁180。
〔註127〕前集卷十七潛澗嚴闍梨文集序，頁180。
〔註128〕前集卷一送子尚如浙西，頁75。
〔註129〕前集卷一次韻季仲默見寄，頁74。
〔註130〕前集卷一次韻謙仲見寄，頁73。
〔註131〕前集卷八同舍再約賞梅用前韻，頁115。

堂人是雪堂人。〔註132〕

十、文章能與年共進

少陵戲爲六絕句云：「庾信文章老更成」，實則少陵晚作亦當如此。十朋謂東坡「暮年海上詩更高」，而自云「每閱舊文背必汗焉耳」〔註133〕均示少年所作學未逮，故暮年每悔少作。此見無甚新意，惟言下意頗有史學家看法，可爲後日永嘉派史學傾向之先聲。

結　語

十朋之文學觀念固有其多樣化色彩，而中心思想趨向載道、事功、史學，其欲扮演北宋歐陽修（即唐之韓愈）扭轉時蔽之角色極爲顯然，其文學審美獨立觀較前人進步之傾向似可察覺，吾人若檢視南宋初年歷史背景及十朋之事業，眞見十朋努力已卓然有成，惜其爲政十四年，仍有用之不盡之憾，倘其位居中央要津，則明道之旨與文學獨立殆可更擅揚矣。十朋以積學根基作會稽三賦名揚天下，平生尚專擅簡牘、翰墨；簡牘常代人爲大作手，翰墨則鑑賞精明，能品第北宋第一流大書家蔡襄及蘇軾、黃山谷、范仲淹等作品。舉秦碑則殊許李斯小篆，而斥俗篆作肥皮之可厭，言深而有見也。十朋又喜作小令、中調、遣句清麗，通闋渾圓，有不同其詩之風采。其詞題多擬花草，然似含寄託，如「子美當年游蜀苑；又豈是無心眷戀。」、「謫仙去後，風月今誰有。」、「花間歌舞。學箇狂韓愈。」、「靈均千載。九畹遺芳在。」、「學仙疏謬。有似西河老。」云云，均別見用心。總之，斯人眞爲才華縱橫風流士，只爲晚第磨去許多精神。今日如何爲斯人於《中國文學史》上重新定位，是觀本文後令人省思之所在焉。

〔註132〕後集卷十五游東坡十一絕，頁370。
〔註133〕前集卷十九論文說，頁199。

參、王十朋詩之內容研究

第一章　王十朋詩之語言特徵

　　林師景伊云：「詩必人人能道、能解，而又能言人之所不能言者方謂之好詩。」〔註1〕此言詩爲最精緻之語言，脫離詩語無以論詩之好壞，正如無建材焉能構屋？詩之作品既然使用語言，自不能摒棄語言要素與語言所形成繪畫藝術美世界、音聲藝術美世界。好詩即美詩，好詩乃美之化身，美之想法產生者。〔註2〕詩固有其藝術美，然寫詩解詩亦難遁出現實之環境，否則有血有肉之作品即化爲烏有，惟在現實環境陶鑄錘鍊與淨化下，方易建立詩歌不朽之生命。〔註3〕

　　語言於生活中傳播，形諸歌詠，而後舒文載實，乃完成爲紙上作品──詩，是知語言與文字皆符號紀錄也，則詩語即符號矣。然欲以符號之詩語直指人之內心，道出劉勰之極貌寫物、窮力追新之態，〔註4〕實難矣哉。是故吾人欲尋覓詩語之審美觀念，追企如司

〔註1〕林師景伊六十七年於台灣師範大學國文所講授《詩學》研究時之講義。

〔註2〕參見「《詩學》」頁280，西協順三郎著，杜國清譯。五十八年版，田園出版社印行。

〔註3〕參見「《詩與詩人》」之作詩四要，頁2〜3，孫克寬著，學生書局印行。六十年再版本。另參考葉嘉瑩「《中國古典詩歌評論集》」、「關於評說中國舊詩的幾個問題」頁114，「在讀中國舊詩時，則對某些作者之生平及其時代背景之瞭解，卻是非常重要的一件事」。

〔註4〕文心雕龍註卷二明詩篇。開明書店印行。民國67年台十四版。

空圖之文盡意餘，嚴羽之興趣入神，竟陵公安之性靈，王士禎之神韻，甚或王國維之境界；除非深入探討詩語之特徵，若捨此途徑恐難有獲，是以吾人欲從王十朋詩之語言特徵入手，覓求了解王十朋詩之內容。

或曰，詩歌與音樂、舞蹈是三位一體同一流之藝術，如此言來，音樂是詩之特徵之一。洪炎秋《文學概論》引廓索普（Courthope）之言曰：「詩是用有韻律的語言，依靠富有想像的思想和感情的、恰當的表現，來產生快感的藝術。」﹝註5﹞是以音樂節奏性，亦可援引爲說明王十朋詩特徵之另一主題。

繪畫、雕塑、舞蹈之美，乃形諸思想之創造，其美感自是透過思想之再現始能認識及把握。此種社會生活之反映，﹝註6﹞詩歌亦相似，詩人取如畫如舞之平面或立體，甚且超越立體空間之表現手法，以表達創作，此方法，司空圖謂之「意象」，而《心理學》家謂之「心象」，內容一致，具有直指心靈浮現之如畫如舞之藝術美感，故可稱之詩之美感，或易言爲意象之浮現。葉嘉瑩氏以爲「所謂意象不一定限定爲視覺的，它可以是聽覺的，也可以是觸覺的，甚至可能是全部屬於心理的感覺。」﹝註7﹞吾人然之，故取列爲王十朋詩語之特徵，今吾人欲分析其詩之美感方面有視覺如畫，有聽覺如歌，有觸覺如雕塑、舞蹈，凡一切心理活動亦均包含之，不亦美哉。

黃師永武近年著力《詩學》與《美學》之匯通，除著有「《詩與美》」一書外，尤以《中國詩學》設計篇羅織美感細目最富，吾不能追企，故小取江海一瓢飲之，略採其佳處參考耳。

何謂美感？蘇國榮氏引用羅丹之語云：「在藝術中，有性格的作

﹝註5﹞ 參見《文學概論》頁133及頁129，洪炎秋著，華岡出版部五十七年三版。

﹝註6﹞ 參考《藝術美與欣賞》一書之緒篇。戚廷貴著。丹青圖書公司出版。

﹝註7﹞ 見《迦陵談詩》第二集頁242「從比較現代的觀點看幾首中國舊詩」。葉嘉瑩著。三民文庫本，三民書局印行。

品，才算是美的。」續而蘇氏曰：「美，就是性格和表現。」〔註8〕依此，詩人作品反映之性格及構成性格之一切表現技巧，即屬之美感。或可易言，美感源自詩人作品之獨創表現，抄襲之作品不具美感。此一藝術美感，不當以邏輯理念為規範，乃因其屬於心靈領域，〔註9〕詩人與讀者皆需透過心靈活動，方可肯定作品之價值。詩人如何創造美感？當以意象塑成之。

　　張春興、楊國樞合著之《心理學》云：「在思惟時，個人必須運用學得的符號與概念，在想像中作適當的安排與處理。符號與概念，多半是代替事物的，所以在運用它們的時候，它們所代表的事物，就不期而然的浮現在個人的意識之中。」此段文字所說極是。又云：「在意識中浮現的事物，並非由感官所得的印象，故稱之為意象（image）（或稱心像）。」這段文字闡釋較不周全，其中「其非由感官所得的印象」〔註10〕其實仍有可能原係「感官所得的印象」之重現，是故意象之浮現仍以葉嘉瑩氏所云包括視覺、聽覺、觸覺或其他心理（如象徵、暗示、矛盾、移情……等）意象之重現較周全。意象如何浮現方可造成美感？意象所及，不止有繪畫性而已，正如人類全部感官活動不止限於視覺，是理易曉，然意象之浮現，最初可能即視覺引起之繪畫效果，所謂「詩中有畫」的是無誤。黃師永武云：「大凡一首詩，能令意象逼真、栩栩欲動、玲瓏透徹、一層不隔，就是一首有神韻的好詩。」〔註11〕此言雖短，卻已歸納前達之研究成果，說明可利用意象，將美化之意境、物象清晰重現，使讀者身受體會，即擁有此一整體之美感，因之詩若局部經營可能危及整體，〔註12〕然而研究論文劫

〔註8〕《中國劇詩美學風格》頁226，蘇國榮著。丹青圖書公司印行。
〔註9〕「《美學》（一）」頁127藝術美的理念或理想之序論。黑格爾著，朱孟實譯。里仁書局。
〔註10〕見《心理學》頁29，心像作用。張春興、楊國樞著。三民書局印行。
〔註11〕參見《中國詩學》設計篇「談意象的浮現」。黃師永武著。巨流圖書公司印行。
〔註12〕參考現代詩導讀批評篇頁410。余光中「新現代詩的起點」一文。張

必著重於分析。今不得已，爲解析王十朋詩之美感，特剖析其詩語，或可追尋其詩「美」如何耶？

一、語法動人

　　語言要素有三，即語音、詞彙、語法。〔註13〕詞彙表達單一概念；語法則可擴及許多概念之聯絡，而表示事物間之關係。語法之研究可以說明詩語之特徵，故優先探討。中國字乃單音節，每當組字爲詞，則前後語法變生錯綜排列，茲正係詩人匠心所在，而詩之搖盪情性遂自語法中浮現。語法一詞，近人許世瑛先生稱之爲「文法」；分析語法易於了解王十朋詩句結構及詞性安排，並可觀察其構成之意象。即如黃師永武曰：

> 中國的舊詩，雖然在字數押韻上，早已形成固定而浮淺的定型。但是在這定型中，詩人仍能發揮其無限的機能，譬如五言七言的提煉，詞字的省脫、詞性的轉用，意外的語詞聯接等等，以新鮮的創造，點化那通俗而實用的語言，來改變習慣性的結構法，使語句的組織活潑。〔註14〕

吾人亦見詩歌或多利用獨立名詞及詞組造成意象疊合之美及倍增暗示性之手法，此法王十朋詩句中有之，惟不多見。譬如：

> 梅花十里眼，竹葉一杯腸（前集卷三　過黃巖）
>
> 江東渭北客（前六　細論堂）
>
> 春風桃李花（前九　人日過電山……留別孫先覺）
>
> 小園青徑梅溪老，綠水紅蓮越幕賓（後二　寓小能仁寺即事書懷）
>
> 人家數點火，風物一川雲（後十　宿大冶縣）
>
> 夔子黃柑老杜詩（後十三　食柑）

　　漢民、蕭蕭編著，故鄉出版社出版。

〔註13〕《中國文法講話》頁3。許世瑛著。台灣開明書店印行。六十三年修訂十一版。

〔註14〕《詩與美》頁12，黃師永武著。洪範書店出版。

郵亭燈火一尊酒（後十五　宿紅林驛遇交代王給事）

月斧雲斤天上手（後十八　八月十五貢院落成……）

究上文形成之現象，楊文雄氏以爲：

> ……兩個意象並列通常會有進一步關係，不是意象之間具
> 有類似性就是彼此有明顯的對照。〔註15〕

所言是也，猶有補充者，因每一獨立語詞所造心象各自不同，其思想距離愈遠則重疊空間愈廣，張力倍增，故美絕，如黃山谷寄幾復（黃介）詩「桃李春風一杯酒，江湖夜雨十年燈」之類即如此也。然此非王十朋語法之重點。

古人論詩有所謂詩眼（即五言以第三字爲眼，七言以第五字爲眼），此即語法中最動人處，有以爲驅遣動詞造成動態意象者，〔註16〕《詩人玉屑》卷三則主張眼當下以活字、響字、實字、拗字，（聲雖拗，仍屬實字虛字之範圍），所言泰多指動詞；動詞，形容詞乃屬虛字。然亦有眼非動詞者，如「遠帆春水闊，高寺夕陽多」，句中「闊」字「多」字係形容詞，且眼也非在五言之第三字。又如「沙頭宿鷺聯拳靜，船尾跳魚撥刺鳴」，句中「靜」字、「鳴」字，係表態句詞，鳴雖屬動詞，仍具表態意味，且此三字亦非七言之第五字。再如《詩人玉屑》卷八記載江西派韓駒嘗改曾幾之詩云：「白玉堂深曾草詔，水晶宮冷近題詩」，韓氏所改「深」字「冷」字，非第五字也。或云詩眼有時是名詞代名詞，即實字也。又以爲實字要挺，虛字要響，不可用以不常見之字與不易解釋之字，〔註17〕然此即屬動人語法之特徵，與鍊字不異，並不限用動詞（述詞），亦不限句中第幾字，若句中落字能靈活，〔註18〕使心象意境全出，用字又穩妥不虛軟，〔註19〕則古

〔註15〕《李賀詩研究》頁130，楊文雄著。文史哲出版社印行。

〔註16〕《李賀詩研究》頁132。

〔註17〕古典詩歌入門與習作指導頁213。莊嚴出版社出版。

〔註18〕朱光潛《詩論》頁91「紅杏枝頭春意鬧」一段。漢京文化事公司印行。

〔註19〕《詩人玉屑》卷六頁139「陵陽論下字之法」。魏慶之撰。九思出版公司出版。

之詩眼，即今之語法最動人者也。王十朋苦吟不遜韓愈、孟郊、賈島，但氣骨若韓，尤學老杜於錬字處變化莫測，今將十朋二千首詩作中精擇詩例以探討其運作手法，試舉例分析：

（一）錬動詞

群芳避路放梅開，奔走遊人滿砌苔 （前一　次韻吝監務早梅）

胡馬今猶飲河洛，京國有家歸未得 （前一　送子尚如浙西）

傷時淚泣鮫人珠，揮毫寫澉風雨驅 （前二　戲酬毛虞卿見和）

縈牽別恨絲千尺，斷送春花絮一亭 （前三　詠柳）

明朝一笑江山隔，望斷日邊鴻雁飛 （前二　縣學別同舍）

去隔關山共明月，歸逢魚雁寄新詩 （後十六　次韻張叔清見寄）

逢春尚擬風光轉，過眼忽驚花片飛 （後十七　悼亡四首之三）

寶相石間湧，鐘聲雲外飄 （前六　宿石佛）

夜靜雙瀑喧，遙聞疑雨來 （前二　夜聽雙瀑……）

今宵對嬋娟，莫放酣歌絕 （前二　對月……）

日落江東暮，山歸冀北空 （前二　送陳商霖）

聊棲明月枝，勝逐西風梗 （前九　和秋懷十一首之六）

支頤看山色，破浪出詩篇 （後十五　舟遇逆風破浪賦詩）

蟬噪景如夏，鳥鳴山似春 （後十五　宣城道中聞雁）

竹看金影碎，菊擷霜風破 （後九　予向年少不自量因讀韓詩……）

　　　　△　　　　　　△
　　孤燈耿漁舍，一犬吠江村（後十一　宿網步……）

以上乃鍊字著重於動詞者，因十朋著力於此，例子自然眾多，今不克
一一列明，然已見十朋欲以動詞凸顯靈動之心象。譬如：「湖邊懷劉
謙仲」詩，乃十朋紹興三年作品，時劉謙仲已物化，十朋緬懷昔日交
遊，徘徊日昨邂逅之湖邊而爰作此詩。詩云：

　　湖山如畫水如藍，杖屨湖邊酒半酣。
　　往事蕭條誰共說，舊游零落我何堪。
　　炎涼世態從他變，生死交情祇自諳。
　　詩客有魂招不得，秋風依舊滿江南。

詩之首句寫景，次句抒情。前二句由景入情十分自然，均說現況。次
二句導入懷舊。劉謙仲才高志豪，善五言詩，卻困於文場，後酗酒愁
死。時十朋雖祇二十歲，而卻是劉氏之忘年交，此一老少友情，既吸
引人又令人難忘者，於十朋而言除知己之情外，猶有交執之情；此時
政局未穩，亦令十朋慨歎。劉氏落魄無他友，故「炎涼世態」二句正
是十朋之心語，旁人難以理會，惟其如此，末二句方顯感慨萬千矣。
「詩客有魂招不得」，指劉氏客死橫陽，於此湖邊焉可招魂？情既發
抒，末句以景收場，使餘韻裊裊，情無盡矣。「招」字使魂魄游動，「滿」
字令秋風盪漾，則湖邊淹徊招魂之畫圖心象可得矣。斯乃運用動詞語
法之靈活效果也。

（二）鍊非動詞（形容詞、名詞、副詞、代詞……）

　　　　　△　　　　　　　△
　　塵襟不用頻揮麈，自有清風爲掃除（前一　和方叔見贈二絕之
　　一）

　　　△　　　　　　　　△
　　腸枯謾有書千卷，腰瘦難騰帶十圍（前一　次韻李刑曹病起書
　　懷）

　　　　　△　　　　　　　△
　　衰頻迎醉生嫩紅，饞腹隨餐失飢吼（前五　九日飲酒會趣堂者
　　十九人……）

虛窗文字遮眼暗，短檠燈火育宵明 (前八　再用前韻勉諸友)

孤山大小各巉絕，鍾石上下相舂撞 (後十　題湖口驛)

花枝法雨潤，心地佛燈光 (後七　次韻題寶印叔蘭若堂)

詩成天作紙，簾捲月爲鈎 (後十一卷　十月四日宿干沙市……)

勁節老方見，清陰寒欲藏 (後五　祕書省後園修竹可愛……)

盛夏綠遮眼，茲花紅滿堂 (前七　紫微花)

夢斷吳江冷，魂歸蜀道難 (後八　哭馮員仲)

松風清入耳，山月白隨人 (後十七　宿飯溪驛二首之二)

嚙衣恣抓翻，聒耳倦揮掃 (後二十　表弟萬大年宿郡齋)

以上例子就語法而言係用形容詞（所謂詩眼之虛字，性質作爲一如動詞）、副詞（修飾動詞，所謂詩眼之實字），甚或名詞、介詞……等，用使美化詩句，達至表意輪廓明晰而筆觸動感，或狂放，或雄偉，或細膩，或柔婉，均賴此種語法之變化，問所鍊字是何種詞性，似乎不屬重點，重要者乃能映襯其鮮活主題耳。

劉熙載《藝概》云：

> 總之所貴乎鍊者，是往活處鍊，非往死處鍊也。夫活，亦在乎認取詩眼而已。詩眼，有全集之眼，有一篇之眼，有數句之眼，有一句之眼；有以數句爲眼者，有以一句爲眼者，有以一、二字爲眼者。

劉氏所言可知詩眼並非一句詩僅一字也，詩眼應著力第幾字，詩人自知，讀者亦可體會，非有固定。至於一句以上猶有詩眼，此批評家分析詩文往往用之，殆無定見。劉氏所論猶未詳析詩眼何以活爲？活在何處？「活」，即語法動人者也。若公認之名句「仕宦而至將相，富

貴而歸故鄉」，句中「而」字係連詞，能令詞意露顯，佳句永傳，此即語法變化使然也，故凡屬佳句、名句，皆依此種作為「活」。而眾人摒棄了句子，斷無「活」理，因其中並無錘鍊字眼也，語法之動人與否，正詩人錘鍊功力大小之處也。清人張實居云：「字字當活，活則字字皆響」〔註20〕吾然之。王十朋能利用字詞之間詞性變化造活句子，乃其成就者也矣。

　　茲舉「宿浮橋」（前集五卷）一例解析之：

　　　落日丹丘下，西江十里西。
　　　浮橋通古道，逆旅傍清溪。
　　　夜靜水聲細，曉陰山色迷。
　　　吾鄉在何處，天遠白雲低。

本詩作於紹興二十二年，十朋四十一歲。十朋父亡於紹興十二年，七年後母親去逝，而今年喪幼子，是以此情最不堪。十朋年已逾壯，赴太學候補，拋妻別子別兄弟，是以此行最斷腸。今觀宿浮橋一詩當念及清景背後之鄉情。全詩自落日投宿至次曉思鄉，寫一日之景，表無袵之情。首二句描寫西行歇腳地之景（自溫州如臨安，往西北行）是定點紀錄。次二句由景入情，由定點向前延伸，說明行役之希望。五、六句一刻畫夜趣，一沈醉曉色。「細」字使水聲、靜夜有蘊藉味，是畫家工筆手法；「迷」字見拂曉山色濛籠，有潑墨畫淒迷淋漓鈍趣。末二句情景交融，如說以一問一答作結，不如說自問自答，此「鄉思」且為綿綿親情之渲染矣。本詩設與王維千塔主人詩〔註21〕、孟浩然永嘉上浦館逢張八子容詩〔註22〕互較，有何所得哉？王維詩云：「逆旅逢佳節，征帆未可前。窗臨汴河水，門渡楚人船。雞犬散墟落，桑榆蔭遠田。所居人不見，枕席生雲煙。」

〔註20〕《清詩話》頁136，師友詩傳錄蕭亭答。丁福保編。明倫出版社印行。
〔註21〕見《全唐詩》第二冊，卷一百二十六，王維二，頁1279。盤庚出版社印行。
〔註22〕見《全唐詩》第二冊，卷一百六十，孟浩然二，頁1654。盤庚出版社印行。

孟詩云：「逆旅相逢處，江村日暮時。眾山遙對酒，孤嶼共題詩。廨宇鄰蛟室，人煙接島夷。鄉園萬餘里，失路一相悲。」二人詩與十朋之作趣味頗類似，見十朋本詩有開元氣象。但若論手法，全篇流動感覺，以為較近淵明之自然。

綜言之，詩句之語法影響詩句之心象化、美化。歸納王十朋詩例，則見十朋所鍊字在七言句之第一、二、三、四、五、六、七字，在五言句之第一、二、三、五字，幾乎每一字皆可作語法之變化，且詞性之分析有動詞、名詞、形容詞、副詞、代詞。凡此足證十朋是善長此種語法技巧者也。

二、色彩鮮明

詩畫同理，綺麗妖艷之刺目色彩固足以動人心魄，幽冷玄暗之晦慄光影亦有出人意表之色感。魏慶之《詩人玉屑》云：「苟不當理，則一切皆為長語。」〔註23〕實然，文質彬彬而采素相顧者也。戚廷貴有段「色彩」觀點云：

> 色彩運用得好，能夠表現人物複雜的思想感情、物體的色調層次，展示人物性格、物體性能的豐富性和多樣性。……色彩的明暗、強弱、遠近、冷暖、深淺等方面不同，能夠引起人們不同的審美感受。如暖色（紅、橙、黃色）會引起人們的熱烈、歡快、興奮、運動、輕快的審美感受；冷色（藍、紫色）會引起人們的冷靜、沉著、優雅、理智、高貴的審美感受。因此，巧妙地運用色彩，是繪畫形式美的一個重要方面。色彩是畫家感情的語言。〔註24〕

吾人言色彩亦詩家感情之語言也，然畫家之塗布色彩之顏料乃有形者，詩家之性靈色彩，尚有在顏料之外者也。潘天壽談及用色另有可取見解，茲援引坛：

〔註23〕見《詩人玉屑》十，綺麗，頁222。九思叢書本。
〔註24〕《藝術美與欣賞》上篇，頁96-97。戚廷貴著。丹青圖書有限公司出版。

> 吾國祖先，以紅黃藍白黑爲五原色……萬有彩色，不論原
> 色、間色，濃淡淺深，枯乾潤濕，均應以吾人眼目之感受
> 爲標準，不同於科學分析也。……東方民族，質地樸厚，
> 性愛明爽，故善配用對比強烈之原色。……設色須淡而能
> 深沉，艷而能清雅，濃而能古原，自然不落淺薄……。
>
> 〔註25〕

潘氏強調黑、白兩色足以合成萬彩。素乃繪之底色，絢之增彩。則留
白之美書畫家殊覺喜愛，而詩人往往以空靈蒼茫作結句，亦有此意。
是以詩人之設色鮮明，不盡指暖色，便冷色、白色、玄色（濃紅濃青
之間色）並稱明艷焉。尤須留心經營全篇顏色所引人異同感受之情
調、氣氛。

　　王十朋詩於色彩之關鍵字眼及其附近輔助字眼既能烘托強烈情
感，且又能營造形成立體空間動靜效果，使讀者內心更具圖畫心象之
具象感。十朋常用色彩字有紅、青、白、黃、金、綠（碧、翠），其
次喜用蒼、黛、銀，最少使用紫、黑，據此知十朋頗喜愛用彩色字，
而所喜愛之色彩，趨向於暖色、中間色，其用紅色具有健康、忠誠、
光明傾向，故常丹心表貞。其用黃色、青色、碧色具有嘗事農園而後
追懷桑麻鄉居之傾向，而金、銀色又有追求功名之痕跡，青、蒼、黛、
黑、紫不免具有憂心家國親友之現象。今略分十朋喜用色彩種類、色
彩變化，設色次第逐項討論之。

（一）色彩種類

　　明年荔子爲誰丹（後二十　次韻傅教授景仁馬綠荔支七次韻）

　　惟有紅蓮幕中客（後四　西園）

　　郡齋清夜擁爐紅（後八　用韻寄二弟二首之一）

　　定從三級上青雲（後六　三井）

〔註25〕《潘天壽美術文集》「用色」頁81，潘天壽著。丹青公司印行。

　　　　△
　　青山遮暮盤千匝（前五　過盤山宿旅邸）
　　　　　△　　　△
　　只將青眼對青山（後十五　過彭澤）
　　　　△
　　白蓮流水兩淒然（後十　蓮社）
　　　　　　△
　　西風蔌蔌黃葉飛（前五　家童拾栗因念亡兒……）
　　　　　　△
　　萬頃黃雲平（前四　前中秋一日舟過山陰晚稻方熟……）
　　　　△
　　黃雲萬頃空（前九　和秋懷十一首之一）
　　　　　　△
　　買得巴陵金鯽魚（後十五　魚蝦）
　　　　　△
　　天高雲散懸金餅（前五　壬申中秋……因小飲玩月……）
　　　　　　△　　　△
　　此梧長向人間碧（後四　寄題周堯夫碧梧軒）
　　　　　　△
　　雙溪眼中碧（前六　游圓超院……）
　　　　△
　　銀鈎勢欲翻（前六　書院掛額……）
　　　　　　△
　　滿堂爛銀袍（後十四　泮宮杏花乃閒紫微……）
　　　　　　　△
　　六客堂逢舊紫髯（後十九　林黃中少卿出守吳興……）
　　　　△
　　行矣歸持紫荷囊（後二十　提舶生日）
　　　　△
　　園林綠樹成陰後（前八　酴醿次賈元節韻）
　　　　　　△
　　清和時節綠陰滿（後四　周德貽得子……）

　　他年黛色參天處（後四　亡友孫子尚薰葬會稽山大禹寺之側……）
　　　△
　　蒼顏一任蘚苔侵（後六　人面岩）

以上色彩、種類例子不勝枚舉，每種簡擇兩、三例而已，顯示十朋詩中色彩繽紛，現實生活裡應亦異動頻繁，光彩奪目（非干風月，多屬交友及職位變換）。再者，十朋運用之色彩字達十餘種，遑不論色彩移動之變化，即是字面已彰明十朋於色彩之認知極高。

（二）色彩變化（含冷暖、明暗、輕重、遠近、新舊……）

壓頂花枝紅欲燎（色暖）（後六　西高山）

苦雨冷朱夏（色冷）（後十六　宿富春舟中）

皎皎丹心惟望日（色明）（後九　鄉人項服善宰鄱陽……四首之三）

青燈績深夜（色暗）（後七　荊婦夜績）

池寒綠初抽（色輕）（後二　同莫教授……游西園）

地上紅多蝶尚貪（色重）（前四　三月晦日與同舍送春於梅溪……）

滴翠凝不乾（色乾濕）（前九　和秋懷十一首之九）

野花深淺紅（色深淺）（後十　途中遇雨）

湖山浮野色（色遠近移動）（後七　再至雙植堂呈表兄李克明）

眼中風物一番新（色新舊）（後六　李鎮夫關圖……三首之一）

逼真冷焰奪春芳（色感矛盾）（後五　泰之用歐蘇潁中故事再作雪中五絕之四）

黑白未分明（色覺不定）（前六　花鴨）

以上色彩字，深受句內其他字眼之修飾，呈現色彩遞漸轉變，或冷熱、或明暗，或輕重，或深淺，或遠近浮動，或新舊交感，或色覺搖晃，或色感產生矛盾張力，凡此乃十朋敏銳觀察體會方能與人尖新感受，蓋多關才氣者矣。

（三）設色次第

青紫酸甜孰味優（後十三　蒲萄）

閱人老眼能青白（後二十　贈亮首座）

滿眼黃茅仍白葦（後十一　宿王家村三首之三）

麥黃桑綠蠶欲晴（前八　市止復用前韻）

願付銀筆書青編（前八　左原紀異）

紅雲照綠波（前六　荷花）

以上設色有混合現象

　　運用設色混合之現象，係十朋有意造成視覺集中，主題集中之表現手法。如例中「青紫蒲萄」集中於酸甜味，「青白眼」集中於閱人，「黃白茅葦」集中於滿眼，「黃綠麥桑」集中於雨止天晴，「紅綠雲波」集中於荷花，「銀青筆編」集中於紀錄，此乃色彩凸出主體之作用。

攜手丹梯語話長，不知身到碧雲鄉（紅、綠）（前四　與萬先之登丹芳嶺……）

蒼松溜雨大十圍，綠水浮荷深一股（蒼、綠）（後二　題壽樂堂用東坡韻……）

靈根頻灌蒼如玉，黛色初抽軟似茸（蒼、黛）（前八　月上人以拳石……於几案間……四首之二）

白鹽照日一峰古，烏帽吹風雙鬢班（借對白、黑）（後十三　九日登臥龍山……）

邊庭未靜尚赤甲，鼎鼐欲調須白鹽（借對紅、白）（後十二　至

瞿唐關戲用山名成一絕）
　　　　　△　　　△
星火燒空一夜丹，來禽青李覺無顏（紅、青）（後十二　行可再
和因思前日與韶美同飲計臺……）
　　　　△　　　　　　△
惟有青山知此意，晨昏長戴白雲巾（青、白）（某辛巳秋歸自武
林……三首之一）
　　△　　　　　△
白齒新芽不出山，青囊誰遣到人間（白、青）（後五　章季子教
授惠簣渚茶……三絕之二）
　　　　　　△　　　　△
案上忘機有黃卷，眼中得趣是青山（黃、青）（前八　明慶院上
方地爽而幽……）
　　　　　△　△
白雲初盈樹，黃金忽滿籃（白、黃）（後十九　薛士昭寄新柑……）

以上設色上下句不同

　　上下二句設色不同，則形成某色配某色現象，十朋詩中以「青白
相次」是循明快對比之感覺；「紅綠相次」是景緻心境繽紛之感覺；「黑
白」相次，是色彩中強烈對比，心情與風景均有強烈反映；「紅白」
相次，爲色彩上尋求明亮，而心境上似有訴求光明傾向；〔註26〕「紅
青相次」效果近似「紅綠相次」；「青白相次」、「黃白相次」色感柔悅；
「黃青相次」，因色素近，更形柔和；「蒼黛」、「蒼綠」相次，則感受
厚重濃郁。

　　整體言來，十朋詩之色澤感覺不出中國人歡喜光明愉悅之特性，
表現視覺之明快，然青色蒼色使用過多，遂自輕快走向憂鬱。尚有十
朋詩中往往使用一種模糊之色覺語，如「初淺」、「春色」、「丹青」、
「蓮」、「穗」、「竹」、「明珠」、「燭光」、「火燒腸」、「錦江」、「衰顏」、
「石矼」、「落日天」……凡此字眼頗能現出部分模糊色彩，當肯定其
色彩作用。陳香氏嘗論「蘇軾詩中的色澤美」曰：

───────────────
〔註26〕右書頁 12～16。

在蘇軾遺留的一千多首詩中，不但時常用顏色渲染境界，
而且時常用顏色反映印象；不但時常用顏色標揭人事，而
且時常用顏色形貌器物；不但時常用顏色指喻食品，而且
時常用顏色顯示時地；不但時常用顏色抒述感慨，而且時
常用顏色襯托景致。

此種大量運用色彩，以爲詩作鮮明之喧染手法，蘇軾之前李賀有之，
蘇軾之後王十朋有之，而歷代詩人皆似有意無意皆從事之。李、蘇、
王三人因內心世界迴異，是以使用色彩之方向大有不同。〔註27〕繪畫
之設色係可見性之色彩，詩作之設色，乃反映心靈之色彩，意象上之
繪畫，決非全同於眞正繪畫之色彩。譬如十朋夜雨述懷詩：「澆腸竹
葉頻生暈，照眼銀釭自結花」句中以竹葉青酒澆入愁腸臉上頻生暈
紅，而照眼銀釭所結燈花閃爍爆光，二者紅之層次不同，燈花與臉紅
流動變化頻頻，詩人病後澆愁心情亦在流動。其色彩與心境之複雜變
化，十分動人。近人馬祖熙批評本詩滲有作者時事之憂慮及胸懷之感
慨，極確切。惟言詩人酒未入愁腸已臉泛酒暈之解釋疑有不當，又云
秦檜死后，詩人才出而應試，亦屬未必。〔註28〕

三、詞意曲折

宋詩之表現法，多用硬語，黃庭堅尤好硬語，蘇東坡引街談市語
入詩。〔註29〕然沈德潛表示晉以後始有佳句可摘，道出銳意追求藝
術，以華藻美詞烘托意境鮮美朗遠是所有詩人不辭者。早期王十朋詩
深受韓愈詩影響，韓詩盤空硬語一反唐詩承自六朝之唯美文藻，然美
文是一種雕琢，硬語又豈非另一種雕琢，二者於華藻之定義容或相

〔註27〕參見讀詩箚記頁 158～177，「蘇軾詩中的色澤美」。陳香著。台灣商
務印書館印行。與楊文雄先生「《李賀詩研究》」頁 137～144，「李賀
詩內在研究——色彩」，文史哲出版社印行。
〔註28〕宋詩鑑賞辭典頁 902。王十朋「夜雨述懷」，一九八七年十二月上海
辭書出版社印行。
〔註29〕《宋詩概說》頁 51，宋詩的表現法。吉川幸次郎著，鄭清茂譯。聯
經出版社印行。

異，於詞意之苦思並無兩樣用心，宋詩遣字用詞之尖刺令人撼震。況十朋尚承襲陶謝、李杜、元白、歐蘇、韓駒諸家之影響，何能棄雕琢於詞藻牆外哉？四庫全書梅溪集批評十朋「全集淳淳穆穆，有元祐之遺風」元祐乃哲宗年號，此指說十朋作品蘊涵北宋末年蘇軾、黃山谷等詩風。南宋之朱熹，評十朋詩云：「渾厚質直」。明之黃淮評曰：「詩歌率皆渾厚雅淳，和平坦蕩」〔註30〕準上述之意，則知「厚」與「質」亦為十朋詩之風格。然《杜甫》之「厚」，陶潛之「質」非其文飾邪？所以知十朋之「厚質」正其詞藻錘鍊之工也。茲試舉十朋詩例，以見其錘鍊詞意之鮮朗曲折，由此可推敲其欲以詞藻塑造意象之一斑。

　　靜對忘憂萱（後九　洪景廬郡釀飲客……）

人有憂而萱草不憂，面對此花者元是心靈喧鬧，以祈忘憂，但下「靜」字，卻強抑心情，此出人意外，故不得不服遣字之曲折。

　　空處觀空眼界寬（後十七　游承天寺後園登月台贈潛老）

句中連下兩「空」字，並雙關語。空處或指月臺空壇，或指方寸；觀空之「空」，可曰視界所及之無窮空間，亦可曰大千世界外之空間。兩「空」字涵意極廣，令人聯想無窮。

　　人生一笑難開口（後十二　韶美歸舟過夔……二首之二）

一笑至易也，說其難開口，已令人大感詫意，此無理之妙。再思之，許多事確是難啟口焉，惟多一時難啟口者也，若加上「人生」二字，則讓時間、空間倍增，而密度稠厚矣。又一笑與開口意相稱，中夾「難」字，挑起兩頭，字之韌力驚人，妙哉！馬祖熙氏注此詩云：「人生句，語本杜牧齊山詩：人世難逢開口笑。」〔註31〕吾以為杜牧原句之密度、韌力遠遜十朋此句。

　　柳不待春先起絮（前一　宣和乙巳冬大雪次表叔賈元實韻）

此詩是十朋早期詩，風格及落字深受唐詩左右。「柳絮」借指雪，意為雪尚不待春已紛紛，非如《杜甫》漫興詩「顛狂柳絮隨風舞」之意，

〔註30〕以上皆見梅溪集四庫全書序。

〔註31〕書同第316頁註28，頁904。

本句詩字面次第原是「柳絮不待春先起」與下句意一貫，下句「梅非因笛自飛花」原意作「梅花非因笛自飛」，二句皆以拆字安排而刻意取勝。然意複略有合掌之嫌。下二句「牧羊大窖人何在？駐馬藍關路更賒」當指北地諸郡陷於金兵之苦況。

　　以上僅四例，已可察微知著，感覺十朋詞藻之特色不在字面之華美，而在詞藻之曲折變化。其錦繡肺腸所蘊藏之詩句，蓋馳騁「詩出語驚世」者耶！

　　且再舉十朋所遣用之奇字（意外字）、硬字（多指俚字，十朋少用僻字）作為其詞藻確實曲折一文之結束。

　　　　枕上微聞點滴聲（後二十　枕上聞雨聲）

　　　　糟糠情味飽相諳（後二十　挽令人）

　　　　招邀春色上詩篇（後二十　梅溪草堂新闢……二首之二）

　　　　山色元來本無競（後四　競秀閣）

　　　　一夕花妖世已非（前七　張廷直挽詞）

　　　　塵慮脫心境（前二　秋日山林即事二首之二）

　　　　山禽語晝寂（後十　題至樂亭二首之一）

　　　　月與江無約（後十二　江月亭）

　　　　濁酒醅初潑（前三　毛虞卿見過）

以上奇字

　　　　且向田間置幞頭（後六　幞頭巖）

　　　　家家呼牛逐耗鬼（前九　己巳元日讀送楊郎中賀正詩……）

　　　　剛腸如轉鞲（前二　寄僧覺無象）

　　　　　△　△　△
　懼如驢與豬（前九　和符讀書城南示孟甲孟乙）
　　　　　　　△　△
　與世交疏類孔方（前五　書小成室）
　　　　　△　△
　貽臭千古如蛆蟲（後二　旌忠廟）
以上俚字

四、用典自然

　　用典即用典故之謂也，合用事、用辭二者而言焉。用辭指點化成辭，古人多視爲用事之一端，是以古但言用事不言用辭者也。文雕事類篇主貴用事，以爲才情與腴學表裡相資乃成鴻采。詩品不以爲然，評吟詠情性何貴用事？王十朋詩浸潤《杜甫》、韓駒詩頗深，《杜甫》老於用典，陵陽巧於「事自我使，不可反爲事使」，〔註32〕則十朋善於用典當可曉知。王十朋嘗云：
　　　知前輩作詩一言一句皆有來歷〔註33〕
是爲顯證。今首先討論運化典故之妙。小詩常藉隱涵故事使詩中世界益形豐實，而心象塑造愈能呈現電影時空移位之心象技法。因爲多重鏡頭曝光則景物已非原景，多層情感之交錯，又另生情感矣。用事往往可達故事中套有故事之美，則辭則點化變作，多半令人脫離成辭之感受，且有點鐵成金之工巧，設未能妙化成辭則早外於用典之林矣。李商隱錦瑟詩用蜀帝杜鵑啼血事，使詩意更具內涵，於句末「此情只待成追憶」才深知應如是觀。《杜甫》客夜詩首二句「客睡何曾著，秋天不肯明」，「不肯」二字用陶淵明「晨雞不肯鳴」、「日月不肯遲」句子之成辭，然絕勝原句之心象靈動，如是才算用辭之原意。〔註34〕
　　前云十朋詩善用典，非欲掉書袋也。綜觀梅溪全集極少用僻典僻字，此當爲其用典特色一斑。容有用典則多係熟典，又從而變化，不

〔註32〕魏慶之《詩人玉屑》頁156「陵陽論用事」。
〔註33〕梅溪後集卷十四寇萊公取蘇州野渡無人舟自橫之句……，頁356。
〔註34〕參見黃師永武之《詩心》頁68「客夜詩」，三民書局印行。

肯匆匆襲取，是爲其用典特色之他面。十朋運典自然渾然如自口出，古人云用典要用其意，用無跡、用親切、隱其語、俗變雅，證之十朋詩若合符節，十朋詩風正是醇雅、自然。且略舉十朋詩例以說明其用典之自然，此又其另一用典特色者也。

今所舉之例不欲強分用事、用辭、明用、暗用、因用事用辭難分而明用暗用有並合者之故。

何曾富貴已危機 (後十二　詔美歸舟過夔留半月……)

句用東晉末諸葛長民之事。晉書諸葛長民傳「諸葛長民被劉裕殺害時，說：貧賤常思富貴，富貴必履危機，今日欲爲丹徒布衣，豈可得也。」

正是剛腸九回處 (前一　寄方叔)

剛腸、剛直強志也。文選嵇康與山巨源絕交書「剛腸疾惡，輕肆直言」。白居易哭孔戡詩「平生剛腸內，直氣歸其間」。十朋熟悉白詩，或典出白詩；此句未云用典，旁人也極易曉。

白雲滿袖眠禪窟 (前二　秋日山林即事……二首之一)

禪窟，僧房也。本句「禪窟」一辭，典出史書。十朋既熟史事，故出辭自然。北史，周、皇甫遐傳「於墓南作一禪窟，陰雨則穿窟，晴霽則營墓。」

茅舍迫窄吳儂家 (前二　游西岑遇雨)

吳人自稱曰儂，見南部煙花記。吳儂家猶言吳人家。蘇軾書林逋詩後詩「吳儂生長湖山曲」。此句活用成辭。

窗几吟餘山色好，軒齋夢覺日華舒 (前七　次韻昌齡西園即事)

日華，日之光華。謝朓和徐都曹詩「日華川上動，風光草際浮」。江淹山中楚辭「日華粲於芳閣，月金披於翠樓」。《杜甫》暮春題瀼西新賃草屋詩「波亂日華遲」，此句「日華」係詩人常用熟辭。

客況飽牢落，時光負氤氳 (前九　和醉贈張秘書寄萬大年先之申之)

牢落，寂寞也。文選左思魏都賦「臨菑牢落，鄢郢丘墟。」氤氳，猶言挹鬱不散也。李白鳴皋歌「望不見兮心氤氳」。此二句用典出處不屬冷僻。

　　　酷愛此味眞，不假薑桂橙（前九　和南食）

薑桂，指薑及肉桂，性辣，爲食物之調味劑。橙，此處指橘皮，切絲
亦可助調味。如此，薑、肉桂、橙皮，共爲食物之調味劑。此用典極
活。禮記檀弓上「曾子曰，喪有疾，食肉飲酒，必有草木之滋焉，以
爲薑桂之謂也。」又三國志魏志倭人傳「有薑、橘、椒、蘘荷，不知
以爲滋味。」則薑桂橙即典出薑桂、薑橘之合用。

　　　早使夫差誅宰嚭，不應麋鹿到姑蘇（前十　吳王夫差）

麋鹿一句用史記淮南衡山傳，傳曰「臣聞子胥諫吳王，吳王不用，乃
曰，臣今見麋鹿遊姑蘇之臺也。」此典史事文辭並用，且變化原意也
靈活。

　　　興來端欲乘風去，不怕瓊樓玉宇寒（後四　府帥王公中秋宴客
　　　蓬萊閣……二絕之二）

此二句明明襲語蘇軾水調歌頭「我欲乘風歸去，又恐瓊樓玉宇，高處
不勝寒。」然語意反用，自然中有變化也。

　　　更將正味森嚴句，壓倒屋簷斜入枝（後七　程泰之郎中以詩三
　　　絕覓省中梅花，因次其韻三絕之二）

此二句及點化友人詩句爲己用。是爲宋詩人習性，十朋亦喜爲之。十
朋此詩自注「程末篇云：花中結子酸連骨，正味森嚴眾苦之，待得和
羹渠自會，如今莫管皺人眉。」十朋將詩句喻作酸梅之正味森嚴，有
滋味哉。再將詩句震撼力喻作梅枝斜入屋簷壓倒屋簷之狀，是以令人
愛賞不已。

　　　僧喚我爲嚴首坐，前生曾寫此橋碑（後二　題石橋二絕之二）

嚴首坐指十朋舅公嚴伯威（俗名賈處嚴），少年出家。十朋自注云：「天
台石橋記乃永嘉僧嚴伯威書，菴僧有說前生事者，戲及之。」僧喚寫
碑二句，乃以自家之事爲典，眞善用典也。

　　　禹跡茫茫千載後，疏鑿功歸馬太守（後三　鑑湖行）

禹跡，即禹統治疆土之舊跡。左氏傳襄四「芒芒禹跡，畫爲九州」。
上句辭出此處。疏鑿，猶開鑿。郭璞江賦「巴東之峽，夏后疏鑿」又
《杜甫》禹廟詩「早知乘四載，疏鑿控三巴」。故知疏鑿係用辭，然

「疏鑿功歸馬太守」全句則用史事。馬太守，指漢順帝永和年太守馬臻。十朋詩言及鑑湖者不少。鑑湖，在浙江省紹興縣南，亦名鏡湖、太湖。湖本甚廣，舊納山陰、會稽二縣之水，而東接曹娥江。漢太守馬臻時，環湖築塘瀦水，溉田至九千餘頃，又界湖爲二，曰南湖屬山陰。曰東湖屬會稽，自宋以後漸淤爲田。唐賀知章，嘗求湖爲放生池，亦名賀監湖。觀上文則知用典之妙，雖句中之史事定能豐富讀者之想像矣。

　　　世間何歲無風雨，鐵鎖無端誤見殃（後四　梅梁）

鐵鎖，鐵製之鎖。此二句意指梅梁成材可造舟，世人原欲以鐵鎖毀舟，卻引來鐵鎖無端被毀，而舟之能否完存尚未可卜知。詩中暗引吳地流傳之鐵鎖橫江之故實。晉書王濬傳「晉大舉伐吳，杜預出江陵，王濬下巴蜀，吳人於江險磧要害處，並以鐵鎖橫江截之……乃作大筏數十……又作火炬，長十餘丈，大數十圍，灌以麻油，在船前遇鎖，然炬燒之，須臾融液斷絕……」。又劉禹錫金陵懷古詩云：「千尋鐵鎖沉江底，一片降旗出石頭。」十朋或又暗用此事耶？則意又深入一層，既嘆息梅梁、鐵鎖成材成器不易，又感慨金陵投降之往事，意極深沉，耐尋味。本首詩在可解不可解間，似乎轉折過遠有以致之。

　　前人用典注意貼切，所用典實方能具飽滿之意象。俞允文編《名賢詩評》引茗溪評王維山中送別之善用事，以爲「春草年年綠，王孫歸不歸」用楚辭「王孫遊兮不歸，春草生兮萋萋」，辭意貼順自然，胡茗溪云善用典。又評古人詩「楊柳青青著也垂，楊花漫漫攪天飛。柳條折盡花飛盡，借問行人歸不歸？」不善用古樂府折楊柳典。折楊柳云「曲城攀折處，惟言久別離」又云「攀折思爲贈，心期別路長」，原意是寄相思，不涉歸不歸。因用意脫離，故原欲藉用故實中壓縮之深意落空，是謂不善用典。〔註35〕觀此，當知用典之貼切自然，實需才學兼具。十朋苦學數十年，於詩早有會心，既欲用典，又不欲傷之

───────────────

〔註35〕見《名賢詩評》卷九，頁 404，明俞允文編，廣文書局古今詩話續編本。

匠意，故處處苦心經營，使渾然不覺用典，渾然不覺則文心獨運者也。
今舉一首全詩爲例作此節結束。

　　崢嶸高閣聳雲端，萬壑千岩坐上看。
　　八百里湖寒鑑瑩，二千年國臥龍盤。
　　金風吹面掃殘暑，明月入懷生嫩寒。
　　見說神山正相偶，醉中端欲駕仙鸞。

　　（後四　再和趙仲永撫幹二首之一）

首二句眼前景，由景入情。「聳雲端」與「坐上看」上下形成極端，
空間之張力已達滿弦。首句指無情之閣，次句點有情之人，有趣味。
頷聯總說鑑湖蓬萊閣古今形勢，使詩題穩妥有著落。腹聯乃詩人細膩
情感之映現，眼前時間由傍晚之金風吹至夜半之明月入懷；吹面是觸
感，入懷是心領，而生嫩寒則是內外體受矣。尾聯用兩典。神山，神
仙所棲之山，典出史記封禪書「乃益發船，令言海中神仙者數千人，
求蓬萊神山。」用事正指蓬萊，出處明白貼切。相偶，猶相親成偶也。
仙鸞，用湯惠休明妃曲「驂駕鸞鶴，往來仙臺。」之句而合成新辭，
又暗用蕭史弄玉事，手法如此自然，著實艱辛。尾聯二句乃醉中之神
往頗有酣酣醉翁搖曳生姿之美。

第二章　王十朋詩塑造意象之技巧

　　十朋詩風有柔婉之一面，有拗深之一面，亦有氣勢磅礴之一面，決非渾厚質直所能含糊籠蓋，前章四種塑造意象方法，雖可爲研究十朋詩之發端，猶未直指十朋內心之世界也。諺曰：繪虎繪皮難繪骨，吾人何不尋其骨之所在哉？詩中有畫與意象顯映二者表面略同，骨裡不似，畫有實物範疇可言，詩之賞析萬端，面面具可，面面不到，是故相似而不相似者也。

　　胡應麟《詩藪》云：「麗語必格高、氣逸、韻遠、思遠乃爲上乘。」又：「宋人謂『老覺金腰重，慵便玉枕涼』爲乞兒語，而以『樓臺側畔楊花過，簾幕中間燕子飛』爲富貴詩」〔註1〕此「金腰」、「玉枕」所顯畫面俗氣，而心理感覺層次低調，故宋人鄙之。「楊花」、「燕子」未必高明，惟襯以樓臺、簾幕詩格稍高，是眞富人之語，然以心理具象而言仍未高調，當知心理意象之重要。眼、耳、鼻、舌、身、意形成色、聲、香、味、觸、法，即五官感覺之外尚有思想之心象活動，總此謂之心理意象。此心理意象技巧即爲本文之第一部份

　　韓愈南山詩注：「晁說之晁氏客語曰：「韓文公詩號狀體，謂鋪敘

〔註1〕《詩藪》第一冊頁298，內編近體中七言，明朝胡應麟撰，廣文書局印行。

而無含蓄也。……」〔註2〕所謂鋪敘即賦比興之賦。十朋首學韓詩，作賦之手法，當亦爲十朋塑造心象技巧之一。十朋古風寫景敘事率多鋪陳，此種形象化手法。可刻畫生動之藝術形象，且可發抒個人深切感受，〔註3〕於心象技巧而言，有探討價值。爲鋪陳氣勢，或以形式相同、意義相似之文句，聯貫揮灑而下，使文氣壯盛，此方法謂之疊敘。若同一語句反覆其辭，以強化感觸，謂之重複。若連綴若干句，句意並比，以強調同一範圍之事象，謂之排比。此疊敘、重複、排比等手法並與鋪陳有關，可並歸本類討論。黃師永武在《字句鍛鍊法》中已將手法詳解，〔註4〕今僅就十朋詩句有鋪陳意象部分提出研究析論。此鋪陳意象之技巧乃本文之第二部分。

傳統詩、新詩均講求含蓄之美，溫柔敦厚者也。十朋詩乏李賀詩之冷艷，無義山詩之晦澀，又無李白詩之奔放，而能顯現其意義者，或以婉轉含蓄意象技巧出之。而含蓄意象技巧，即運側筆是也。側筆之用，可烘雲托月，可言外見意，且可示現以其他手法，〔註5〕今依此略述之。則含蓄意象技巧列爲本文之第三部分。

第四部分將討論十朋詠物詠史詩之意象示現手法。第五部分並討論十朋詩中意象組合之立體感覺。總比，本文將研究十朋塑造意象之技巧有五：

1. 心理意象，含視覺、聽覺、味覺、嗅覺、觸覺、思想六類感官意象，及其意象之間之變換交替。
2. 鋪陳意象，含疊敘、重複、排比之意象手法。
3. 含蓄意象，含烘雲托月，象外見意，象徵暗示手法。
4. 十朋詠物詩、詠史詩之意象示現手法。
5. 詩中意象之立體感。

〔註2〕《韓昌黎詩繫年集釋》卷四，頁201，錢仲聯集釋。世界書局印行。
〔註3〕參見韓愈詩選前言，頁11，止水選註。源流出版社出版。
〔註4〕《字句鍛鍊法》頁99～111，「怎樣使文句有力」之疊句、重複、排比三小節。萬師永武著，洪範書店印行。
〔註5〕《鷗波詩話》頁14～18。張師夢機著。漢光文化事業公司出版。

一、心理意象之技巧

論感官所生之心理意象，非即感官之本身。如音樂之美，不純為旋律故，有時乃音樂引起視覺之歡愉，他類感官亦有如此現象。然而亦有感官自身所生意象者。前者如：《文藝心理學》所引白居易琵琶行「大絃嘈嘈如急雨，小絃切切如私語，嘈嘈切切錯雜彈，大珠小珠落玉盤。閒關鶯語花底滑，幽咽泉流水下灘。」〔註6〕此例中視覺意象猶勝於聽覺。後者如，蘇軾赤壁賦「白露橫江，水光接天。縱一葦之所如，凌萬頃之茫然。」此例純為視覺感官所生視覺意象也。後文逐條列舉十朋詩例以示現其心理意象。

（一）各種感官浮面意象

　　　萬點白鷗家浩渺，一聲赤壁酹嬋娟（後十　題庾樓呈庾守立夫）

本詩作於乾道元年，十朋移官夔州，路經江州，與江州守唐立夫共登溢浦江畔庾公（庾信）樓所作。庾信留西魏長安不得南歸，作哀江南賦有飄泊之感。十朋求祠章奏已上而徘徊廬山，心境同庾，鄉思黯然。詩人借溢浦水萬點遠揚之白鷗勾起家鄉之遠懷，此是訴諸視覺之心象。思路在赴家途中奔波，不意竟被嬋娟歌妓一聲赤壁詞所驚破，茫然中持杯酹祭，無奈神情絲絲入扣。句中「一聲赤壁」是聽覺感官，「酹」是觸覺感官。上下二句視覺、聽覺連續進行，溶合一體，畫面優美而相接，而心靈憔悴已幾度轉易，示現意象之手法，十分上乘。然畫面仍在浮面層次，而未交錯重疊。

　　　蝶夢驚回聽殘雨，鳥聲喚起欣初晴（前八　孟夏十有一日時雨
　　初霽……）

此首詩描述雨過天晴之氣象，作於紹興二十六年孟夏。詩中作者生氣朗暢，山川形勢壯闊，尤以末四句齊天俟地，最具雄渾（窗明几淨日漸永，天開地廓陰不爭；俯視滄浪堪濯足，遙看扶桑觀日浴）。此例「聽殘雨」、「鳥聲喚起」應是聽覺感官之演奏效果，惟上句由夢思至

〔註6〕《文藝心理學》頁89「……音樂所喚起的聯想而不是音樂本身……」
　　　台灣開明書店六十一年臺五版。

聽覺，下句自聽覺達視覺，其情景次第雖有先後，卻僅有多種感官浮面變化，而仍未進入感官移位立體渲染效果。

（二）感官移位複雜意象

> 樵漁欸乃霧中出，舟楫蕩漾田間行（前八　孟夏十有一日時雨初霽……）

斯二句句意清爽，動人憐惜。「樵漁欸乃」是一意象單位（聽覺），「霧中出」是另一意象單位（視覺），下句「舟楫蕩漾」、「田間行」亦然。上下二句無分先後同時示現其音樂性、圖畫性又「欸乃出」、「蕩漾行」尚兼有視覺意象，如此四方八面擴張之新心象造成讀者目不暇給，耳難閑放之困難，此即多重心象交互移位之美妙。是故斯二句字面平凡而意象效果驚人。柳宗元「一聲欸乃山水綠」之感官刺激極強烈，與此感官刺激之平和至臻共美者也。

> 道心隨眼明（前六　游明心院）

如此詩句斷非純一之視覺感官，其與思想感官同步共生。依其如此視界廣大，思界廣大，則心象之漫漫可知。因此下文有句「無雨竹亦淨，有風松更清」，使視界聚合明朗，又一句「誰名上方閣，撩我欲歸情」使思界著落肯定，放收移情之間，十朋塑造心象之手段真可令人歎服也耶！

二、鋪陳意象之技巧

　　古詩之作，長篇最難，雖曰貴有變化之妙，然鋪敘功夫亦勢有需要，不然力單勁失，乏為佳作。十朋五古、七古作品頗多，因熟讀韓、杜、蘇、黃古風，故落筆自然挺順。今依其古詩鋪陳所生意象而論研。如：

> **別宋孝先**（前集卷四）
>
> 　楚臺風騷客，遙遙有奇孫。
> 　去歲始識面，未遑叫淵源；
> 　但見眉宇間，一點陽春溫。

琴書忽來游，文字獲細論。
經術有根蔕，詞章富波瀾。
時時戲翰墨，動輒千萬言。

子固予所畏，語蒙子推尊。
予嘗語所學，文當氣爲先。
氣治古可到，何止科第間。

子賢且樂善，服膺每奉奉，
臨行出新詩，殷勤記諸篇。
好學見雅志，予言未應然。

惜哉有離別，後會何寅緣？
男兒各自勉，事業無窮年！

今分本首詩五段，每段句數大致相當，古風篇法如此。第一段首二句金槍實發，有震撼力。後四句鋪敍首二句，設若無後勢之人物形貌之鋪陳，首二句頓失靠依。次段六句補充首段，令騷客、奇孫之言益形具體。第三段針對次段詞章、翰墨作鋪陳。第四段又針對第三段鋪敍。四段、三段、次段皆回應首段，章法嚴密無倫。末段點明題旨總收全篇。本詩鋪陳之目的端在勾勒十朋第一號弟子宋孝先之溫和樂善才氣高人之氣象，十朋出語誠摯典雅，語辭吐吞師生之情，妙不可言。於人物刻畫功不唐捐。此等手法於長篇某種意象之塑造大有必要。又如：

餘干翁簿以予去饒之日郡人斷橋見留畫圖賦詩見寄，因次
其韻（後集卷十二）
我慕鄭子眞，躬耕老岩谷；不慕蘇季子，腰金詫宗族。
（鄭子真，即鄭谷。家於谷口，修道守默。蘇季子，即蘇秦。）
失腳落塵網，回頭念幽獨，向來駑驁行，進退慚碌碌。

把麾鄱君國，飲水清灣曲，緬懷九賢人，痛閔千里俗。
（鄱陽有九賢堂，祠顏真卿、范文正、歐陽修等）

奉揚乏仁風，黎庶因炎燠，疇能政有成，敢望諾無宿。
厚顏叨祿廩，汗背擁旌纛，命下忽夔門，諸公孰推轂？
水陸三千里，湖重嶺仍複，至喜謁文忠，秭歸懷李蠹。

（李蠹，無此人，疑指李白之高風。十朋自鄂渚至夔府途中記詩有「杯
思太白邀、文忠遺勁節」）

鄙人憐老守，去類楚臣逐。出門橋已斷，擁道頗爭蹙。
初無襲黃政，濫繼秦侯躅。仇香舊同僚，別寄兩竿牘。

賦詩仍畫圖，開卷宛在目，清音滿千越。餘韻到巴蜀。

（千越，古饒州所在。明朝天順本如是。四庫及薈要作「於」，四庫
珍本兩宋名賢小集作「于」，並非。）

我有二頃田，荒蕪雁山腹。願畫歸去來，芒鞋事耕育。

此首五言古風，節奏流利，如前首，均極富感性。吾分十段，每段句
法排比相當。前五段氣勢若後浪翻前浪，層層前逼，鋪敘奔先。十朋
自庶民而仕宦，後去饒州至夔州因果了然，作詩以賦之手法好處在斯。
六至末段變化大，七、八、九段蕩開第六段，文氣接前五段，末段上
接前六段，再連上第九段，遂能全篇貫串。前五段及七、八、九段之
鋪陳手法，使老守飄泊四處為官而饒州軍民斷橋截留老知州之情節歷
歷在眼。詩中亟言愧無善政，然鋪敘得法，愈使清廉形象刮目。本詩
句法、用典、遣詞風味大類陶詩歸園田居初首，見十朋擬陶之居心。

縣學落成百韻是十朋有意逞其五言古詩之作，鋪述之功歎為觀
止，惟用典太過，情趣斲傷，至可惜也。五言自鄂渚至夔府詩、廬山
紀遊詩，並已時見高妙。七言古風西征之作尚未成熟，至買魚行，讀
東坡詩，石筍橋諸作氣勢奔放驚人，得杜詩之險要，有李白之流暢，
是擲地鏗鏘佳作鋪陳技巧輒有助促之功。

再參考黃師永武《字句鍛鍊法》一書中之疊敘、重複、排比、層
遞手法以闡釋十朋詩中鋪陳技法。〔註7〕

〔註7〕《字句鍛鍊法》頁99～127黃師永武著。洪範書店出版。

（一）疊敘手法

清有濯纓水，白有漱齒石，悠然水石間，官情聊自適（前一
送凌知監）

此例前後文「水、石」疊敘連用，使官情自適心象流露。

山從何來石無根，水從何來山無源……石工貌愚性機巧

……名山不見典刑存，何止茲山與茲水。（後九　郡齋舊有假
山……）

本詩「山、水、石」不斷疊敘，有意標明主題，故假山、假水、澗石
形象縷縷可按，次第井然。

（二）重複手法

罪已不罪水……書著子劉子（後十二　次韻韶美失舟閱書）

句中分別重複「罪」字、「子」字，使語勢加強而劉子之愛書惜書，
甚至仁心皆在言外，劉韶美儒生風采之心象躍出紙面。

守臣失其職，閔雨腸空摧；不待雨摧詩，卻以詩篇催

（後十九　次韻何興化德揚閔雨）

詩中「催」、「詩」重複，頓然覺出摧雨急迫而詩人閔雨情深矣。

古詩如古琴，山高水溶溶（後三　和喻叔奇游天衣四十韻）

此二句詩，分別重出「古」字、「溶」字。溶字重複乃表態水柔；古
字重複刻畫琴詩之雅柔，上下句溶合使詩之風格如山水具象。

（三）排比手法

穎川丈人賢矣哉！青眼喜爲清流開，詩章翰墨兩奇絕，
筆下一字無塵埃，品題人物獎後進，搢紳樂善公爲魁。

（後二　陳大監用賞梅韻以贈，依韻酬之）

連下六句，全爲陳大監人品作註腳，意象盡出。此以文義排比，當留
心句意連貫、筆力遒勁而不斤斤計較文字異同。此種方式賦篇古詩多
由及之。

太史採詩儻見取，願付銀筆書青編，將見大書、特書、屢
書不止此，史筆芬香此其始（前八　左原紀異）

詩中「大書」、「特書」、「屢書」排比而來，句意並立，欲以氣勢令史筆所記芬香功德遠揚。原詩句「銀筆書青編」尚未引人駭怪，故用「大書、特書、屢書」強化句意。

（四）層遞手法

先王法爲秦所負，負秦況有秦有司（後四　次韻梁尉秦碑古風）

詩句前後涵意輕重序列，有層遞效果。本詩「先王法」、「秦」、「秦有司」輕重有序，是以能使「秦有司」之罪罄竹難記。

去歲秋大水……今春又不雨（後四　次韻濮十大尉喜雨）

茲首詩以大水起句，乍視，正應大喜方是，然非也。大水即洪水，水患方使民人苦於流離，今又不雨，民輒無以賴生，勢尤危矣。去歲，今春，時日緊湊，無喘息空暇民生苦況益增冰霜形色，斯乃絕妙層遞手法之運籌。本篇之後段轉入祈雨，是正面想法，而篇末竟以速速歸耕體恤民情作詩，跌蕩出閔雨嘉雨窠臼，洵爲佳作。

十朋古詩之鋪陳法所造就心象，手法殊多，上文僅舉數例，約略詮釋，所示現之技巧固未周全，而後若有機會尚待專篇研究。

三、含蓄意象之技巧

情物交感，形諸心象，詩歌之主旨所在焉。是以詩歌意象蘊涵飽滿者，其觸發之聯想定然豐碩。惟傳統詩以含蓄爲貴，張師夢機《鷗波詩話》嘗舉含蓄之側筆兩法，一是烘雲托月，一是象外見意。余於此外尚增以喻詞意象。茲分別論述如后：

（一）烘雲托月

老欲投閑尚未成，膠膠擾擾厭餘生。

方成枕上游仙夢，忽聽窗前喚起聲。（後二十　早起）

烘雲托月手法，乃以側面襯托正面之法。本詩前三句不循常理點說題旨，反說開，有俗事擾人，正成夢中，全無早起之意，末句意一轉，聽到喚起聲方知過早起。前三句之不欲起，正爲末句之起蓄勢，以見早起之殊不願也。詩中含蓄甚深，疑作者有公事繁重之嘆也。

　　　　出守江湖日念還，又扶衰病入巴山。

　　　　不能早作歸田計，愧過淵明五柳灣。(後十　過五柳灣)

前三句皆為愧過五柳灣張勢。出守為官大愧淵明，扶病為官進一步加大愧意，不能早作歸計，殊屬非是，再一次攝壓愧念，如此愧過五柳灣之密度已達飽和，衷心之愧對淵明心象，悶然爆發自如炸彈般強大，卻有難言處，孰教不早作歸計邪！為官受拘之詩意含蓄吐出矣。

　　　　小院藏修竹，柴門傍曲江。

　　　　繫舟楊柳岸，詩句落僧窗。(後十一　二十一日至福田院留)

此詩句句畫意濃郁，若非末句，則儼然高士雅居。前二句說景，第三句景中有情，末句情中有景。全詩以前三句幫襯，點醒雅居原係僧院。詩中「繫」字、「落」字使人物若無似有，真神來之筆。

　　　　簾捲見山近，窗開聞竹香。

　　　　訟庭公事少，靜坐納微涼。(後十二　納涼)

本詩第四句是主意所在，而納涼之徹底舒適，端賴前三句之蓄勢助襯。

（二）象外見意

　　　　官居到處郵傳，歲月驚人電飛。

　　　　惆悵同來德耀，故鄉不與同歸。(後二十　出州宅)

詩人欲藉句意中之意象，示現出詩句外之意象，謂之象外見意。司空圖二十四詩品含蓄品云：「不著一字，畫得風流。」即是此說。本詩首二句寫飄泊歲月，腳不著鄉土之感受。三、四句借同鄉之口說同來不同歸之遺憾。全詩不說任一「愁」字，而十朋出州宅依依之愁情自在言外也。

　　　　燕寢焚香老病身，細君相對坐如賓。

　　　　而今一榻維摩室，唯與無言法喜親。(後十七　悼亡兩首之一)

首句講自身老病，次句說妻子如賓，此二句皆亡妻往昔景況。後二句乃眼前事。言今日常孤單，惟以聞佛法為喜為親，將妻棄世後之百日法事情節活靈活現。全詩既無「悼」字，又無「亡」字，然句句見老病孤獨，句句有悼亡之實，此即通過物象、心象獲其言外意，又自言

外之音生出言外意象焉。

　　審美觀點中尚有以味覺者，味覺之感官經驗，若與文學經驗結合，可得司空圖「酸鹹之外」或「味外之味」之概念。〔註8〕此味外味者，即指言外之餘韻也王十朋跋同年蔣元肅夢仙賦云：「詞新意古，超出翰墨蹊徑外」（後二十七卷）此處詞新意古究竟作何解耶？詞新指遣詞尖新意較明白，意古則稍難解釋。十朋酬元章贈餘甘子用前韻詩嘗引東坡詩、歐公詩以說明梅聖愈詩氣韻長。十朋詩原引曰：

　　　　東坡橄欖詩云：待得餘甘回齒頰，已輸崖蜜十分酣。歐公
　　　　讀梅聖愈詩云：譬如食橄欖，其味久愈在。

觀此，吾疑「意古」者，殆指詩中愈陳愈久之滋味者也。這種滋味蓋滄浪所謂「言有盡而意無窮」者，而宋詩於此頗能照顧乃「平淡中求真味，初看未見，愈久不忘」，〔註9〕故醖釀烹鍊之功甚致力也。吾人以為王十朋詩於此象外見意亦有卓異成就，願再闡釋之。

　　然此「滋味說」歷來諸家有異議者，如王漁洋以榮肴酒宴喻歷代之詩，此尚不失言外滋味原意。而袁枚則以飲食之「甘而能鮮，苦能回甘」及「新采菱筍魚蝦」為喻，其去象外見意已稍遠矣。〔註10〕然則言外之味義究何如邪？吾人以為字面之義一層，一層之外容有多義、雙關義、影射，則此詩便難落言詮，因之滋味回環，似食橄欖，味久餘香，有令人返魂者矣。以下見十朋詩例：

　　　　林下自全幽靜操，縱無人採亦何傷（前七　蘭子芳）

　　　　直形空腹舊時燈，牆角未應容易棄（前九　和短燈檠歌寄劉長方）

　　　　下自成蹊直虛語，誰肯顧盼留香車（前九　和李花）

　　　　詩客不知花韻別，卻言空結雨中愁（前三　戊辰閏八月歸自臨

〔註8〕參見《中國文學理論》頁219～220「審美主義和感官經驗」，劉若愚著，杜國清譯。聯經出版公司印行。

〔註9〕丁福保《清詩話》頁144，師友詩傳錄（郎廷槐編）張實居答唐司空圖教人學，須識味外味之條。明倫出版社印行。

〔註10〕《司空表聖研究》頁102論詩文思想，江國楨著，文津出版社印行。

安觀舊題……慨然有感……三絕之三）

欲向靈岩移卓筆，與君同掃萬人鋒（前四　次先之過雁山韻）

張儀舌在知何用，莫莫休休且勿言（後六　曹夢良自許峰來
訪……四絕之二）

青山滿眼森高木，正爲人稀免斧柯（後十　瑞昌永興道中作）

繫纜中流忽相對，江湖心亦不忘君（後十五　解舟遇風暫泊岳
陽城下正對君山）

春風情不世，紅紫一般開（前七　牡丹）

勿爲花所留，興盡要知返（後七　次韻胡秘監醞釀詩……秘監攜
具道山……）

浚教泥淨盡，何患不逢原（後七　浚井）

芳姿等蘭蕙，摧折更芳香（後五　送查元章二首之一）

平生不行險，到此即回頭（後六　游東際）

知心有杜鵑，勸爾故園返（後七　館中三月晦日聞鶯，胡邦衡有
詩……）

何必登高山，清歡自無涯（後七　九日不登高與兄弟鄰里就弊舍
飲菊）

十朋詩思致含蓄微婉，意象令人魂返，故其詩較不顯露粗陋，類似上例
尚有許多，無法窮舉。十朋詩所以深取此法表達者，乃畫像在心中，固
可使意象之浮動多樣重疊，反覆深入，倍感動人，但仍有他種緣故，其
一出仕前壯懷難伸，暗自傷也。其二出仕後，罷官去職，言欲謹愼也。
其三同事胡銓等言語激越，勸諸君子去國求外也，其四晚年不欲爲官，
頻以倦鳥自況也。綜上諸理由，當知十朋屢用屈原香草美人之意之苦心
焉。十朋作品中又有頗具趣味性者，若「要令坐上生清風，須使心中似
明月（後六　題月師桂堂）」、「回煩已輸崖蜜味，返魂終共雪芽香（後
十二　元章贈餘甘子用前韻）」、「風薦幽香襲酒盃（前一　次韻咨監務
早梅）」、「莫把剛腸慕梁肉（前三　前詩送三鄉丈雖各獻芹……）」等詩
句，意雖不必在言語之外，而咀嚼之間趣味橫生，然心賞之餘恐漫無標

準，遂無法再作詳細歸類，遺憾矣哉！

（三）喻詞意象

詩文有所謂以本質不同而相類似之甲事物比擬為乙事物思想者，名曰譬喻。譬喻之語詞，稱喻詞。喻詞或用明喻，或進用隱喻。此二者以明喻最淺解，隱喻較費解。陳望道氏《修辭學發凡》云：

> 明喻在形式上只是相類的關係，隱喻在形式上卻是相合的
> 關係。〔註11〕

其意明喻主客體分明，即正文與喻體分明，隱喻則受喻之客體欲喧賓奪主。又見詩文有用擬人、夸飾、矛盾語等手法示現喻詞者，今一併討論。左列詩例乃十朋以喻詞呈現意象者，解析如後：

開眼睛光如虎視（前一　潘岐哥）

王十朋如趙十朋（後七　黃岩趙十朋賢士也……）

理郡端如理亂絲（後八　郡齋即事）

喚起新愁似亂麻（前二　夜雨述懷）

湖水如天冬亦涸（後十五　君山二首之二）

鮮鮮如可餐（後十三　十日買黃菊二株）

竹能有面如人面，人亦虛心似竹心（後九　景廬贈人面杖）

百幹同根，森如弟昆（前六　黃楊）

明喻之法意易流於淺顯，本非作詩良法，因其塑製意象亦有此法，設若使用貼切，仍可為佳句者也。如「開眼睛光如虎視」句，以虎視之雄明，喻兒童明眸，十分警醒。又如「入眼端如入夢時」句可想見夢中景重現之吃驚，動人無倫矣。再如「更喜無心似獸心」句，此人心多詐偽之暗示，意但婉轉耳。再如「鮮鮮如可餐」句，遣詞動人且鮮活，令人垂涎。再如「湖光青似磨」句，言湖光水面如青磨石般，慧心乍現，雋句永傳。

以上明喻

〔註11〕見《修辭學發凡》頁81。陳望道著，香港一九六四年大光出版社出版。

　　　　可正宜頻覽，無塵亦自磨（後七　覽鏡）

此二句已人鏡融為一體，顯然是以人喻作鏡，詩人欲將鏡之光明特性以喻己之人格。

　　　　四友共文房，蒲君最異常（後七　寄蒲墨與明仲）

詩中以筆墨紙硯喻作四友，蒲君即喻蒲墨，十分親切之隱喻法。

　　　　坡名燕子燕思歸，岩號烏飛烏倦飛（後十一　登燕子坡……）

此詩直把燕子坡喻作燕子，烏飛岩喻作烏鳥飛，思惟真活潑，而鄉心真急切。

　　　　雲陣潑墨暗，電光搖幟催（後十九　用喜雨韻呈襲實之）

雲陣喻作潑墨，電光喻作搖旗，有色彩，屬視覺感官。暗與催俱為動詞，有動作，乃觸覺感官，似乎尚有聽覺效果，則此例雖是隱喻，卻有多種感官心象移位作用。

　　　　雨膏碧葉剪琉璃，風薦幽葩噴龍腦（前二　丁香花）

以澤潤之碧葉喻為剪出琉璃，以風中幽葩喻作龍腦噴香，心象之精微，欲奪人魂魄乎？

　　　　仰視青天紙盈幅（前七　昌齡和詩以不得志……）

茲句詩將青天喻為盈幅紙，將青天濃縮至密，正與眼界擴大至弗遠一意，景雖眼下即得，思往往艱難始獲。

　　　　詩思湧成泉（後十六　小瀑布）

此句詩思極抽象，泉湧真明白，以泉湧喻為詩思，意象十分清晰。

　　　以上隱喻

　　十朋二千餘首詩中，以明喻，隱喻呈現意象技巧者俯拾便得，無法一一例舉，然其苦吟深思為塑造新意象新詞藻之成就當為吾輩肯定。左文另略舉其他婉轉含蓄修辭手法數例，以見其擬人、替代、夸飾、矛盾語、象徵方面之遣詞運句技巧。

　　　　岩我笑我鳥催歸（擬人）（後六　杜鵑岩）

　　　　節目尚餘兒女態（擬人）（前四　柘溪道傍有班竹……）

　　　　花笑水迎山自闢（擬人）（前四　望天台赤城山感而有作）

欲與春爭媚（擬人）（前六　海棠）

蟹眼煎新汲（替代湯）（前三　毛虞卿見過）

明珠遙吐臥龍頭（替代月）（後四　望月臺）

堆盤馬乳釀青春（替代葡萄）（後六　葡萄）

銀海光搖人憶坡（替代眼）（後八　郡齋對雪）

遙碧峰尖如削（夸飾）（後十二　元章至萬州湖灘……次韻寄元章）

放出山光接海光（夸飾）（後十九　出郊勸農八絕之八）

天鵝亂眼似楊花（夸飾）（後十五　泊潛江甲）

峰類夏雲多（夸飾）（後九　易芝山五老亭……）

更喜無心似歡心（矛盾語）（後六　人面岩）

白雲夜向原中宿，幾度隨人過嶺頭（矛盾語）（後六　左嶺）

斥去權臣力，生還聖主恩（矛盾語）（後四　故參政李公挽詩三首之三）

今日苧羅山下魂，猶向人間吐妖艷（矛盾語）（後三　詠知宗牡丹七首之四）

竹有君子節，青青貫四時（象徵）（前一　畎畝十首之七）

炎炎畏日愛濃陰，穆穆清風愛好音；

不獨愛松兼愛竹，此君亦有歲寒心（象徵）（後十七　愛松堂）

人間正炎熱，雲榭獨清涼。

如欲慰黎庶，諸君宜奉揚（暗示）（後二十　雲榭納涼）

九月不肅霜，十月猶飛蚊，不知從何來，乘昏動成群。

嘴利巧能噆，類多非可熏。青蠅與白鳥，自古常紛紛（暗示）（後十八　飛蚊）

以上其他含蓄修辭法

四、詠物、詠史詩之意象

十朋詠物、詠史詩近四百首，蓋阮籍詠懷、郭璞游仙之類，言固

非激憤，旨尚同遙深，文亦隱避，意仍可測。詠物詩以詠花居多，今惟探討其詠梅之作。十朋家住梅溪，心企梅花，梅之清白耐雪，其自況也，故費心研究頗有價值。而詠史之作，不以字句爭長，欲以實事夾敘夾議，有可諷規者也。下文討論仍就著眼意象塑造觀點，兼拙其內容所在。

　△園林盡搖落，冰雪獨相宜。

　　預報春消息，花中第一枝。（前六　江梅）

　△桃李莫相妒，天姿元不同，

　　猶餘雪霜態，未肯十分紅。（前六　紅梅）

　△非蠟復非梅，梅將蠟染。

　　游蜂見還訝，疑自蜜中來。（前六　蠟梅）

　△菊以黃為正，梅惟白最佳，

　　徒勞染千葉，不似雪中花。（前六　千葉黃梅）

　△山行初逢建子月，始見寒梅第一枝。

　　遙想吾廬亦如此，誰能千里贈相思。

　　梅花發後思家切，竹間水際出橫枝。

　　暗香疏影和新月，自是離情禁不得。

　　觸物那堪此時節，春前臘後定歸來，

　　要看溪上千株雪。（前五　途中見早梅）

　△群芳避路放梅開，奔走遊人滿砌苔。

　　半樹溪邊衝雪破，一枝頭上帶春回。

　　月移瘦影供吟興，風薦幽香襲酒盃。

　　剛被西湖都道盡，至今詩客句難裁。（前一　次韻昝監務早梅）

　△竹外溪頭手自栽，群芳推讓子先開。

　　好將正味調金鼎，莫似櫻桃太不才。（前七　梅子先）

　△北陸寒未半，南枝春已回。

　　方於雪中種，便向雪中開。（前七　早梅）

　△南枝昨夜暖先回，壓盡群芳獨自開。

　　仙客風中飄素袂，玉妃月下試新裁。

未憑驛使殷勤寄，首辱新詩特地來。

明日雪晴須共賞，爲花拼卻飲千杯。（前七　梅花）

△西湖處士安在哉，湖山如舊梅花開。

見花如見處士面，神清骨冷無纖埃。

不將時節較早晚，風味自是花中魁。

暗香和月入佳句，壓盡今古無詩才。

武林深處景益勝，十里眼界多瓊瑰。

北枝貪睡南枝醒，杖屨得得攙出來。

旅中茲游殊不惡，況有佳友銜清杯。

手折林間一枝雪，頭上帶得新春回。

（前八　臘日與寸約同舍賞梅西湖）

△梅溪野人眞野哉，老眼長爲寒梅開。

朅來西湖探春色，濡毫一洗胸襟埃。

卻將梅花比和靖，花與人物俱奇魁。

同行二十五佳客，一一盡是離騷才。

新詩一出花價長，糠粃桃李奴玫瑰。

湖山已槁處士骨，風月未厭吾儕來。

欣聞好事約重賞，準擬餐玉嘗春盃。

預辦長餞收白雪，載取十里清香回。（前八　同舍再約賞梅）

△江梅孤潔太絕俗，紅杏酣酣風味薄。

梅花精神杏花色，春入蓮洲初破萼。

膽瓶分贈兩三枝，醒我沉疴不須藥。

願公及早辦芳樽，酒暈冰飢易銷落。

（後二　楊元實贈紅梅數枝）

△東君次第染群芳，更與南枝別樣妝。

水漲春洲浮鴨綠，日烘花臉帶鵝黃。

雪中瓊蕊不多瓣，酒後玉飢無此香。

玉潤冰清總佳士，驛筒相繼贈春光。

（後二　吳秀才以壽樂蓮洲中千葉梅花爲贈……）

△不爲怕寒貪睡遲，東君妙意端可知。

雪英零落眼界寂，放此孤瘦紅南枝。
蓬萊更向逸遠地，草木寧有天饒姿。
冰容戲作桃杏色，醉臉雅與神仙宜。
江兄蠟友已前輩，黃生後出非同時。
丹心獨與勁節侶，疏影共浸清漣漪。
騷人相顧最不惡，何用車馬紛蚩蚩。
典衣莫惜共攜酒，對華一展思鄉眉。

（後五　次韻洪景盧編修省中紅梅）

△照眼非梅亦非菊，千葉繁英刻瓊玉。
　色含天苑鵝兒黃，影蘸瀛波鴨頭綠。
　日烘喜氣光燭鬚，雨洗道裝鮮映肉。
　此梅開後更無梅，莫惜攀條飲醽醁。

（後五　省中黃梅盛開……）

△拂雲修竹遠吾家，竹裡仍栽第一花。
　好句更同林處士，月黃昏後影橫斜。（後六　梅）

△蓮幕何人送此花，不容一疴污貧家。
　歸來自覓清河種，馨德如人最可嘉。

（後六　張思預主簿送……蠟梅）

△我向梅花溪上家，幾看清淺浸橫斜。
　手栽木已如人老，雪鬢蕭疏對雪花。（後六　梅溪）

△天花除惱臘前雪，香蕊報春溪上梅。
　分贈鹿岩龍穴友，異時俱是百花魁。

（後七　雪中寄梅花與清之大老）

△天工著意點酡酥，不與江梅鬥雪膚。
　露滴蜂房釀崖蜜，日烘龍腦噴金爐。
　萬松張蓋黃尤好，三峽藏春綠不枯。
　題品倘非坡與谷，世人應作小蟲呼。（後十三　蠟梅）

△孤標相對焚天涯，寒不能威意自佳。
　消得廣平公援筆，此花真是鐵心花。

（後十四　四日雪坐間有江梅……）

△蔚宗居隴首，陸凱在江南。

　　手折梅花寄，人逢驛使堪。

　　吳都尋半吐，楚岸摘新含。

　　雪裏開纔一，樓頭弄未三。

　　情深殊折柳，意重勝題柑。

　　溪上千株玉，歸軺待自探。（後十九　擬賦江南寄梅花詩）

△同僚文字三杯酒，臘日江山八陣臺。

　　冷有人嫌吾似雪，清無塵染客如梅。（後十四　梅雪）

十朋筆下梅花之色有白、紅、黃、十朋心目以白色為尚，貴其冰清玉潔焉耳。十朋所詠之梅，有江梅，花色白，小而香；有紅梅，葉如杏，花桃杏色與江梅同開，紅白相間。又有蠟梅，又稱黃梅，然非梅類，因其開與梅同時，香又近似，色如黃蠟（蜜蠟），故謂之黃梅。江梅先開，紅梅略次，黃梅殿後，此後再無梅花。梅花之孤標、勁節、耐寒，十朋譽為百花魁。若賦梅以生命，其花瓣如雪膚，清無塵埃，骨冷心鐵，堪擬馨德之人矣。是十朋人格之象徵。今總觀十朋所作詠梅句，句句堪傳其梅花精神，世人或嫌其正味醇厚，然刻骨孤芳何懼君子無賞乎哉？吾人透過詠梅詩於十朋心中梅花意象已得具體風貌，類此研究尚待發掘，願勉旃。

　　下文探討十朋詠史詩之文心何在？王氏詠史詩聚有一百五十九省。因其範圍遼闊，無法一一分論，僅擇其若干觀點析論，雖不得全鳳，或可擷一亮麗翬翟之紋羽也。

　　懷沙為誰死？翻媿是男兒（前三　曹娥廟）

　　神龍流沫生尤物，赫赫宗周一笑亡（前十　幽王）

　　貴妃一笑天顏喜，不覺胡塵暗兩京（前十　明皇）

　　四朝天子寄安危，寡婦孤兒豈忍欺（前十　晉宣帝）

　　不知尤物能為禍，卻為驪姬寢食安（前十　晉獻公）

　　西施未必解亡吳，祇為讒臣害霸圖（前十　吳王夫差）

觀此數例於十朋尊敬節烈，不欺孤寡之心態可知，十朋從未歧視女

性。抨擊禍國紅顏容或有之，然十朋並不刻意諉過。何況十朋嘗云：
「人為鍾情故生愛，夫婦相思乃常態」（前四代婦人答），其言極然。

> 能以堯事君，遂令詩不朽（後十四　韋處厚）

> 將軍頭可斷，詎肯以城降（後十四　嚴顏）

> 大夫楚忠臣，哀哉以讒逐（後十四　屈原）

> 區區祭仲何為者，賣國容身豈足賢（前十　祭仲）

> 小節區區何足羞，功名未顯分氂氂（前十　管仲）

> 久與君王共苦辛，功成身退肯逡巡（前十　范蠡）

> 獄興羅織陷忠良，公亦幾遭虎口傷（前十　徐有功）

> 功高不得封侯賞，祇為當時殺已降（前十　李廣）

> 誰能唾面自令乾……方服婁公度量寬（前十　婁師德）

> 春秋死難止三人，皆欲求仁未得仁（前十　孔父）

> 千古共傳箕子操，一時難悟狡童心（前十　箕子）

> 潁谷封人雖賤士，卻能純孝至今聞（前十　潁考叔）

> 諫君不聽盍亡身？岩忍求生卻害仁？（前十　比干）

君之一言能興邦能廢邦，若不正身難以正國，禍由自取，功亦由自立，
此十朋評為君者之觀點，其於為臣者有何看法？其以為臣要忠要仁要
建樹，能大忠大勇大仁則尤佳，能孝能功成身退，有度量有節操均佳，
以賣國求命求榮者最令人不齒，然於忠臣屢遭陷害亦有反擊。嗚呼！
自古君臣之相得鮮矣哉！綜上文可知詠史微言之所焉。

五、詩中意象之立體感

詩之遣興、表情、鋪陳恆是低徊往返而一唱三嘆者，職是之故忌
直率，諱無餘，往往詩情溢於詩辭，以纏綿不盡為其自然呈現常理。
意象之結構，即令含蓄情意轉成心象浮現，進而聚諸多意象彙成總體
具體之氣象，是以每賞詩歌，目觸心會，層次分明，色彩調和，節奏
中耳，全面美感電光頓現，讀者內心早已千迴萬轉，諸多感官亦應接

不暇,斯乃詩人意象組合之神妙也。

強烈之詩歌情感,既需統一又需變化,惟賴依高度之形式美中和統一,因之意象之統合,有類高樓大廈之建構,吾人將詩人表達綜合心象之具體再現性,擬之爲建築物立體曲線之呈現,如斯眞切,如斯動人,試問何詩不銷魂?又如何不令人搖蕩性情?曲心深處意契心會似重相見者矣。而況詩人所創造之意象,諸多感官尚有奔會而不及領受,渾然覺佳,而不知佳者在何處,此時意象叢生,又超出空間之現象者也。以下將十朋早期晚期詩作各一篇爲例,且銓釋其運遣意象技巧而淺釋其文心:

次韻謙仲見寄(前一)

湖山藍黛青,湖水琉璃碧。我時湖邊游,山水正秋色。
詩翁偶乘興,來作湖邊客。談鋒兩初交,意氣已相得。

詩壇予與盟,文會公爲伯。豪詞肆滂沛,談語入幽寂。
心匠巧雕斲,物態窮搜覓。壯哉五言城,卓爾萬仞壁。
初疑公腸胃,百怪所窟宅。吐氣干雲霄,直欲聞霹靂。
妙奪解牛術,奏刀聲砉割。
我才寸莛微,洪鐘詎能擊。又如鳴蟋蟀,啾然和金石。
未窺學蕃籬,敢語詩奧賾。繆爲馬慕韓,浪作赤效白。
獎拔非所蒙,猖狂固宜責。新篇又拜嘉,開緘光豔射。
藏之比明珠,長使夜照席。

惜哉不遇時,豈爲臧倉隔。儒冠五十年,世路疲行役。
操矛赴文場,戰藝輒敗北。書劍兩無成,泥塗困蹤跡。
龍鍾似東野,窮愁攪懷臆。空吟三百篇,高視古無敵。
霜風剪林木,黃葉滿澤國。

我思公不見,羸馬未能策,恨無神僊術,安得生兩翼。
因召管城穎,免冠加拂拭。書帛寄征鴻,心目兩俱極。

此首詩係十朋早期五言古詩,代表其早期詩風。詩中運用心象技巧之

手法，比比皆是。此時十朋如璞玉方琢，光艷耀眼，而蘊藉不足，狂放有餘。其不拘藩籬，憤世慨俗之意興、才華並待淬厲磨鍊，從此而後其詩風逐漸轉變，七律五律七絕五絕作品遞增漸佳。故其早期作品多以五、七言古風爲重。或與其少年心性有關。或與宋世好習作古風有關。

　　首段頭二句即入眼視覺感官意象，且是多種視覺重疊。以「藍黛」修飾青，以「琉璃」修飾碧，此爲極複雜之光影色彩並發，色澤有流動之感覺，美甚。「我時湖邊游，山水正秋色」是畫圖意象。山水秋色偶見人物，詩中有畫者也。

　　次段「豪詞」二句，全屬喻詞意象。豪詞、談語已屬隱喻，再以「肆滂沛」、「入幽寂」之觸覺、聽覺、視覺綜合移位心象相融合，使劉氏之詩風十分具象矣。「心匠」二句已進借喻，直喧賓奪主，不見詩句，只見詩句之千奇百悝。再進以「城牆」、「萬仞壁」視覺、觸覺之夸飾意象，使知劉氏詩之壯偉。繼而，以「百怪」描繪其「才思」，以「干雲」、「霹靂」移位心象敘說其氣勢，以「解牛術」觸覺意象、「奏刀聲」聽覺意象，刻畫其創作技巧，有如刹那之間經歷身立聲電影光效，十朋筆下之緊湊已駭人心魄已哉。

　　第三段以「寸莛」與「洪鐘」矛盾意象作對比，使詩人崇拜劉氏之意態擴張。開緘光豔射是隱喻意象，藏之比明珠是明喻，交錯爲文，立體心象遂生。「馬慕韓」、「赤效白」爲典故意象，係將仰慕之情意壓縮，使詩情濃縮更具含蓄之美。末句「長使夜照席」進入思想意象，即佛家六識之一，詩人掏心探肺之豐沛情感，令人心折也。

　　第四段「操矛」二句亦屬矛盾意象，詩人有意夸飾劉氏文場屢挫之悲慘。「空吟」與「高視」同屬矛盾意象，同段連用，使本詩韌力達至極限，眼看便有斷弦之虞，是以下二句以極感性之動詞隱喻濃縮、定住已達爆破邊緣之情感，使情入景，悠悠茫蕩，真有滋味哉！「剪」與「滿」是動作、觸覺，霜風是聽覺、觸覺，黃葉是視覺，如此混合意象，自可具體化一切意象焉。

　　末段聯想力極強，「神僊術」、「生兩翼」、「召管城穎」乃一種比擬之隱喻，詩人有心將現實歸諸於空洞之幻想，此固現實之迫逼也。末二句元曲風味，語雖平常，境界開闊，可見詩人胸襟人品之高尚，亦可見志向之遠大，非斤斤為小筆調者也。覽畢上文，譽十朋意象結構為立體感之具體再現，應可無疑歟？茲再一例闡明，請試觀如后：

　　溪口阻風寄李子長趙富文 (後十五)

　　　風知主人意，吹浪留客舟。客子念行役，形留心不留。

　　　回望月峽月，坐悲秋浦秋。從今懷人夢，飛遶清溪樓。

本詩乃十朋晚期詩風。此時之詩人已不在意詩句之綺麗，甚或刻意使字面淡真，然意象之塑造進入深沉之層次，意豐文淡，大抵可概之十朋晚期作品。詩人看淡一切世事，惟一難忘者竟是詩人誠摯關心世人之情感。

　　首二句依然是作者慣用之喻詞意象，風雖客體，喧賓奪主，詩意活潑輕靈。三、四「形留」句，連落兩「留」字，以重複字製造矛盾心象，使詩味雋永，令人沉吟踟躕，是以味外味橫生。五、六句表面重出月、秋，然意不連，峽之月、浦之秋是詞組，回望月、坐悲秋是句子，上下文句字詞跳脫，遂令秋月鬱抑之情聚合於夔州之月峽。益以浦地係南北旅人銷魂黯然處，愈使悲秋意加厚，此二句詩意密度最高，故末二句且將情意飛去夢中，遙寄懷念之友人。清溪樓係詩人去夔南返途中，與李子長、趙富文泛溪遊玩之處所，前詩詩題已見，算是現成典故意象。如此一首小詩，十朋費心經營之心象，依然飽滿，其內涵縝密早非往昔可比，故十朋晚年小詩娟好深味，是其鍊意謀篇之成就，亦是企追「韻外之致」媚力之展現。

　　十朋意象結構，以為塑造全篇之意象尤重於字句之意象。因字句之意象尚需多方組合才能建構立體具象之意象，而全篇意象之建立直是詩意之本身，無需另謀斟酌於用事意象，不必再覓感官意象，十朋晚年作品有鑒於斯，殊擅長此道。今依十朋意象結構之完整，則其謀篇構思之完整亦可了然也。

　　今總結十朋塑造心象之方法全文。語言之表達恆與意念有隔，意象者其間填充料也，複雜之意象尤能令填充料彩色繽紛。當此之時，詩之美感、快感往往浮現，此詩之語言與意象結合，已達意盡之境，然欲持續捕捉完美之詩境，尚需有道心、禪心，定當得象忘言，否則空有心象卻無意境也耶。王弼易略例明象篇云：「得意在忘象，得象在忘言」此言極是，凡評賞詩文者當三覆其言哉。〔註12〕

〔註12〕周易略例，王弼著，四庫全書本，台灣商務印行。又參見《中國詩歌藝術研究》「言意與形神」章，頁76。袁行霈著，五南圖書公司印行。

第三章　王十朋詩之音樂性

　　詩歌者語言藝術也。是以詩歌不僅示現其文字視覺效果，亦呈現其自然節奏音樂效果。文字視覺效果，多賴塑造意象而得。或曰整體之意象固含音樂效果，此乃移情作用之音樂感，並非訴之吟詠諷誦之音樂節奏。詩人苦心經營之詞句，力謀文學效果與音樂效果兩者合一，苦吟正有助於此項成就。

　　音樂有自然之節奏，亦有非自然之節奏；節奏感，適足以形成音樂快感、美感之泉源。詩中音樂節奏，即詩之快感、美感之來源。有云韻書之前，詩人皆自抒性情，求音調相協而已，故詩篇渾厚自然。沈宋而後，始定四聲，詩之斲傷性靈莫此為甚焉。〔註1〕然此說未周全也。自然節奏，其音樂效果固美，非自然節奏，其音樂效果卻非一定不美。何以言之？詩人苦吟本非自然，且其欲創造強烈、響亮，具有抑揚頓挫之字句以符合情感需求，往往居心刻意，真非自然矣。然詩歌又如何中乎吾耳，悅樂乎吾心哉？此無他，追求和諧之音樂節奏也。非自然之節奏，若能求其統一、諧調，文辭節奏協調，予讀者最大感染，則已接近自然之音樂節奏，不亦快哉！但有韓詩以拗口險韻怪字改變節奏，其音樂性特別，節奏怪異，自生不快之感，惟其已匠

〔註1〕東泉詩話評詩上，馬星翼撰。（在清清話訪佚初編第三冊）新文豐公
　　　司印行。

－293－

心安排，故不快中尚有他種快感在焉。總之，詩之經營音樂節奏，實有必要，設若詩之音樂節奏全被析離抽出，則詩之吟詠性情便屬子虛，詩不成爲詩矣。全首失去音樂節奏快感之詩，自非詩作，定可測知也。

　　楊鴻烈氏《中國詩學》大綱歸納前人有關中國詩之組合之原素爲：內容方面有感情、想像、思想；形式方面有文字、格律（含用韻、平仄、音節……等）。〔註2〕因其持論不定，定義模糊，今歸納爲平仄、用韻、節奏、句法四類，以探究十朋詩之音樂性。十朋之詩多不用冷澀字、生僻典，但愛用險韻，喜和人韻，又不避重韻，凡此有否影響詩之音樂節奏感，且於後文仔細析論：

一、平　仄

　　平上去入四聲構成漢字讀音之重要而基本之聲調。上去入總稱仄聲，因之平聲仄聲即組成詩歌之聲調。平仄規律化之重複當有助於抑揚頓挫之變化，使聲調自然和諧優美矣。

　　傳統詩歌分古體詩與近體詩。古體詩平仄較自然，故其抑揚頓挫（指聲音長短、強弱、高低）、節奏（指全首詩聲調之組合），皆隨詩句意義而上下起伏，其聲調之配合，正合古代詩歌藝術之自然表達方式。黃師永武云：「隨著詩意中情緒的轉換，各有它動人的音節」〔註3〕是也。近體詩之平仄，多半拘於格律。近體格律表面複雜，而實可歸納爲若干法則。袁行霈氏於此點及近體詩聲調和諧有明確之說明，其云：

　　　它的基本規律只有四條……

　　　一句之中平平仄仄相間，一聯之內上下兩句平仄相對，下
　　　聯的上句與上聯的下句平仄相粘，句末不可出現三平或三
　　　仄。

〔註2〕參見《中國詩學》大綱頁 120～164。楊鴻烈著。人人文庫本，台灣商務印行。

〔註3〕黃師永武《中國詩學》鑑賞篇作品的詩境頁 168 從音節上欣賞。

概括起來只有一條原則，就是寓變化於整齊之中。

文心雕龍聲律篇有「同聲相應」、「異者相從」的話，同聲相應是求整齊，異音相從是求變化。整齊中有變化、變化中有整齊，抑與揚有規律地交替和重複著，造成和諧的音調。和諧的音調對於思想內容的表達，無疑會增添藝術的力量。〔註4〕

袁氏所言有理，然古體詩自然之平仄和諧原具有藝術表達力量存在，而近體詩因限於格律，於聲調和諧變化需求尤甚，勢有不得不然者也。且古詩平仄之規律仍有可尋之跡，惟不刻意耳。清人翁方綱云：

詩家為古詩無弗諧平仄者，無弗諧則無所事論已。古詩平仄之有論也，自漁詳先生始也。夫詩有家數焉，有體格焉，有音節焉，是三者常相因也而不可泥也，相通也而不可紊也。先生之論古詩，蓋為夫諧者言之也。紊亦失也，泥亦失也。……〔註5〕

翁氏、漁洋之論雖後起，然亦可為古詩仍留意聲調和諧之說明。音義欲和諧，除依賴平仄外，尚可求助於雙聲、疊韻、疊字，狀聲字詞之運用（此部分擬寫句法一節時討論），近人作新詩完全摒棄押韻及平仄，應非智舉。〔註6〕今就上文所述重點以十朋詩例分析之。

題郭莊路（前八）

南山有井名黃花，我卜別業臨其涯。酌泉漱石思往事，天遣景與名俱嘉。

東籬採菊隱君子，悠然凝望南山賒。茲人高躅已千古，三徑蕪沒堪咨嗟。

〔註4〕《中國詩歌藝術研究》頁120 中國古典詩歌語言的音樂美，音調。袁行霈著，五南圖書出版公司印行。

〔註5〕小石帆亭著錄卷一翁方綱按語（百部叢書聲調三譜內），藝文印書館印行。

〔註6〕同註4。又朱光潛《詩論》頁175 中國詩的節奏與聲韻的分析上，論聲。漢京文化公司印行。

　　我生本抱丘壑尚，誤涉塵世爭浮蝸。十年太學志未遂，歸
　　來隴畝躬桑麻。

　　草莊新築亦不惡，青山遠近光交加；會須移住效杜老，終
　　賦歸去師陶家。

　　新涼入郊九日近，西風漸欲吹烏紗；龍山風俗有教事，撩
　　我清興凌煙霞。

此首七言詩，乃首句押韻，平韻到底之七古。梅溪集中七古有二百首，
大抵以氣勢見長。本詩單數出句之第二字皆用平聲，第五字多用仄
聲，名、丘、思三字除外，然丘、思之下第六字即用仄聲，故平仄參
雜，以增聲情。落句第四字仄聲、第五字平聲，且三平落腳故第二字
以仄聲，如此平仄既可參伍相諧，又可避免律句之發生。〔註7〕大體
而言，十朋古詩之平仄，抑揚參用，頗能令音響華美。此詩作於紹興
二十六年，是年十朋讀書於明慶寺懺院約半年；冬，赴臨安補太學員
額。本詩以作於此二者間。詩中借陶潛、《杜甫》、諸葛事，反映作者
掙扎仕隱之心境。本詩節奏往往揚中間抑，時流省思之情。結句平聲
落底，音調悠揚，而氣勢飛拔，蓋平仄諧和之作。

齒落用昌黎韻（後十二）

　　我來饒與夔，三載墮兩齒。懸知年非永，早悟仕當已。
　　要須未落時，猛效二疏止。胡為一再落，不已良可恥。

　　慨然懷古人，古有長不死。因思年非少，輩行多勝己。
　　顏紅齒牢潔，往往同逝水。吾衰況如許，寧復老彭比。
　　覽鏡視顏色，今昨不相似。行年五十五，萬事可休矣。

　　功名與富貴，磨滅何足紀，但願早還鄉，拊育三百指。
　　婚嫁畢兒女，松楸依怙恃，弟兄飲真率，故舊忘汝爾。
　　齒牙任搖脫，肉食吾不視。有身久為患，無齒實堪喜。

〔註7〕說見黃師永武《中國詩學》鑑賞篇頁170「七言古詩也有平仄參僭的
　　　規則」之一段文字。

　　始憂笑韓公，可惜陋子美。未必傷我心，茲言聞柳子。

以首係押仄韻之五言古詩，一韻到底，氣意溜順。五古平仄仍以避免
律句爲宜。吳紹澯曰：「古詩句法，本無定格，恐其平也，故不可入
以律句，欲其古也，故必出以拗峭。……」。〔註8〕本詩語氣極暢，即
不雜律句之故。五古以第三字爲關鍵，仄韻古之平仄寬於平韻古〔註9〕
大抵上下二句第三字平仄參雜，若二句三字皆平，則第四字多仄，又
落句以仄聲，第三字多仄聲又詩係仄韻則上句須多平尾〔註10〕總以音
節瀏亮爲尙。本詩雖用昌黎韻，然音節殊不類。韓詩節奏奔快，文義
驚詫似之。本詩節奏往復，文義憂喜如之。

　　十朋詩二千餘首，五古合七古，凡四百餘首，佔五分之一。四古
有三首，雜言詩一首，六言詩五首，餘皆近體詩。近體以七絕八百餘
首最多，其次七律三百餘，五律、五絕約各二百首，其中以五絕工力
最差（五絕字簡韻長，本屬難作），而七絕好壞參半，七律、五律水
平齊整，今各舉七律、七絕一例，以觀其作品之合律與否？如：

九日與同官游戒珠寺用去年韻（後四）

　　九日重登古蕺山，勞生又得片時閑。菊花今歲殊不惡，蓬
　　鬢去年猶未斑。

　　藍水蒼山詩興衰，鑑湖秦望酒盃問。醉中同訪右軍跡，題
　　扇橋邊踏月還。

此首七律係仄起首句押韻格式。七言每句凡第一字不合平仄者可不
論，是以「菊」、「蓬」、「藍」、「鑑」、「醉」、「題」皆可不計較。第三
句「今」字本應仄聲，由下句「去」字拗救之，「去」字亦救本句之

〔註8〕說見聲調譜說，清、吳紹澯纂訂，新文豐公司《清詩話》訪佚初編
　　　　第十冊。
〔註9〕說見廣聲調譜說，清、李汝襄輯，《清詩話》佚初編第十冊頁362，
　　　　新文豐公司出版。
〔註10〕東泉詩話卷一，《清詩話》訪佚初編三冊頁459、「近自學者株守四聲，
　　　　幼習帖……」所云係批評，然一般習慣如此，未可爲非。

「猶」字，此雙拗也。第五句「楚」字不合平仄，以下句「秦」字救之。第七句「同」字、「右」字平仄當句拗救。又不合平仄之「菊、蓬」、「藍、鑑」、「醉、題」於上下句各自拗救，平仄則諧和矣。今觀此詩，見十朋欲以險古方式取勝，其效杜老之跡隱約可見。

　　洞庭湖（後十五）

　　　江山好處未經眼，人道岳陽天下無，入筆波瀾自今闊，胸
　　　中已有洞庭湖。

此詩為平起之七絕；首句未押韻。詩中不合平仄之處有「未」、「人」、「岳」、「天」、「自」、「今」諸字。首句「未」字以下句「天」字拗救之。次句「人」、「岳」互拗。三句「自」字救「今」字；「今」乃第六字，為聲律之節奏點，適因文意轉折，一經拗，便使意高調古。凡四句，各句無犯孤平，聲調自然諧和。

　　綜上所論，十朋極重視聲與聲之協調（有拗則救），亦重視聲與情之配合（以平仄製造文義效果），不論古體、近體皆如此。十朋間或有試以吳體、禁體物之作，雖欲拗字使骨骼峻峭以取勝，或以限某詠題取勝，然此均類遊戲之作，[註11] 非其常體。

二、用　韻

　　用韻險巧，係十朋詩音樂性之明顯技法。其古體詩有押數十韻，甚或百餘韻者；其次韻之作亦達七次之多者，凡此已足證明其精於用韻，然清人馬星翼以為「次韻詩雖東坡大才亦有湊泊不穩處。」[註12]又名家詩法彙編卷三云：「次韻，依他人所押韻和詩，詩家最為害事，始於元白，極於東坡，諸古人不如此，但和其意為詩耳。」又《南濠

〔註11〕參見作詩體要頁312，明、楊良弼選述之吳體、體物體，廣文書局印
　　　　行。
〔註12〕東泉詩話卷二，見新文豐公司出版之《清詩話》訪佚初編第四冊。
　　　　馬星翼著。馬氏指評王龜齡注蘇詩最古，但多闕誤，然該書實非王
　　　　氏所注也，說詳四庫全書之考證。

詩話》亦有類似之論。〔註13〕是以十朋類此之詩亦頗有湊泊之句在焉。

十朋古體長詩用韻變化如何？曰，大抵一韻到底。譬如：

　縣學落成百韻詩（五言，二句一韻，其間重韻二字）（前二）

　和縣齊有懷四十韻（五言，二句一韻，無重韻）（前九）

　和答張轍寄曹夢良（五言，五十韻，二句一韻，無重韻）（前九）

　和喻叔奇游天依四十韻（五言，二句一韻，重韻一字）（後三）

　廬山紀遊四十韻（五言，二句一韻，無重韻）（後十）

　自鄂渚至夔府途中所見一百十韻（五言，二句一韻，無重韻）（後十一）

　會同官于貢院用前絕分得相字（五言，四十韻，二句一韻，無重韻）（後十八）

　興化簿葉思文寄詩二十八韻次韻以酬（五言，二句一韻，無重韻）（後十八）

　乞祠不允三十韻（五言，二句一韻，無重韻）（後十九）

　酬喻叔奇四十韻（五言，二句一韻，無重韻）（後十九）

　石筍橋（七言，二十二韻，二句一韻，無重韻）（後十九）

　次韻梁尉秦碑古風（七言，二十六韻，二句一韻，重韻一字）（後四

　西征）（七言，三十七韻，二句一韻，無重韻）（前五）

然而若「讀東坡詩」（一句一韻）、「詩史堂荔枝歌」（二句一韻，且有逗韻）……等作品，則有換韻現象。下文歸納王十朋古詩用韻現象：

1. 押韻多以二句一韻，此古詩常例，即用一句一韻亦屬常法。
2. 大抵一韻到底，宋人古風習尚如此。
3. 古詩韻腳仍宜儘量避免重出。百家《詩話總龜》後集卷二十四押韻門載：「孔毅夫雜記云：退之詩好押狹韻累句以示工，而不知重疊用韻之為病也。」〔註14〕此說是也。

───────────────

〔註13〕見名家詩法彙編卷三，明、朱紱編，廣文書局印。又見藝文印者館編印之續《歷代詩話》頁1615、《南濠詩話》，都穆撰。

〔註14〕見《詩話總龜》第四冊，頁1314押韻門。宋，阮一閱撰。廣文書局

4. 上文吾人雖未統計王詩四聲迭用情形，然檢核其詩平、上、去入迭用情形亦普遍。今其詩雖多用一韻到底，卻知四聲參雜，則並非不注意聲情變化者也。

5. 十朋詩有用啞韻者，惟佔全體比例不多。名家詩法彙編載：「押韻不可用啞韻，如五支二十四鹽，啞韻也。」〔註15〕此言未必全是；韻本與文義相生，押韻啞亮與否，當視文義聲情而定，不必拘泥可也。

至於十朋近體詩用韻有何特色，今舉詩例說明：

月夜獨酌（前三）

　　月色撩人不忍眠，杖頭獨掛百青錢。一杯竹葉那能醉，澆起鄉心更黯然。

此詩之韻「眠」、「錢」、「然」分別係明母字、從母字、日母字。此類字蓋表達憂鬱、柔弱、黑暗之想法，〔註16〕使鄉心呼之欲出。然詩之字面故作「撩人」、「澆起」搖蕩心情語，反使鄉愁更黯然矣。

游圓通（後十）

　　夾徑森森鬱老公，煙霞深處忽聞鐘。虎溪水隔侯溪水，馬耳峰聯石耳峰。

　　遺像人猶思後主，開山僧不畏先鋒。明朝杖履山南去，噴沫發流看玉龍。

此首詩韻腳為「公」、「鐘」、「峰」、「鋒」、「龍」。韻出鍾韻，係屬悠揚之寬韻，合於表達清遠之思想。首句「森森」以齒音字疊用，令人有林木陰森之尖銳感受。次句煙霞，牙音字，有雲煙繚繞之感覺。又「深」、「聞」、「處」、「忽」各疊韻，造成鐘聲綿綿之效果。三、四句各以重出「溪水」、「耳峰」字，連續疊音形成水隔峰聯之感官意象，極貼切。七句「去」字，嗑口，因有遠離之意，八句「噴」字發聲送

印行。

〔註15〕見名家詩法彙編卷一。頁28。

〔註16〕參見《中國詩學》設計篇頁176。黃師永武著。

氣故噴沫觸覺感官意象佳，而「飛」、「流」二字一明母一尤韻，是以
有玉龍上下飛行流動之移情作用，甚靈動。總之，聲情文義兼顧，十
朋應屬詩中妙手。

三、句 法

　　詩句詞藻結構之安排，謂之句法。句法與上一節用韻往往異曲同
工，有相通之妙。黃師永武《字句鍛鍊法》一書首列鍛句之方法細目
繁多，可作參考。今僅擇十朋詩中常用之句法約略示例。

（一）頂真句

　　1. 游宦二年樂事違，岩花笑我鳥催歸，
　　　　歸來又被岩花笑，笑我登岩何太稀（後六杜鵑）

黃師永武曰：「中間歸、笑二字作頂真，而詞序又迴環生情，頗覺韻
味橫出。」〔註17〕所言極是。以岩花擬人形象生動。催字穿母，催歸
二字又疊韻，故催意尖銳。「岩花」、「笑我」重複回環，使文意生情
效果更佳。

　　2. 文字亦宿業，復生魚蠹書，
　　　　蠹書仍食蔬，苦淡味有餘。（後七種蔬）

句中「蠹書」二字頂真，用意強調食蔬之命來自前身。書與蔬疊音，
更生聲情文義相生之效果。

　　3. 無喧室對山頭雪，雪照無喧室湛然。
　　　　高潔似人人亦似，不能下乞俗人憐。（後十四予雪詩……）

雪字頂真，首次二句文意頓生連環。第三句當句「人」字頂真，使人
品高潔似雪宛如所見。

　　4. 見師忽起廬山夢，夢向舊時游處游（後十七送九座訥老）

夢字頂真，令上下句語語氣連貫，因而使夢之趨向交待清楚，文義緊
湊矣。

〔註17〕說見《字句鍛鍊法》頁135，黃師永武著，洪範出版社印行。

5. 泉人豈思我，我意自思泉（後二十 罷官述懷）

二句文意環生，皆因「我」字頂眞造成。下句之氣勢如波濤疊上，情意殊重。頂眞於音節而言，有疊音之妙。十朋詩中頂眞之句法使用頗多，可知其擅長運用此種音樂性效果之句法技巧。

（二）疊字句

1. 香異竹間吹細細，韻如堂上出盈盈（後十七 次韻知宗酴釀）

細細與盈盈，皆是疊字。疊字者既雙聲又疊韻。疊字因在同句中連續出現，所造成聲情效果極佳。上句以「細細」模擬花之香味，下句則刻畫花之韻味，極傳神。

2. 船船漁曬網，岸岸稻烘芽（後十六 郡中久雨入境而霽）

因久雨初霽，漁人農人皆忙於整理。上句船船，既狀船多，又狀忙態。下句岸岸既凸顯岸邊之廣大，又形容農人鬧烘烘之狀態。皆十分逼眞。

3. 綵舟兩兩鼓鼕鼕（後十二 與同僚南樓觀競渡）

「兩兩」狀舟之隊形。「鼕鼕」狀鼓聲。一句中竟出現四字疊字，有形象有聲音，妙哉！

4. 蒼蒼涼涼紅日生：蔥蔥鬱鬱佳氣橫。（後三 鑑湖行）

此二句詩連用兩疊字，使模擬之對象益形變化。上句「蒼蒼」狀紅日之蒼茫氤氳。「涼涼」狀紅日初升之溫度，是以矛盾現象生情之法。下句「蔥蔥」表現佳氣之密度高，「鬱鬱」顯示佳氣之色度濃，皆有新意。

5. 大廈垂垂就，嘉蓮得得開。雙雙戴千物，兩兩應三台。
　　歡意重重合，香風比比來。人人宜自勉，舉舉有廷魁。

（後十八 貢院垂成，雙蓮呈瑞，因成鄙語勉士子）

通篇各句均用疊字，此係遊戲之作，疊字之用貴出新穎，又重變化，如此首詩易使此法滯泥，缺乏神妙，非高明之道。〔註18〕

　　十朋詩，用疊字最多，隨手可拈來百例，當知其本有意遣字如此，

〔註18〕參閱黃師《字句鍛鍊法》頁 179 頁，疊字部分。

且係作賦高手，遂擅長此法。

（三）重複句

1. 月河月滿燕慶廈，佛國佛生虹掛霄

（後十七　諸公和詩復用貢院上梁韻）

「月」、「佛」重複使用，除令滿月、生佛之意更顯外，尚有音樂節奏之作用。詩意原欲妝點貢院喜慶，使熱鬧非凡。

2. 盡向中和堂上坐，中和爲治有何人 (後十七　中和堂)

上下二句重複「中和」二字，一則以強化「中和爲治」之文義，一則以感慨「中和堂」守之迭換滄桑。

3. 禪莫爲東禪起，南北東西總是禪 (後二十　送潛老赴東禪)

詩中禪味綿延充滿，此乃「禪」字三出，音節上句下句皆環生，尤以末一「禪」字，深得吟誦效果，使禪意漸深。

4. 激水成珠堪一笑，劉侯自有胸中珠，不止照人兼自照

（後十二　夜與韶美飲酒瑞白堂）

上二句重複「珠」字，三句重複「照」字。句中以重複字造成不同之文意，頗有妙意。

5. 在地在山無不可，去年今年同不同 (後十四　自況)

句中重複多字，不儘造成順意效果，甚或另有逆意效果，令文意多樣化。上句重複「在」有順意效果，下句重複「年」、「同」卻有不定懷疑意味，故而形成逆意效果。重複句於十朋詩中屢用及之，詩例眞多，不遑遍舉。此種重複句尚可分爲三種；本句有重複字，此一種，例如：「今夕果何夕」、「似我豈眞我」之類。上下句有重複字，此又一種，即如：「石橋容我踏長虹，橋旁方廣人游久」、「我來鄢君山水州，山水入眼常遲留」之類。猶有一種間隔數句方出現重複字，依然有音樂節奏效果，惟較差，而文意幽邃效果卻未必減遜。如，「春淺花未都……更期春色濃」、「雙鵲喳喳首向東……主人只欲東歸去」之類。

四、節　奏

　　論及詩中音樂節奏，定須歸納前文所言平仄、用韻、句法之結果，同時亦需尋覓詩句句式之音節，二者配合音樂節奏成效較爲周全。人類語言本有其自然本質之節奏，同時此一節奏亦能充分象徵出某種思想，即某種思想藉聲音而表達。〔註19〕

　　詩中音節之安排謂之句式。音節與音節組合生成節奏感，此種句中音節起伏變化時有停頓，爲便利吟詠也，此之謂頓，七言、五言、甚或四言詩均有數頓。若其主要頓處又謂之逗，仗一句詩分爲主要之二部分，以形成四言二二，五言二三，七言四三之固定節奏。〔註20〕音節所表現之聲情何在？李重華貞一齋詩說：

> 詩之音節不外哀樂二端。樂者定出和平；哀者定多感激，更辨所關巨細，分其高下洪纖，使興會胥合，自然神理胥歸一致。即樂者使人起舞；哀者使人泣下，所謂意愜關飛動也。〔註21〕

此種說法仍示意音節與哀樂文義有關聯。朱光潛云：

> 清朝桐城派文學家學古文，特重朗誦，用意就在揣摩聲音節奏。劉海峰談文，曰：學者求神氣而得之音節，求音節而得之字句，思過半矣。〔註22〕

此雖論散文節奏，可通於詩理。然上文均未言及音節之變代，今分析十朋詩音節安排如后：

太學寄夢齡昌齡弟（前三）

> 東望－家山－幾－斷魂，白雲－飛盡－路－漫漫。
>
> 須知－太學－虀鹽－味，不似－親闈－菽水－歡。

〔註19〕參考《詩學》一書頁 83-6，西脇順三郎著，杜國清譯，田園出版社印行。

〔註20〕參見《中國詩歌藝術研究》頁 115～127，中國古典詩歌語言的音樂美。袁行霈著，五南圖書公司出版。

〔註21〕貞一齋詩說之詩談雜錄七○則，見《清詩話》頁934，明倫出版社印行。

〔註22〕《談文學》頁104～105，朱光潛著，弘道文化事業出版社印行。

事業－未應－孤－鐵硯，弟兄－猶喜－盡－儒冠。

行飛－直待－秋風－便，好作－排空－鷹宇－看。

此首詩，每句以二、二、一、二或二、二、二、一為音節之頓，第二
音節為逗，形成四、三之節奏，此係常用之七言節奏。

關嶺遇雪（前三）

路近－剡溪－春雪－深，此行－有媿－子猷－尋。

驅馳－千里－爭－蝸角，孤負－扁舟－自在－心。

此首詩音節、節奏同上例。

楚懷王（前十）

懷王－誤與－虎狼－親，身死－咸陽－一－旅人。

見說－國人－懷－舊德，楚雖－三戶－亦－亡秦。

此首詩音節、節奏亦如上例，雖然，固定中猶有不同之變化。

讀書（後七）

入政－慚－無學，還家－更－讀書。翻同－小－兒輩，

相共－惜－居諸。

此詩每句以二、一、二為音節之頓，第一音節下作一逗，形成二、三
之節奏，此乃五言常見之節奏。

曝書（後七）

秋日－更－可畏，所宜－惟－曝書。

反身－還自笑，均是－蠹書魚。

此詩首二句為二、一、二音節，後二句為二－三音節。是以依舊如前
首詩，於二、三節奏中尚有變化。

徐孺子亭（後九）

一室－不暇－掃，心期－掃－天下；

一榻－不妄－設，所待－必－賢者。

南州－傑出－士，林泉－事－瀟灑，

閉門－謝－弓招，道合－不－吾舍。

誰云－性－少通，得一－不為－寡，

豫章－豈－私交，端欲－重－宗社。

漢廷—無—此賢，忍使—遺—在野。

交章—薦—天闕，聘禮—備—車馬，

高人—竟—不屈，清風—凜—華廈。……

此首詩，音節爲二、二、一或二－一－二，皆爲五言音節之常例。詩中音節迭換變動，極有節奏感。

綜合上例，歸納十朋五、七言詩音節多合古詩五、七言之常例，其句式於常例中仍依文義需要變化，故節奏頗能符合美之旋律（其四言詩三首，六言詩五首，例少，則不勞分析也）。

漢語語音長短、輕重較不明顯，職是之故平仄於節奏影響不大。可注意者在於句法之律動，如頂眞句、重複句、疊字句，皆因於句中生雙聲、疊韻之關係而生成節奏變化，此時文義之激動，舒緩，柔婉……隨之起伏，相生相成，此點頗値得另文深入研究。句法之雙聲、疊韻乃非韻腳之重複變化，而押韻則是於句中固定處之韻母重複變化，茲於節奏大有干係。爲將渙散之聲音組合成整首節奏規律之旋律，押韻則形成要素之一，若配合音節句式及句法變化，大約可得詩歌聲音美之全豹。近人袁行霈氏云：

> 押韻是同一韻母的有規律的重複，猶如樂曲中反復出現的一個主音，整首樂曲可以由它貫穿起來。中國詩歌的押韻是在句尾，句尾總是意義和聲音較大的停頓之處，再配上韻，所以造成的節奏感就更強烈。〔註23〕

袁氏所言極有理由，頗値參考，惟仍未籠罩詩歌節奏之全面，當配合非押韻部分之音樂節奏變化，方屬周全之道。

〔註23〕《中國詩歌藝術研究》頁114～118。

第四章　王十朋詩中褒貶人物所顯示之思想

　　詩文中援引人物，往往能反映作者思想所在，於褒貶人物中尤顯。若能於同類褒貶人物之語義並列參酌比量則尤可觀察作者此中思想之心象。陳香先生於「讀詩劄記」一書云：

　　　……詩中提及的古人古事，例如一家或一集，對某古人某
　　　古事有所褒貶的話，則不管爲當時或既往，都必定涉到作
　　　者思想觀念問題。〔註1〕

十朋詩褒貶古人達四百餘，其中有多人而屢現，總合已千人次以上。人物重出五次以上者，計有羲皇、稷、公孫弘、柳宗元、蜀漢昭烈帝（劉備）、舜、禹、周公、伊尹、孔子、孟子、屈原、宋玉、西施、司馬遷、賈誼、晁錯、諸葛亮、孔融、王羲之、王徽之、謝安、謝靈運、謝惠連、陶淵明、《杜甫》、韓愈、李白、劉禹錫、元稹、白居易、盧仝、楊玉環、柳宗元、孟郊、賀知章、顏眞卿、范仲淹、歐陽修、蘇軾、黃山谷、蔡君謨等四十餘位。

　　農政與民政乃古代循吏優先施政之目標，是故十朋於、堯、舜、禹、稷、棄、神農、商湯、伊尹、成王、周公之豐功偉業多予推許。如

　　　禹稷起躬稼（前九　和縣齋有懷四十韻）

────────────

〔註1〕讀詩劄記頁86〜157，陳香著。台灣商務印行。

那知士穀利無窮（前十　神農）

禹駕而游，夏民以休；有翼其行，稷契是謀（後二　秦望）

龍棄配社稷（後二　上丁釋奠備數獻官……）

滔天赤地興堯湯，偃禾拔木悟成王（後七　太白晝見）

如何堯舜世，能使野無遺（後九　四賢堂）

神禹昔治水，疏鑿九州別，百神各放職，後十五　黃牛廟
僚佐力俱竭（後十五　黃牛廟）

何敢許身爲稷契，偶因論事及堯湯（後十七　次韻夔漕趙若拙
見寄二首之一）

不憚勤勞馳禹會，敢忘精白奉堯言（後二　民事堂）

願懷周公心，無愧詩人言（前一　畎畝十首之六）

擎天功業勝伊周（前三　天柱峰）

他年致君堯舜上，坐使風俗俱還淳（後十八　樸鄉釣隱圖）

巍巍勳業未伊周（後十八　州治有忠獻堂……）

上文所顯示者，十朋德操固然效法明君廉士而其心克己功夫當非尋常
賢人企及。

　　自古名士愛美人，十朋詩中獨鍾情於西施、玉環。詩中亦曾論及
巫山襄王神女事，十朋抨擊頗厲，以爲子虛，毫無浪漫可言，然於西
施、玉環數言之，何哉？十朋肯定西施之美色，比之西湖，比之一切
之美景，又比之美味食物及美好才華，凡美好者以西子擬之也，是西
施者十朋美麗心象之化身也。且用懷蘇軾者也。

　　例如：

欲比西湖及西子，品題須喚舊蘇仙（後十　至興國軍）

若把西湖比西子，東湖自合比東山（後十七　東湖）

錯認湖山作西子（後五　次韻程泰之正字雪中五絕之二）

珍疱自有西施舌（後二十　吳宗教惠西施舌戲成三絕之二）

不緣樽俎逢西子（同右之三）

　　美惡願分嫫與施（後二　陳大監餞別用前詩珠字韻以謝）

　　胡爲以西子，國色沉嫫媼（後十九　喻叔奇采坡詩一聯⋯⋯）

　　能將比西子，妙句有東坡（前八　春日游西湖）

　　西施未必解亡吳，祇爲讒臣害霸圖（前十　吳王夫差）

十朋愛西施之美且才，全無貶斥之詞。於楊玉環則褒貶兼有。貴妃艷
色十朋喜之，玉環游魂十朋悲之，然十朋寫貴妃之因在於己爲宦夔
州、泉州均多產荔枝，典非能避；若再深究之，則可知十朋藉玉環烘
託憶思家鄉之情，又藉貴妃事暗中抨擊天顏不是。如：

　　仙肌帶濕眞妃澡（前二　丁香花）

　　妃子名園世所貴，不似詩史堂前奇（後十七　病中食火山荔枝）

　　貴妃游魂遭血污，五坐悲懷何以訴（後十四　詩史堂荔枝晚熟
　　而佳⋯⋯復用前韻以歌之）

　　貴妃一笑天顏喜，不覺胡塵暗兩京（前十　明皇）

　　涪陵昔遭妃子污，萬顆包羞莫能訴（後十四　詩史堂荔枝歌）

　　生晚色教妃子污（後十二　行可再和因思前日與韶美同飲計臺，
　　臨池摘實，復用前韻）

　　撩我鄉心念玉環（自注：玉環妃子名也，吾邑有玉環鄉；後十二
　　靜暉樓前有荔枝一株⋯⋯）

　　宮中歸玉環（自注：楊妃凡三入宮；後八　又和項服善三首之一）

末一例且以玉環爲掌握權力之象徵，此類心象自荔枝聯想妃子，再聯
想至史事，詩之張力極闊，詩之層次分明，詩之心象具象化豐腴而美。

　　干係女性神話人物者，十朋詩中有西王母、女媧、姮娥，疑同時
可表達十朋心中出世及入世之理想。另有神女、麻姑及阿香，十朋以
爲雨神之屬，蓋反射爲民祈雨之心象。例如：

　　欲留王母盤中核（後六　桃）

　　女媧石爛幾經修（後七　題雙瀑）

　　雷公俄喚阿香去，霖雨便隨流火來（後八　登綺霞亭用喜雨韻）

　　神女有靈呼即應，廓然山色爲吾青（後十一　霧開復成一絕）

　　為向巫山神女首，莫將雲霧惱行人（後十一　初入巫山界……）

　　東君深恐成堆積，急遣雷公喚阿香（後五　泰之用歐蘇潁中故
事再作五絕，勉強繼韻）

十朋詩中所載之其人也女性尙有謝道韞、明妃（王昭君）、孟光、班昭、女須（屈原之姊）、孟母、曹娥、卓文君、哀姜、驪姬。班昭、女須、孟光、孟母、曹娥者，乃十朋心目中之理想女性。謝道韞者人清才高，十朋喜其清而不以其才華爲然。於明妃因詩義不明，無可討論，而哀姜、驪姬係十朋眼中之禍國尤物也。

　　人物之善惡非只一面，褒貶當有混合者。今觀十朋既褒又貶之人物，亦可獲知十朋心路映現之部份端倪。若勾踐、魯莊公、晉文公、漢高帝、漢明帝、蜀漢昭烈、晉武帝、宋武帝、魏道武帝者皆以帝王之尊未善用人才，爲政爲德終始不能如一也。若荀息、文種、公孫弘、劉向、劉歆、李廣、鄧祁侯、柳宗元均素有高才，然或錯失良機，或德行有虧，使名節稍損。以上爲臣爲君，並功敗垂成，令十朋遺憾者也。

　　十朋詩中人物提名排行榜前十名依序爲韓愈（出現六十六次），《杜甫》（出現五十九次），李白（出現二十九次），陶淵明（出現二十八次），蘇東坡（出現二十六次），范仲淹（出現十八次），歐陽修（出現十六次），謝靈運（出現十五次），柳宗元（出現十三次），白居易（出現十次），是十人自晉迄宋皆一代之大文豪，十朋於詩中念茲在茲，實可想見其仰慕之情焉。是十人，范氏獨以名臣行誼引導十朋從政爲人之走向。餘並以詩家家法引領十朋歷練群雄詩風，十朋詩風當在此九家中觀察便可，而其中又以韓、杜、李、陶、蘇、謝最近十朋詩作風格，有意研究王十朋詩者，於此不可不知也。

　　韓愈詩大抵姿態橫生，險怪萬變狀，而十朋襲揣摩，用爲奠基，職是之故十朋詩中人物提名以韓氏居首，不足詫異，然而十朋究以何觀點筆繪韓氏乎？十朋七古、五古詩風挺勁雄渾，思豐而意廣，猶帶鬱勃激憤之情調，此有否呈現韓詩面貌耶？尤須計較，韓氏句法豈助十朋於

《詩心》象技法之表達哉？合言之，今十朋心海中韓氏爲何？下文即作探討。又李東陽麓堂詩話偶及王梅谿詩，以爲句句似杜，[註2] 而王詩果多稱《杜甫》名，且杜氏、王氏在變詩風大變，詩作頓生老辣，豈江山之助？抑心境略同？今並接上文亦共研討之。茲援舉詩例如後：

唐宋詩人六七作，李杜韓柳歐蘇黃（後二　陳郎中贈韓子蒼集）

學文要須學韓子（前一　答毛唐卿虞卿借昌黎集）

韓詩坡句聊追攀（後十三　中秋對月……）

韓子於詩盡餘事，詩至韓子將何識（後十四　讀東坡）

士窮要使節義敦，不見韓公稱子厚（前五　陳元佐和詩贈以前韻）

退之鯁直憤不勝（前九　和永貞行）

詞嚴意偉法退之（後四　次韻梁尉秦碑古風）

進學思韓愈（後七　宿學呈同官）

又不見退之欲飽東海鯨，焉知家有啼飢聲（後十一　買魚行）

無人來綻韓公襖（前五　前日寓邑偶值乍寒……）

牙落遽驚韓（後八　齒落）

羨君豪邁如韓子（後四　仲永再和復和以酬三絕之三）

何當繼韓孟，相逐似雲龍（後十七　訪曹夢良）

韓公生有唐，力欲極頹挫（後八　次韻嘉叟讀和韓詩）

太山北斗仰韓子（前八　再用前韻勉諸友）

歸納詩例可將十朋心中之韓愈躍然紙上。其以爲韓公家貧力學，節義高尚，人格清白鯁直，富有仁心，雖未老而衰，卻力挽狂瀾，品端人狂，許拜太山北斗之仰。韓公人格之感召於十朋受益匪淺。繼而，以爲韓文足霸千秋，韓詩蓋出自餘力，亦領有唐風騷；韓公詩不如文，的是王十朋晚年之見，然壯年早知修正韓詩之弊。如是之細考韓公，

〔註2〕見《懷麓堂詩話》頁20（在續《歷代詩話》下），丁仲祜編訂，藝文印書館印行。

可知十朋爲詩之意欲及風格之轉變，當裨益十朋詩作心象之凸顯。再舉有關《杜甫》詩例，容可明白十朋心中之《杜甫》。詩例：

凌雲健筆驅山丘，欲追李杜參曹劉（前二　答季仲宜）

君不見詩人以來一子美，暮年流落來夔子（後十四　詩史堂荔枝歌）

書讀萬卷破，少陵觀國初（後十三　萬卷堂）

不比少陵鞋用麻（後八　用韻懷何卿）

憶昔杜陵老，恨無千萬間（前六　恢義齋）

暮年身似杜陵翁（後十四　聞得吳興）

流落杜陵老（後十三　杜殿院挽詞三首之一）

守臣憂國願，端似杜陵翁（後十三　慶豐）

老懷如子美，到處不忘君（後十七　宿飯溪驛）

社中詩令不容寬，難追老杜風騷手（後十七　知宗即席和端字韻……予第三詩經夕方和……）

端爲先生舊吟處，不應容易上詩篇（後十五　至屯謁少陵祠二首之一）

我待還家築茅屋，作詩招取少陵魂（後十五　東屯溪山之勝似吾家左原）

無詩不和已成杜（後十四　送宋山甫知縣）

更喜詩如杜陵老（後八　次韻何憲子應喜雨）

淵源師杜真知體（後二十　贈陳教授正仲）

十朋出仕前已知脫落韓詩籠罩，出場屋後，轉學多家，詩風多貌，而於杜詩最有心得，今舉詩例以明，知十朋以《杜甫》爲詩人中第一人，杜詩之佳在於讀破萬卷胸有成竹（十朋家藏書百卷，而出夔後藏書至萬卷，讀書勤苦，當可想見）。杜氏家貧，暮年流落實堪歎，但其忠貞、憂國、傷時眞爲書生典型。杜詩之體貌、用韻、節奏及風格十朋多能體認，所謂皮毛盡失精神出，乃反覆用功所得，豈捕風捉影而粘

皮帶骨者可比擬（《懷麓堂詩話》）乎哉？《杜甫》影響十朋最大者，大抵是襟抱及樂天態度，自十朋求祠不忘忠君之事可稍得消息。設云十朋乃杜氏之再生，以人品言誠不爲過，以政事言猶過杜氏許多，讀者當不以吾言爲妄也哉。今細讀十朋詩作如從此心態吟會，或更曉高格，且使詩句心象具體而明朗矣。

　　總結上文。吾人自十朋詩之褒貶人物確能獲知其心象之流露，古人氣度在胸中不虛言也，設若持續逐一細論，或可蔚成另篇大文。

第五章　王十朋詩之境界

　　眞實人生反映眞實之作品，談詩之境界，豈可捨詩人之作品而他爲乎？十朋晚境愛作小詩，其云：「句法未知造」，〔註1〕此類然係反語。其於韓駒之句法，情有獨鍾，〔註2〕願爲學詩三百篇之跳板。錢鍾書亦喜韓駒詩意之通體貫串，〔註3〕此又與十朋企追「文以氣爲主」〔註4〕之論暗合。錢氏知韓駒詩之佳處，卻未選十朋詩，多半係未深解梅溪集，抑選詩不周全之故哉！大陸方面近出宋詩鑒賞辭典選梅溪詩「詠柳」等三首，較偏向短詩及唐詩風味者，固不能知十朋詩全貌，又遑論其詩境也。歷代以還諸宋詩選本，選詩不評詩，且俟讀者諷誦而自體會，如此選詩猶若未選，如何期待導引知詩知境，就茲而言，錢鍾書之《宋詩選註》，於字裏行間兼評各家，殊覺高明也。

　　然而，十朋所欲造之句法究有何義？此問題之謎底，當從十朋詩文中贊語及評語去尋覓。十朋云：「諸聯句豪健險怪，其筆力略相當」、「詩清新雅健，有晉宋風味」，〔註5〕又云：「詞新意古，超出翰墨蹊

〔註1〕梅溪後集卷十九喻叔奇采坡詩一聯云……酬以四十韻，頁399。
〔註2〕梅溪後集卷二陳郎中贈韓子蒼集一詩，頁267。
〔註3〕《宋詩選註》頁128，錢鍾書選註，新文豐出版公司印行。
〔註4〕梅溪後集卷二十七蔡端明文集序，頁463。
〔註5〕以上見梅溪後集卷二十七送喻叔奇廣德序，頁462。

徑外——可謂飄飄有凌雲氣，宜與神游於八極之表也。」〔註6〕又云：「凜然正直之氣見於詞翰」〔註7〕又云：「詞源筆力不衰」、「筆下眞有神」〔註8〕又云：「詩擬騷而更工」〔註9〕又云：「謝公夢草句尤神」、點化湖山出奇語〔註10〕又云：「梅詩氣韻長」，〔註11〕又云：「詞無艱深非淺近，章成韻盡意不盡」〔註12〕又云：「想像佳境」〔註13〕又云：「意古語奇」〔註14〕又云：「新詩句必豪」〔註15〕又云：「良有味也」，〔註16〕又云：「詩醇，重典實，不尚浮靡」，〔註17〕吾人歸納十朋之觀點，可得：

一、以「豪」與「神」予詩高評價，十朋心中詩之「豪」與「神」似屬同義。而「凜然正直之氣」之說亦屬相當語。

二、重視新詩。以爲詩語工，詩語奇，詩語艱深，詩語淺近，皆無妨，詩之最高評價「韻盡意不盡」，即「氣韻長」，亦是「良有味」，亦是「不尚浮靡」，亦是前條之「豪」與「神」之意。

三、詩語新不妨，意要古。指出詩之本源要古，即造詩之法宜出古律，造詩之詞，定要追新獨創。

四、十朋句法涵意似如右文所述，實已包含詩歌之整體美。是以十朋又云：「試將武事論詩筆，句法嚴於細柳軍」〔註18〕此

〔註 6〕梅溪後集卷二十七跋蔣元肅夢仙賦，頁 466。
〔註 7〕梅溪後集卷二十七跋張侍郎帖，頁 466。
〔註 8〕梅溪後集卷二十七跋孫尚書張紫微帖及後集卷二十贈陳體仁，頁 410。
〔註 9〕梅溪後集卷二十三答章教授，頁 432。
〔註 10〕梅溪後集卷十六，六客堂。又參考同卷有「用貢院韻寄吳給事明可」。頁 375。
〔註 11〕梅溪後集卷十二元章贈餘甘子用前韻，頁 340。
〔註 12〕梅溪後集卷十四讀東坡詩，頁 357。
〔註 13〕梅溪後集卷十飛橋，頁 325。
〔註 14〕梅溪前集卷五宋孝先示讀自寬集，復用前韻，頁 97。
〔註 15〕梅溪前集卷五，九日寄昌齡弟，頁 97。
〔註 16〕梅溪後集卷九和短燈檠歌寄劉長方，頁 119。
〔註 17〕梅溪後集卷十七潛澗嚴闍梨文集序，頁 180。
〔註 18〕梅溪後集卷十二又答行可，頁 342。

「句法」之意似偏指造詩句法，宜合古律（格律、章法等），宜嚴。而十朋又云：「句法天然自圓熟」〔註19〕此句法之意疑偏指苦吟之後詩出新貌之韻長有味。

大抵而言，十朋深受文藝批評系統書籍（如文心雕龍、典論論文之類）洗禮，於其境界之形成，多所體會，本非襲古守舊者，可謂勇於蕩出蹊徑，是故其批評蘇東坡詩云：「想像佳境」。

王國維拈出境界一說，世人譽毀參半，此說之前身為嚴羽滄浪詩話之興趣說與王士禎神韻集之神韻說，三說大致雷同，而全有偏失。然平心而論，仍以境界說其涵蓋面較廣，說詩評詩較具象，此一詞彙已被世人常用，理可沿之，惟論詩之範疇、層次、深度尚視所論作品內容而擴張。或曰：王氏所標境界一詞涵義為何？葉嘉瑩氏曰：「是指詩人之感受在作品中具體的呈現，如此則所『境界』自然便已經同時包括了作者感物之心的資質與作品完成後表達之效果而言了。」〔註20〕如此言來，十朋詩之見解並不遜於此，吾人談十朋詩之境界自可於其詩之內容析出其詩之境，而言之有物矣。今將王十朋詩中之境界，約略分作含蓄性、創意性、聯想性、悟性、自然性，以探討其神韻、格調、意象、情趣、性情，以達至全面之氣象、境界：

一、含蓄性

情隱則含蓄深永。因含蓄則詩歌之意象多富暗示，使文情變深，深於言詞之外。〔註21〕而滋味愈湧。唐代釋皎然於詩式中曰詩有四深，其云：

氣象氤氳，由深于體勢；意度盤礴，由深於作用；

〔註19〕前集卷五鄭遜志……和詩復前韻，頁 97。

〔註20〕《人間詞話》境界說與中國傳統詩說之關係一文，今在《王國維及其文學批評》一書內，頁 313，葉嘉瑩著。七十一年源流出版社印行。另有《中國古典詩歌評論集》一書，亦收有此篇，又三民書局出版之《迦陵談詩》亦蒐此文。

〔註21〕參見文心雕龍四十隱秀篇，梁、劉勰撰，黃叔琳校本，台灣開明書店印行。

用律不滯，由深于聲對；用事不直，由深於義類。〔註22〕

據此，氣象氤氳、意度磅礴，用律不滯，用事曲折，皆可為詩歌含蓄之效果。唐、司空圖二十四詩品含蓄品以為「淺深聚散，萬取一收」，將所有文情於湧現之一剎那間，瞬息回收，遂現出悠悠忽忽不可捉摸之情韻，而詞意多令人深思者也。〔註23〕且舉十朋詩例闡釋此種詩境：

> 燕子歸期近，吾今亦得歸，
>
> 烏棲一枝穩，何必更高飛。（後十五　燕子坡）
>
> 重日修門鬢已華，君恩猶未許還家。
>
> 水魚聲動摧行李，蠟炬向人空自花。（後十六　離仙林）
>
> 門外峰如枕，宜眠清淨身；
>
> 禪僧自面壁，誰是枕峰人。（後十七　飯枕峰）

右列三首詩，皆十朋題旨類似之作。比較三詩之含蓄，一首深似一首。第一首詩主意在於「吾今亦得歸」，十朋歸之前後心境若何？歸前心境，詩中借「近」字顯示盼望殷切；歸後心境未有明言，寄託烏棲之情況暗示安居即可，不願奔波矣。文意已含蓄，惟餘意不多。第二首詩主旨在第二句「君恩猶未許還家」，句意似有可還家之可能。第三句云水與魚晃動舟船似催行，示意還家已不可能。末句以燭花之報喜兆反諷未許還家之悲哀，詩境含蓄漸漸深沈。第三首詩詩題、詩之內容均未直接點明題旨。若再深入追究，則知「誰是枕峰人」是暗藏玄機處。首二句由觀山景而興起寄身山林之念。次二句藉問答之間透露自己宜為枕峰人歟？四句詩層次循進，逼使枕峰人呼之欲出，惟仍以問句作懸疑效果。字面二十字，二十字之外猶有極大想像空間，此作最妙！此詩之含意深藏，實為十朋詩境之一。十朋詩固有痛快明白者，然仍有蘊藉頗值再三吟詠之作，即景物與感情交融〔註24〕之含蓄境界。

〔註22〕詩式，《歷代詩話》所蒐，清、何文煥輯，漢京文化公司印行。頁25。

〔註23〕參見二十四詩品含蓄品，《歷代詩話》所蒐。又參考詩式辨體之「氣多含蓄曰思」條。

〔註24〕參見王國維《人間詞話》甲編第六條，弘道文化公司本第4頁。

詩人須有濃摯之眞性情，蓋情重則境深。境深非謂晦澀也，乃意雖曲折，文猶明白，即文字之外尚有文字也。〔註25〕

譬如：

汴水東流岸柳春，龍舟南下錦帆新：

鳥聲勸酒梅花笑，笑殺隋亡亦似陳。（前十　隋煬帝）

隋煬帝非明君，眾皆知之。此詩並未直數煬帝之過，僅藉前三句點出隋之作爲猶似陳之「隔江猶唱後庭花」此爲隋似陳之因。再深一層推敲，隋、陳兩國眞不必實指，雖明言隋陳而含蓄意在隋陳之外也。

又如：

家在梅溪水竹間，穿雲蠟屐可曾閑。

雁山新入春游眼，卻笑平生未見山。（前三　題靈峰三絕之一）

首二句詩以十朋爲中心而寫。意說家鄉有溪水有梅竹，風景殊好。我如阮孚著蠟屐，常游山穿雲，悠然閑暢。「穿雲」二字意象流動，觸感視感均尖新。後二句詩，從雁山之靈峰寫來，擬人意象韻致雅暢，風情疏野。此二句意謂雁山合於春游異趣今始覺之，雁山有靈恐被取笑矣。詩之主旨隱於「穿雲」、「卻笑」二句，上句說「可曾閑」，下句說「未見山」表面似乎矛盾，實一意也，皆吐露「馬蹄長踐利名塵」，〔註26〕此種內心掙扎，含蓄內斂之意境，正乃詩之蘊藉柔美。

前詩作於紹興十五年，時十朋未仕，是以名利心猶熱，惟其用心眞摯，吐屬隱藏，意境自高。如過鑑湖云：「春水如天浪未生，扁舟眞在鑑中行，漁人不問君王覓，占得湖光亦自榮」亦爲此時期之同類作品。而赴官後，十朋又如何以含蓄美規畫其詩歌哉？試見此一例：

誤入蓬萊朝未央，至今魂夢記微茫；

扁舟欲效鴟夷子，遙望滄波興已狂。

（後六　次韻寶印叔觀海三絕之三）

詩之首二句十朋敘述入秘書省校書郎諸職之往事，今紹興三十一年罷

〔註25〕參見詞的境界之層次，從《人間詞話》談起。陳永淨撰。自由談雜誌三十二卷四期七十年四月刊行。

〔註26〕見梅溪後集卷三題靈峰三絕之二，頁87。

官在家。後二句即罷官後欲效范蠡浮舟江湖之意。然十朋此時並未盡棄爲政念頭，是以另首詩云：「翻令到家夢，終夜繞瀛洲」，〔註27〕正見本詩之「至今魂夢記微茫」之含蓄情意動人心魄。

　　隱與仕，施政與閒散直是十朋內心衝突之徵結，亦是十朋詩境中含蓄性之根源。千古以來，多情之愛國詩人，於時代感與正義感之躑躅一向如此，而卒能衝破人性疏懶貪生之藩籬，定有啓發人生走向眞善美境界之作用。十朋詩歌之含蓄性，往往使用意象以達至不即不離，自成情境，其忠愛纏綿，音色情致，依舊自其含蓄中透露，有絕不青澀之高度透視機趣。〔註28〕

二、創意性

　　詩之立意貴創，而詩境亦以創意爲高調也。詞概論詞曰：「詞尚清空妥溜，惟須妥溜中有奇創，清空中有沈厚，纔見本領。」，〔註29〕蓋奇創即指創意，詞有此境，詩中亦有此境。賀裳論詩詞有無理而妙，〔註30〕此乃以妙意翻出新奇之創意，令不合理者透過感情渲染變爲合理。十朋詩中頗有此意境，故申論之。例曰：

> 蝦蟆好居水，背水以自濡，……巨蛙如有靈，曷不上天衢，
> 以水爲雨露，助天澤寰區……（後十五　蝦蟆碚水）

詩中之蝦蟆背水自濡者石蝦蟆也，十朋一廂情願，癡想石蝦蟆能以水爲雨，情多自癡，如東坡所云：「自其不變者而觀之，則物與我皆無盡也。」正是此理。詩人以「自其不變者而觀之」，則萬物萬化，石蝦蟆焉非眞蝦蟆，人能施雨露，蝦蟆何獨不能？此無理詩句豈非合理

〔註27〕見梅溪後集卷五「五月十八日去國，明日宿富陽廟山，懷館中同舍」。頁291。
〔註28〕參見《寫在透視山中白雲詞的情趣世界前》。黃瑞枝作。中華文化復興月刊十八卷第六期。頁63。
〔註29〕見詞學集成卷六詞概論詞九則。清、江順詒輯。詞話叢編第四冊，頁3683，唐圭璋彙刊，新文豐公司印行。
〔註30〕皺水軒詞筌，清、賀裳撰，詞話叢編第一冊，頁689。新文豐公司印行。

而妙哉！〔註31〕

　　朔風吹水鑑湖寒，千里扁舟赴幕官，

　　路入蓬萊天尺五，眼中見日與長安。（後二過鑑湖）

此詩末二句，純屬主觀凝心想像，天何能縮如尺五，眼中見日與長安
亦屬想當然，此時之十朋歡心赴官，是故意興風發，方有如此感情，
抽象景物透過想像，一吐辭「路入蓬萊天尺五，眼中見日與長安」則
化為具象之心理反映，欣喜情狀顯現無餘。詩中化抽象為具象，化不
可能為可能，入創意之詩境。

　　如視紛紛晳與休，芳心那肯貯離愁，

　　結成冰玉岳湛侶，開伴紵羅施鄭流。

　　影照嬋娟如並臥，枝橫清淺似雙浮，

　　不知他日調金鼎，勝得櫻桃氣味否？

　　（後四　次韻趙觀使鴛鴦梅）

本詩「芳心那肯貯離愁」設想出奇。三、四兩句擬人意象亦身潔姿雋。
尤以「影照嬋娟如並臥，枝橫清淺似雙浮」二句創意最多，上句將立
體攤開平面；嬋娟本立體，一入臥字轉入平面。下句化平面而為立體；
枝橫清淺為水面影子，參以「浮」字，遂使橫枝清淺有層次而立體化，
活靈活現，可堪吟詠再三矣。類此用筆十朋是擅手，其詩或有與悟境
疊合，時有難分者，然並具新奇滋味也。

　　冰輪飛出暮雲端，更向蓬萊頂上看，

　　端似虹橋翫金餅，絕勝華屋見銀盤。

　　光浮酒面杯尤滑，清入詩腸句不寒，

　　又與鑑湖添勝事，一時賓主盡鴛鴦。

　　（後四　中秋又和趙仲永撫幹二首之一）

此首詩三、四句「虹橋翫金餅」、「華屋見銀盤」已將不可能者化為
可能，無理而妙者也。最喜是「光浮酒面杯尤滑，清入詩腸句不寒」
兩句，上句月光浮於酒面尚覺不奇，「杯尤滑」三字則冷月視感，轉

────────────────

〔註31〕參見《談文學》一書中「從比較的方法論中國詩的視境」，葉維廉作。
　　　　三民文庫一六五冊，頁147，三民書局印行。

化成觸感、思感之「滑」字意象複合殊高明。下句「詩腸」已具象，清談清明之氣溶入詩腸，移情作用眞佳，此句「寒」字自「清」意沿續，並非觸感，實是心靈體會所得之思感，既「句不寒」則詩情豪放矣。此詩似是非是之「滑」與「不寒」之感受，正是無理之妙焉。

　　另有一種翻出新意之詩，亦可作創意詩而賞其詩境。藉詩前句之意，後句翻疊出新見，而後詩句再出陳布新，幾經翻疊，意境自新。譬如：

　　　天然形貌寫何難，難得靈臺上筆端。
　　　朋黨論興三出日，不知誰作正人看？
　　　（後八　觀文正像用贈傳神道士韻）

詩之首句言寫形貌難，次句即翻疊云以筆寫心尤難，是繪形畫貌難畫心之意。末二句指呂夷簡執政，誣斥范仲淹朋黨，貶出范氏等三人，呂夷簡亦罷，值此時君臣相顧難分孰爲正人孰爲小人，文意又翻疊出日久見人心之新意，詩意層層翻新，詩中層層有機智之美感〔註32〕亦創意之境也。

三、聯想性

　　人之想像力可達無限，往往類似之境、物可比附牽連，甚且差異極大之境、物若經某一共同點之聯想，亦可並列共存，故時而溶會兩境，時而象徵譬喻，職是點染美感之境多不離聯想性之運用。李白將進酒：「高堂明鏡悲白髮，朝如青絲暮成雪」即以由髮與白雪之共同點造成聯想之境。王維送梓州李使君：「山中一夜雨，樹杪百重泉」乃以雨水、泉水之通性遂牽合山中樹杪兩境。昭明文選序云：「序述之錯比文華」即是主張善用聯想及比喻，尤以純文學之作品，偏重聯想，當以藝術爲手法，靈感爲源泉。〔註33〕下文試以十朋詩爲例細述

〔註32〕見《美學與語言》頁180，趙天儀著。三民書局印行。三民文庫一二
　　　八冊。
〔註33〕參見周錫侯「《唯美的純文學》」一文，中華文化復興月刊第十七卷

此一詩境。

> 地近荆州見木奴，青黃照眼兩三株；
>
> 百錢買得霜前顆，味帶儒酸似老夫。（後十一　晚過沙灘）

此首詩末句以橙桔之酸比喻儒生之酸，一實一虛，頗見幽默趣味。詩之前三句平常，末一句遣運聯想，方得詩境全出。

> 升高蝍蝛墮，粘壁蝸牛枯。搢紳鳩梁肉，是亦蝍蝛徒。
>
> 抽身箠楚中，勇退媿此胥。衣冠與刀筆，未可分賢愚。
>
> 　（後三　府吏有以老求退者）

詩中「蝍蝛」、「蝸牛」、「搢紳」之相似點爲貪食負重，喜爲己力所難負荷之事，此是思想意象之展現。且「蝍蝛」蠕體肉屬小蟲；「蝸牛」有殼蠕體肉屬動物；搢紳鳩肉，皆共同有「肉」之視覺意象，是以比類敘述，然詩境較爲平常，以實物喻實物之故也。〔註34〕

> 明珠遙吐臥龍頭，漸覺清光萬里浮。
>
> 人望使君如望月，要須如鏡莫如鉤。（後四　望月臺）

此詩之後二句頗具聯想性。「使君」固是實體，然究竟爲何眞難解說，今以「月」之光明，「月」之萬里狀擬「使君」之恩德廣被，至此文意已足，末句似贅餘，惟此於境界無妨，依然有高華之細緻，含蓄性較差耳。

> 危亭頂鄂渚，欲上初不敢，肩輿躋崢嶸，眼界驚坎窞。
>
> 青山繚江湖，煙雨抹濃淡。千帆破滄浪，萬室昭菡萏。
>
> 大澤胸可吞，秀色手宜攬。形勢控上游，天險卦伴坎。
>
> 登臨迫吹帽，秋聲在葭葭。銜杯情有欣，懷古意多感。
>
> 兩雄孫與劉，壯忘鯨鵬噉。赤壁走阿瞞，功業炳鉛槧。
>
> 黃鶴去何之，靈竹色猶慘。樓餘庾公興，洲遺正平憾。
>
> 北望舊中原，激烈壯士膽。何由登太山，一快天下覽。
>
> 　（後十　題一覽亭）

十期。

〔註34〕參見黃師永武《中國詩學》鑑賞篇頁 202～206，「欣賞聯想性的意境」。

此首詩意象平常，中有兩句卻十分突出，即「大澤胸可吞，秀色手宜攬」，此種聯想襟抱非常，本詩中北望中原壯懷江山之忠愛濃情，當沿此襟抱而來。詩境之張大，自是聯想之功。

　　鯉魚甲露江中渚，蘆荻花浮渚上霜。

　　檣影落江疑是釣，巨鱗驚躍鷺飛忙。（後十一　過金口市）

本詩第二句之意，以爲荻花白似霜，浮動渚上，「浮」字最具動感，意象輕快。末二句聯想張力極強烈。檣影是虛，釣是實，以虛喻實，比擬奇妙，故下句鱗躍鷺飛，聯想之境界具象化矣。

　　聯想性之作品，意象明顯，即王國維所云不隔之作品，其作品語語皆在眼前，讀者透過作品如圖畫般之意象，構成與作者心靈、情感共鳴，是以境界自高。〔註35〕

四、悟　性

　　詩中自是有悟境，無庸辯言。詩與禪，體會意境之悟心則同。了悟則悟境便生，大悟小悟相生無窮，靈心禪機旋生旋逝，得以寄神韻，得以忘塵言，此時文字即水月鏡花，相中生滅，不必追究可也。〔註36〕

　　胡應麟《詩藪》舉兩詩例「曲徑通幽處，禪房花木深，山光悅鳥性，潭影空人心」（常建　破山寺後禪院）與「木末芙蓉花，山中發紅萼，澗戶寂無人，紛紛開且落」（王維　辛夷塢）有禪悟之境。〔註37〕然而葉嘉瑩氏曰：「我以爲境界就作者而言乃是一種具體而眞切的意象的表達；就讀者而言則是一種具體而眞切的意象的感受，〔註38〕綜合上文余歸納爲兩點：悟性之境未必侷限如嚴羽之禪道解詩，黃師永武以爲有「警世作用」，有「省悟的境域」，有「無比純眞的感觸」，有「自

〔註35〕參考李辰冬「《文學欣賞的新途徑》」一書之「文學批評的基本認識」一文，三民書局印行。三民文庫一○一號。

〔註36〕參考《新編談藝錄》頁98，第二十八條「夫悟而曰妙，未必一蹴即至也」，錢鍾書著，一九八三年五月版。

〔註37〕《詩藪》第二冊內編下，頁352，廣文書局印行。

〔註38〕《迦陵談詩》第二冊頁319「由《人間詞話》談到詩歌的欣賞」，三民書局三民文庫八十七號之二。

反省省感觸良多的餘韻」，﹝註39﹞是也。余以爲若能再擴充範疇爲一切美悅之體悟則更佳，此其一。悟境之布局體會作者與讀者之層次各有差等，各有所入，悟境原不可強分一律者也，此其二。

至於，悟性詩境之示現手法，可以跌宕筆觸造境，可以反問語氣造境，今以十朋詩，試說明之：

> 風掃園林萬木殘，道人眼界卻宜看；
>
> 北窗趺坐對松柏，人物青青俱歲寒。
>
> （後二　次韻寶印叔題壁二絕之一）

大地風狂，園林凋殘，在此歲暮，道人趺坐北窗，遙對寒天中之青青松柏，面對殘景道人眼中有萬物與我皆殘，極高度之同情心，也有一股強烈之新希望。三、四句之歲寒松柏，與首句之狂風殘木形成對比，跌宕有情，造成絕高之悟境。此種悟境人人皆有，惟不如道人感受之靈敏，是以作者通過出家人之思惟心象，悟得此境而捕捉刹那間之景與情，遂藉特殊情感之陳現，記錄悟性美感之價值。﹝註40﹞

> 蘆花兩岸風蕭瑟，渺渺煙波浸秋日。
>
> 鷗鷺家深不見人，小舟忽自花中出。（後十一　蘆花）

詩之前三句現出蕭瑟、沉悶、寂靜，末句突生驚異之喜劇效果，乍見一種嶄新、有衝擊力之生機。第四句之跌宕生姿，實自前三句之蓄勢。末句景中有情，意象類似「柳暗花明又一村」，多予人了悟之境界，此種人類知覺與潛意識溶疊之感受，﹝註41﹞令人有勃勃光明之生命力，余甚喜此一小詩之悟境。

> 山中有鏡石爲臺，雲霧深藏未肯開。
>
> 別有一溪清似鏡，不須人爲拂塵埃。（後十　石鏡溪）

此詩一、二句言石鏡雲深不易見，猶如人心之難明。三、四句說溪清

﹝註39﹞《中國詩學》鑑賞篇頁218「欣賞感悟性的意境」。

﹝註40﹞參見趙天儀著「《美學與語言》」頁 98～101「第五章語言的價值」，三民書局，三民文庫一二八號。

﹝註41﹞參見《中國新詩賞析》二頁 166～170，林明德等編，長安出版社印行。

如鏡自然無塵，似指出人之心頭活水，本性清澈。全詩皆有禪味，似可作「菩提本無樹，明鏡亦非臺，本來無一物，何處惹塵埃」之註腳。此詩啟示諸佛之覺淨心即是淨心之自覺，〔註42〕於人性之混沌不明，性染為用，有當頭棒喝之警示悟境。

> 古刹名多福，初來宿上方。蜂窠懸敗壁，燕壘滿空梁。
>
> 蝙蝠沸盈室，塵埃堆滿床。香燒數炷柏，移下小僧房。
>
> （後十　多福院）

詩之頷腹兩聯將古寺之斑剝、敗壞、古寂，細細白描，刻畫具體，形色暗淡，與多福之美名形成尖銳對比。首聯與尾聯呼應；原宿上方，何以移下小僧房，為不堪宿之故，行藏寫實，不言可喻。全詩未發一字議論，只次第敘說住宿歷程，於古今盛衰，人生離合，幸與不幸，皆留下無限省思之空間矣。

> 夔子山高峽天闊，騷人宅近剛腸悲。
>
> 菊花上頭不易得，酒盞到手何須辭？
>
> （後十三　登臥龍山一絕）

詩中言蜀山高蜀江闊，人生至蜀無幾多。今日登高上臥龍，臥龍諸葛先生壯志不遂之事跡，令人剛腸悲痛，故首二句懷古。第三句是感慨。人老矣，髮童矣，菊花插頭已不易，頓生人生苦短之感慨。末句是省思、悟道。酒盞到手何須辭？以反詰語氣造境，眼前頓時有一老人，手端一杯酒，高立山岡，沈思不已。功勳不易建，青春不回來，飲之飲之，莫停杯，身後容得劉伶名。此詩非訴之以消極思想，十朋乃積極入世者，詩中所示現者，乃十朋人生之悟思，勳業之期盼。另有一首遊萬衫院（後十）亦是同用此一反問手法，以達成省悟之境。如：

> 一水遙分瀑布餘，萬杉深處散明珠，
>
> 不知散卻珠多少，能買人間富貴無？

如此老掉牙之見解，卻是千萬年間人類永遠沈迷不悟之困境，寧不一再省思乎哉！

〔註42〕參見馮友蘭，《中國哲學史》頁768「覺與不覺」。

五、自然性

　　朱光潛氏以爲詩之客觀者，偏重人生自然之再現，主觀者則偏重情感之表現，二者實無分別。〔註43〕詩之多樣意象及綜合詩境本屬常理，朱氏之言不足爲奇。其意境偏重含蓄，謂之含蓄性詩境；若其意境偏重自然和諧，自可謂之自然性之詩境。詩人均有物外之趣，生活環境中，或得有我之境，或得無我之境，要不失自然和諧則其境界自出而高超。

　　自然性境界之詩，多注意自然界之變化，不刻意追求內心之活動，然情景依然溶合，美化之自然景觀與美化之心理變化，仍賴意象傳達，景以傳情，情景優美，可謂是詩之勝境。此種自然性之詩常見特性爲自足之樂、逍遙之趣、無言之美、素樸之秘。〔註44〕因之自然性詩境著重於詩人心境之自我和諧及引領讀者心靈回歸至自然純靜之境界。試舉十朋詩例以闡釋：

> 剛被篙工誤，遲留一日裝。川塗隔浩渺，燈火亂昏黃。
>
> 呼僕回行李，尋僧宿上方。山前十里雪，夜入夢魂香。
>
> （前三　宿慶善寺）

此詩敘述紹興十五年冬十朋赴臨安入太學之途中宿寺之事。首聯兩句與腹聯兩句，寫出詩人與篙工、僕人、僧人三者間之人我和諧。頷聯兩句及尾聯兩句，白描景物十分傳神，尤以「夜入夢魂香」句已渾入無我之境，立客觀之地以觀我，意境甜酣，詩味自然，故目之曰自然性詩境，是也。整首詩敘瑣事從容不迫，所描景緻意象鮮明，譬如「隔浩渺」、「亂昏黃」、「十里雪」視感凸顯，而「夜入夢魂香」句且有視覺、觸覺、味覺綜合之意象，怡然眠態呼之欲出，是步入自足欣樂之自然性詩境已矣。

〔註43〕參見詩的境界──情趣與意象。朱光潛《詩論》頁67。

〔註44〕參見「《論唐代自然詩中的和諧》」一文，李漢偉著，中華文化復興月刊十九卷十二期。又參考《古今詩談》頁16～18「略談杜詩之質與境」之悠閒自在的詩境一節。祇夢庵撰，台灣商務人人文庫二三三一之二號。

　　紅雨紛紛空自繁，碧雲一朵勝桃源。

　　君家獨有神仙種，分我鬧花深處根。(前七　覓季仲權碧桃)

詩之末句下一「鬧花」詞彙使詩人忙於園林之逍遙生活之況味盡得。詩人與人與花樹間之相處和諧之美亦爲之立現。

　　氣壓群陰首占陽，生賢時節自非常。十分天上月輪滿，一線人間日影長。

　　攬轡成名崖雪凜，和羹消息嶺梅香。

　　要知三峽無窮水，便是詞源與壽觴。

　　(後十二　查漕元章生日)

此首詩完全自對方設想，全無詩人影子，得無言之美。前七句寫景，第八句借景傳情，深得自然性詩境之上乘手法。查元章係十朋好友、同道，詩中「雪凜」、「梅香」字眼意象明朗，將元章之人格推崇備至。末二句爲全詩主旨，氣勢雄壯，能撐起全詩文氣。

　　江梅初破一陽天，詩句清新欲鬥妍，

　　呼我同來飲文字，定扶衰病到尊前。

　　(後十九　次韻提舶見招)

本詩遣字樸素，情感流露自然，示現出人我和諧之飄逸感。衰病是外面生命狀態，定扶衰病到尊前則自詩人內部生命流露出與他人同享生命世界之欣然樂趣，職是詩人之高貴情操將自然性詩魂提升至頂點，境界超凡，人品詩品並臻和諧。

　　總之，王十朋詩能於逆境中展現心靈寧靜，詩風氣象雋闊其形成詩境輒不止含蓄性、創意性、聯想性、悟性、自然性而已，其餘詩境特色稍假時日定當再行撰文補述。

肆、結　論

　　綜觀全文，南宋王十朋梅溪文集於文學觀念、文學技巧皆卓然有成，梅溪全集羅列詩篇二〇三八首、賦篇七篇，文章四九二篇，以如此龐大成熟之作品，評論著作水平固可頡頏同期之陸游、楊萬里，至於范成大、尤袤恐非其倫比也。今之《中國文學史》竟然全面忽略，無隻字片語，是宋室南渡後第一位文學大家作品將無以昭示後人，豈非今日我輩之過乎？

　　余試推想形成如此結果之原因，可得左文數端，略作諸君子之參考：

一、十朋為政僅十四年，有用之不盡遺憾，是以成名為時過短，於文壇旋起瞬滅，曇花一現。

二、王氏係南宋中興名臣，熠燿彪炳之政聲，掩過其所建立之文名。

三、王氏所交益友、泰半於政治地位、文學地位均不顯媚，是以朋友推揚之功全付闕如。且又與十朋仕晚而早逝（僅六十歲）之故息息相關焉。

四、陸游、楊萬里、范成大等皆從江西詩派之詩入門，而十朋恰是南宋初抨擊江西詩弊之先鋒，於宋、明、清均被排斥漠視，造成文名之沉寂不彰。

　　五、陸游、楊萬里、范成大三人之創作生涯遠勝十朋許多，彼輩
　　　　出身有利，成名亦早，自易建立巍峨文壇聲名。

　　六、王氏之作品涵蓋面廣，詩文賦各類較均衡，未刻意標榜愛
　　　　國，此較易為撰作文學史之作者所忽略。

　　總言之，吾人若檢視南宋後之文學走向，十朋主張之藝術審美觀
念之獨立、文學社會功能之擅揚，於文學、事功、《詩學》成就卓偉，
一度嘗試扮演北宋歐陽修（即唐之韓愈）領導文風扭轉時弊之角色，
均已功垂後世。歐蘇而後，凡不欲附從西崑、江西詩派之詩人，王十
朋是佔有充分影響力者，可謂自嚴羽《詩論》過渡於明清風格，神韻、
性靈間其先為一引導棋子，吾人當肯定其文學創作之成就，或可為其
建立南宋初年文學史上之新地位、新評價耶哉！

重要參考書目

凡　例

本書目全依作者筆畫順序排列

同一作者即依書名筆順次第排

合著者著譯者以第一位作者為筆順

一、版　本

1. 〔宋〕王十朋《王梅溪詩選一卷》，日本京都大學藏宋十五家詩選江戶昌平坂學問所重刊本。

2. 〔宋〕王十朋《王梅溪詩選六卷》，台北中央圖書館、日本京都大學藏本明潘是仁輯校彙定宋元詩集本。

3. 〔宋〕王十朋《宋王忠文公全集五十卷》，日本東京大學藏徐炯文重刊唐傳鉎重編本附有徐編年譜諸。

4. 〔宋〕王十朋《宋王忠文公全集五十卷》，台北台灣大學圖書館、日本京都大學藏雍正六年唐傳鉎重編本。

5. 〔宋〕王十朋《梅溪先生文集五十四卷》，台北中央圖書館藏中英庚子保存文獻本。

6. 〔宋〕王十朋《梅溪先生文集五十四卷》，台北中央圖書館藏天順六年補刊序跋本。

7. 〔宋〕王十朋《梅溪先生文集五十四卷》，台北中央圖書館藏天順六年修補重印本。

8. 〔宋〕王十朋《梅溪先生文集五十四卷》,台北中央圖書館藏正統五年刊（疑天順六年刊）後代修補本。

9. 〔宋〕王十朋《梅溪先生文集五十四卷》,台北中央圖書館台灣分館藏原總督府之涵本。

10. 〔宋〕王十朋《梅溪先生文集五十四卷》,台北中研院史語所藏明嘉靖後本。

11. 〔宋〕王十朋《梅溪先生文集五十四卷》,台北中研院史語所藏清宋定國手校本。

12. 〔宋〕王十朋《梅溪先生文集五十四卷》,台北故宮圖書館藏沈仲濤贈明正統五年本。

13. 〔宋〕王十朋《梅溪先生文集五十四卷》,台北故宮圖書館藏四庫全書薈要鈔本。

14. 〔宋〕王十朋《梅溪先生文集五十四卷》,台北故宮圖書館藏天順六年昭仁殿乾隆御覽本。

15. 〔宋〕王十朋《梅溪先生文集五十四卷》,台北故宮圖書館藏四庫全書鈔本。

16. 〔宋〕王十朋《梅溪先生文集五十四卷》,台北台灣師範大學藏涵本之商務初印本。

17. 〔宋〕王十朋《梅谿詩集八卷》,台北中央圖書館藏南宋原刊本南宋群賢小集內。

18. 〔宋〕王十朋《梅谿詩集八卷》,台北中央圖書館藏兩宋名賢小集朱墨批校舊鈔本。

19. 〔宋〕王十朋《梅谿詩集八卷》,台北故宮圖書館藏四庫兩宋名賢小集汪如藻家藏本（四庫珍本同）。

二、總集、選集及專著

1. 〔宋〕尤袤,《梁谿遺稿》,台北台灣商務印書館（四庫全書本）75年3月初版。

2. 〔宋〕王之望,《漢濱集》,台北台灣商務印書館（四庫全書本）75年3月初版。

3. 〔宋〕王安石,《王荊公詩》,台北鼎文書局（李壁注、沈欽韓補正）68年9月初版。

4. 〔唐〕白居易,《白居易集》,台北漢京文化公司73年3月初版。

5. 〔宋〕朱熹《晦庵集》,,台北台灣商務印書館（四庫全書本）75年3月初版。

6. 〔宋〕汪應辰《文定集》,,台北台灣商務印書館（四庫全書本）75 年 3 月初版。

7. 〔宋〕吳芾《湖山集》,,台北台灣商務印書館（四庫全書本）75 年 3 月初版。

8. 〔宋〕陸游《渭南文集》,,台北台灣商務印書館（四庫全書本）75 年 3 月初版。

9. 〔民〕唐圭璋編《全宋詞》,,台北洪氏出版社 70 年 4 月再版。

10. 〔唐〕高適、〔民〕孫欽善注,《高適集校注》,上海古籍出版社（大陸）1984 年 2 月初版。

11. 〔宋〕張栻,《南軒集》,台北台灣商務印書館（四庫全書本）75 年 3 月初版。

12. 〔清〕張景星選,《宋詩別裁》,台北台灣商務印書館（人人文庫本）67 年 1 月台一版。

13. 〔晉〕陶淵明、〔宋〕徐巍選注,《陶淵明詩選註》,台北源流出版社 71 年 10 月初版。

14. 〔清〕清聖祖御編,《全唐詩》,台北盤庚出版 68 年 2 月一版。

15. 〔清〕曾國藩編,《十八家詩鈔》,台北文源書局 67 年 9 月再版。

16. 〔宋〕葉適,《水心文集》,台北台灣商務印書館（四庫全書本）75 年 3 月初版。

17. 〔宋〕喻叔奇,《香山集》,台北台灣商務印書館（四庫全書本）75 年 3 月初版。

18. 〔民〕錢鍾書註,《宋詩選註》,台北新文豐出版公司 78 年 4 月台一版。

19. 〔唐〕韓愈、〔宋〕魏仲舉編,《五百家注昌黎文集》,台北台灣商務印書館（四庫全書本）72 年 10 月初版。

20. 〔唐〕韓愈、〔民〕錢仲聯集釋,《韓昌黎詩繫年集釋》,台北世界書局 75 年 10 月四版。

三、詩文評

（一）詩文批評類

1. 王夫之等撰、丁福保編,《清詩話》,台北明倫書局 60 年 12 月初版。

2. 〔民〕王國維,《人間詞話》,台北弘道文化事業公司 70 年 12 月再版。

3. 〔民〕王夢鷗,《文藝美學》,台北遠行出版社 65 年 5 月再版。

4. 〔民〕西協順三郎、〔民〕杜國清譯,《詩學》,台北田園出版社 58

年 12 月初版。

5. 〔民〕朱光潛,《文藝心理學》,台北台灣開明書局 61 年 10 月重五版。

6. 〔民〕朱光潛,《詩論》,台北漢京文化公司 71 年 12 月初版。

7. 〔民〕朱光潛,《談文學》,台北弘道文化事業公司 75 年 10 月初版。

8. 〔民〕朱榮智,《元代文學批評之研究》,台北聯經出版公司 71 年 3 月初版。

9. 〔民〕江國貞,《司空表聖研究》,台北文津出版社 74 年 7 月再版。

10. 〔民〕吉川幸次郎、〔民〕鄭清茂譯,《宋詩概說》,台北聯經出版社 69 年 4 月初版。

11. 〔民〕汪中,《杜甫》,台北河洛圖書出版社 66 年 3 月台初版。

12. 〔民〕李辰冬,《文學欣賞的新途徑》,台北三民書局(三民文庫本) 65 年 5 月三版。

13. 〔明〕李東陽,《懷麓堂詩話》,台北藝文印書館(續《歷代詩話》內) 72 年 6 月四版。

14. 〔宋〕阮一閱,《詩話總龜》,台北廣文書局 62 年 9 月初版。

15. 〔清〕吳景旭,《歷代詩話》(宋詩部分),台北世界書局 68 年 6 月三版。

16. 〔民〕林明德等編,《中國新詩賞析》,台北長安出版社 76 年 2 月四版。

17. 〔民〕青木正兒、〔民〕隋樹森譯,《中國文學概說》,台北莊嚴出版社 70 年 9 月初版。

18. 〔民〕洪炎秋,《文學概論》,台北文化大學華岡出版部 57 年 10 月三版。

19. 〔民〕柯慶明,《現代中國文學批評述論》,台北大安出版社 76 年 10 月初版。

20. 〔明〕胡應麟,《詩藪》,台北廣文書局 62 年 9 月初版。

21. 〔明〕俞允文編,《名賢詩評》,台北廣文書局 62 年 9 月初版。

22. 〔元〕韋居安,《梅澗詩話》,台北藝文印書館(續《歷代詩話》內) 72 年 6 月四版。

23. 〔清〕陸心源輯,《宋詩紀事補遺》,台北鼎文書局 60 年 9 月初版。

24. 〔民〕孫克寬,《詩與詩人》,台北台灣學生書局 60 年 10 月再版。

25. 〔民〕高越天,《五朝詩評》,台北台灣中華書局 61 年 3 月初版。

26. 〔民〕夏紹碩,《古典詩詞藝術探幽》,台北漢京文化公司 73 年 7 月

初版。

27.〔民〕袁行霈,《中國詩歌藝術研究》,台北五南圖書公司 78 年 5 月台初版。

28.〔民〕陳香,《讀詩劄記》,台北台灣商務印書館（人人文庫本）62 年 1 月初版。

29.〔民〕郭紹虞,《中國詩的神韻格調及性靈說》,台北河洛圖書出版社 64 年 9 月初版。

30.〔民〕梁崑,《宋詩派別論》,台北東昇出版事業公司 69 年 5 月初版。

31.〔明〕都穆,《南濠詩話》,台北藝文印書館（續《歷代詩話》內）72 年 6 月四版。

32.〔民〕葉嘉瑩,《中國古典詩歌評論集》,香港版（原書無出版書局及年月）。

33.〔民〕葉嘉瑩,《王國維及其文學批評》,香港版（原書無出版書局及年月）。

34.〔民〕葉嘉瑩,《迦陵談詩》,台北三民書局（三民文庫本）66 年 4 月三版。

35.〔民〕黃永武,《中國詩學》,台北巨流圖書公司 66 年 6 月一版二印。

36.〔民〕黃永武,《字句鍛鍊法》,台北洪範書店 75 年 2 月三版。

37.〔民〕黃永武、〔民〕張高評合編,《宋詩論文選輯》,高雄復文圖書出版社 77 年 5 月出版。

38.〔民〕黃永武,《詩心》,台北三民書局（三民文庫本）60 年 7 月初版。

39.〔民〕黃永武,《詩與美》,台北洪範書店 74 年 5 月三版。

40.〔民〕黃忠慎,《南宋三家詩經學》,台北台灣商務印書館 77 年 8 月初版。

41.〔民〕張健,《文學批評論集》,台灣學生書局 74 年 10 月初版。

42.〔民〕張健,《宋金四家文學批評研究》,台北聯經出版公司 72 年 5 月再版。

43.〔民〕張健,《明清文學批評》,台北國家出版社 72 年 1 月初版。

44.〔民〕張夢機,《鷗波詩話》,台北漢光文化事業公司 73 年 11 月再版。

45.〔民〕楊文雄,《李賀詩研究》,台北廣文書局 76 年 3 月再版。

46.〔清〕趙翼,《甌北詩話》,台北廣文書局 76 年 3 月再版。

47.〔清〕厲鶚輯,《宋詩紀事》,台北台灣中華書局 60 年 4 月台一版。

48.〔民〕臺靜農編,《百種詩話類編》,台北藝文印書館 63 年 5 月初版。

49.〔民〕襟夢庵,《古今詩談》,台北台灣商務印書館 66 年 7 月初版。

50.〔民〕鄭騫等,《談文學》,台北三民書局(人人文庫本)68 年 12 月再版。

51.〔民〕劉若愚、〔民〕杜國清譯,《中國文學理論》,台北聯經出版公司 74 年 8 月再版。

52.〔清〕劉熙載,《藝概》,台北漢京文化公司 74 年 9 月初版。

53.〔梁〕劉勰、〔民〕黃叔琳校,《文心雕龍注》,台北台灣開明書局 67 年 9 月台十四版。

54.〔民〕錢鍾書,《新編談藝錄》,香港 1983 年版(原書無出版局)。

55.〔民〕繆鉞等撰,《宋詩鑑賞辭典》,上海辭書出版社(大陸)76 年 12 月初版(西元 1987 年)。

56.〔梁〕鍾嶸等、〔清〕何文煥輯,《歷代詩話》,台北漢京文化公司 72 年 1 月初版。

57.〔宋〕魏慶之,《詩人玉屑》,台北九思出版公司 67 年 11 月台一版。

(二) 學位論文類

1.〔民〕王紘久,《袁枚詩論研究》,政治大學政治大學中文所碩士論文 72 年 6 月。

2.〔民〕易新宙,《神韻派詩論之研究》,中文所碩士論文 62 年 5 月。

3.〔民〕胡明珽,《楊萬里詩評述》,中國文化學院中文所碩士論文 56 年 6 月。

4.〔民〕陳義成,《楊萬里生平及其詩之研究》,中國文化學院中文所博士論文 71 年 12 月。

5.〔民〕陳彩玲,《南宋遺民詠物研究》,政治大學中文所碩士論文 74 年 5 月。

6.〔民〕葉光榮,《宋代江西詩派研究》,中國文化學院中文所碩士論文 57 年 6 月。

7.〔民〕張簡坤明,《袁枚與性靈詩論研究》,中國文化學院中文所碩士論文 75 年 7 月。

8.〔民〕潘玲玲,《南宋遺民詩研究》,政治大學中文所碩士論文 72 年 4 月。

9.〔民〕龔鵬程,《江西詩社宗派研究》,台灣師大國文所博士論文 72 年 4 月。

四、史　學

1. 〔民〕丁傳靖輯，《宋人軼事彙編》，台北台灣商務印書館 71 年 9 月台二版。

2. 〔民〕王德毅編，《宋人傳記資料索引》，台北鼎文書局 73 年 4 月增二版。

3. 〔清〕王梓材、〔清〕馮雲濠輯，《宋元學案補遺》，台北新文豐出版公司（四明叢書內）77 年 4 月台一版。

4. 〔民〕朱瑞熙，《宋代社會研究》，台北弘文館出版社 75 年 4 月初版。

5. 〔民〕成復旺等，《中國文學理論史（二）》，北京出版麼（大陸）76 年 7 月初版（西元 1987 年）。

6. 〔民〕何異，《中興百官題名》，台北新文豐出版公司（叢書集成續編）78 年台一版。

7. 〔宋〕佚名，《南宋館閣續錄》，台北台灣商務印書館（四庫全書本）71 年 10 月初版。

8. 〔民〕依川強、〔民〕鄭樑生譯，《宋代文官俸給制度》，台北台灣商務印書館 66 年 1 月初版。

9. 〔民〕林天蔚，《宋代史事質疑》，台北台灣商務印書館 76 年 10 月初版。

10. 〔民〕柯維騏編，《宋史新編》，台北新文豐出版公司 63 年 11 月初版。

11. 〔民〕郭紹虞，《中國文學批評史》，台北文光出版 62 年 9 月初版。

12. 〔清〕徐松纂輯，《宋會輯稿》，台北新文豐出版公司 65 年 10 月初版。

13. 〔民〕孫毓修，《中國文學藏書家考略》，台北新文豐出版公司 67 年 9 月初版。

14. 〔民〕孫殿起，《中國雕版源流考》，台北盤庚出版社（中國圖書研究第三冊）68 年 2 月初版。

15. 〔民〕孫殿起，《販書偶記》，台北漢京文化事業公司 73 年 7 月初版。

16. 〔民〕孫殿起，《販書偶記續編》，台北漢京文化事業公司 73 年 7 月初版。

17. 〔民〕孫詒讓，《溫州經籍志》，台北廣文書局（書目三編）58 年 2 月初版。

18. 〔宋〕陳騤，《南宋館閣錄》，台北台灣商務印書館（四庫全書本）75 年 3 月初版。

19. 〔民〕陳新會，《史諱舉例》，台北世界書局 77 年 9 月四版。

20.〔宋〕陳振孫，《直齋書錄解題》，台北台灣商務印書館（四庫全書本）75 年 3 月初版。

21.〔元〕脫脫等，《宋史》，台北鼎文書局 72 年 11 月三版。

22.〔民〕陶晉生，《宋遼關係史研究》，台北聯經出版公司 75 年 1 月二版。

23.〔清〕黃本驥，《避諱錄》，台北新文豐出版公司 78 年 7 月台一版。

24.〔民〕黃宗羲、〔清〕全祖望補，《宋元學案》，台北世界書局 72 年 5 月四版。

25.〔民〕黃寬重，《南宋史研究集》，台北新文豐出版社 74 年 8 月台一版。

26.〔民〕馮友蘭，《中國哲學史》，附補編之版本（原書無出版書局及年月）。

27.〔民〕楊蔭深等，《四庫全書薈要纂修考》，台北故宮博物院 65 年 12 月初版。

28.〔民〕蔣義斌，《宋代儒釋調和論及排佛論之演及》，台北台灣商務印書館 77 年 8 月初版。

29.〔民〕劉大杰，《中國文學發達史》，台北台灣中華書局 62 年 4 月台四版。

30.〔民〕鄭振鐸，《中國文學史》，台北盤庚出版社 67 年 12 月初版。

31.〔明〕錢士升，《南宋書》，台北台灣商務印書館（四庫全書本）75 年 3 月初版。

32.〔民〕羅根澤，《中國文學批評史》，台北學海出版社 67 年 9 月初版。

五、其　他

1.〔民〕朱光潛，《談美》，台北弘道文化事業公司 75 年 10 月初版。

2.〔民〕陳望道，《修辭學發凡》，香港大光出版社 53 年 2 月版（西元 1964 年）。

3.〔民〕許世瑛，《中國文法講話》，台北台灣開明書店 63 年 6 月 11 版。

4.〔民〕戚廷貴，《藝術美與欣賞》，台北丹青圖書公司 76 年 1 月初版。

5.〔民〕黑格爾、〔民〕朱孟實譯，《美學》，台北里仁書局 70 年 5 月初版。

6.〔民〕張春興、〔民〕楊國樞，《心理學》，台北三民書局 65 年 8 月修正三版。

7.〔民〕趙天儀，《美學與語言》，台北三民書局（三民文庫）67 年 12

月三版。

8. 〔民〕潘天壽,《潘天壽美術文集》,台北丹青圖書公司 76 年 1 月初版。

9. 〔民〕蘇國榮,《中國劇詩美學風格》,台北丹青圖書公司 76 年 6 月初版。

六、單篇論文

1. 〔民〕方介,〈略論阮籍詠懷詩中的象徵〉,《中華文化復興月刊》十八卷五期 74 年 5 月。

2. 〔民〕左景清,〈鬼才之砍歌〉,《自由談》三十卷十二期 68 年 12 月。

3. 〔民〕朱玖瑩,〈由蘇軾詩文談到寫詩〉,《中華詩學》三卷六期 59 年 11 月。

4. 〔民〕江舉謙,〈從古體詩到現代詩上、下〉,《中華文化復興月刊》十四卷十一、十二期 70 年 11 月、12 月。

5. 〔民〕江惜美,〈袁枚詩論〉,《中華文藝》十九卷十一期 75 年 11 月。

6. 〔民〕沈文騫,〈性靈派詩人袁子才〉,《暢流》四十卷十二期 59 年 2 月。

7. 〔民〕李漁叔,〈讀李商隱詩偶拾〉,《中華詩學》四卷四期 60 年 3 月。

8. 〔民〕李漢偉,〈論唐代自然詩中的和諧〉,《中華文化復興月刊》十九卷十二期 75 年 12 月。

9. 〔民〕林祖亮,〈南宋的愛國詩人〉,《自由談》三十卷十一期 68 年 11 月。

10. 〔民〕林柏燕,〈中國文學裡的反諷〉,《自由談》三十卷十期 69 年 10 月。

11. 〔民〕周錫侯,〈唯美的純文學〉,《中華文化復興月刊》十七卷十期 73 年 10 月。

12. 〔民〕周錫侯,〈豪放含蓄各擅文采〉,《中華文化復興月刊》十卷九期 75 年 9 月。

13. 〔民〕阿部隆一、〔民〕魏美月譯,〈故宮博物院藏沈氏研易樓捐贈宋元版本志上、下〉,《中央圖書館館刊》新十九卷二期 75 年 12 月、二十卷一期 76 年 6 月。

14. 〔民〕胡鈍俞,〈杜甫其詩其遇〉,中華《詩學》四卷三期 60 年 2 月。

15. 〔民〕高普斯東、〔民〕傅佩榮譯,〈亞里斯多德的美學〉,《中華文化復興月刊》十六卷六期 72 年 6 月。

16. 〔民〕張楳民，〈泛論蘇東坡的詩〉，《自由談》三十一卷三期 69 年 3 月。

17. 〔民〕張春榮，〈詩中否定詞之用法試論〉，《中華文化復興月刊》十九卷三期 75 年 3 月。

18. 〔民〕陳永深，〈詞的境界之層次（從〈人間詞話〉談起）〉，《自由談》三十二卷四期 70 年 4 月。

19. 〔民〕黃瑞枝，〈寫在透視山中白雲詞的情趣世界前〉，《中華文化復興月刊》十八卷六期 74 年 6 月。

20. 〔民〕禇夢庵，〈盛世詩人蘇東坡〉，《中華詩學》三卷六期 59 年 11 月。

21. 〔民〕潘柏世，〈李白之神采〉，《中國文選》第二一五期 74 年 3 月

22. 〔民〕劉昌元，〈論審美態度〉，《中華文化復興月刊》十六卷六期 72 年 6 月。

23. 〔民〕鄭定國，〈論故宮院藏明正統五年劉謙刊本梅溪先生文集五十四卷〉，《孔孟月刊》二十五卷十一期 76 年 7 月。

24. 〔民〕鄭定國，〈王梅溪十朋先生的著作〉，《溫州月刊》三卷四期 76 年 11 月。

25. 〔民〕鄭定國，〈王十朋的文學背景與文學觀念上、下〉，《孔孟月刊》二十八卷一、二期 78 年 10、11 月。

26. 〔民〕鄭定國，〈國家圖書館所藏善本王梅溪著作概況〉，《慶祝周一田先生七秩誕辰論文集》，萬卷樓圖書公司出版，90 年 3 月。